KITTY FRENCH
Verbotene Erfüllung

KITTY FRENCH

Verbotene Erfüllung

Roman

Ins Deutsche übertragen von
Nele Quegwer

Die Originalausgabe erschien 2013 unter dem Titel *Knight & Stay*.

Deutschsprachige Erstausgabe Januar 2015 bei LYX
verlegt durch EGMONT Verlagsgesellschaften mbH,
Gertrudenstraße 30–36, 50667 Köln
Copyright © 2013 by Kitty French
Copyright © der deutschsprachigen Ausgabe 2015
bei EGMONT Verlagsgesellschaften mbH
Alle Rechte vorbehalten

1. Auflage
Redaktion: Johanna Steinbach
Satz: Greiner & Reichel, Köln
Printed in Germany (670421)
ISBN 978-3-8025-9540-0

www.egmont-lyx.de

Die EGMONT Verlagsgesellschaften gehören als Teil der EGMONT-Gruppe zur
EGMONT Foundation – einer gemeinnützigen Stiftung, deren Ziel es ist, die sozialen,
kulturellen und gesundheitlichen Lebensumstände von Kindern und Jugendlichen zu
verbessern. Weitere ausführliche Informationen zur EGMONT Foundation unter:
www.egmont.com

Prolog

»Wer zum Geier ist Lucien Knight?«

Dans Augen flogen nervös zwischen dem Fremden auf seiner Türschwelle und Sophie hinter sich auf der Treppe hin und her. Sie konnte praktisch hören, wie sich die Gedanken in seinem Kopf überschlugen, während sein Gesichtsausdruck von Irritation zu Verwirrung und schließlich zu Ungläubigkeit wechselte. Es war, als versuchte er, die Teile eines unsichtbaren Puzzles zusammenzufügen, ohne einen blassen Schimmer, wie das fertige Bild aussehen sollte.

Der Regen draußen hatte sich von einem feinen Nieseln zu einem Wolkenbruch entwickelt, und das Wasser lief Lucien in Rinnsalen über das Gesicht. Er schien es nicht einmal zu bemerken, als er unbeirrt dastand, die Arme vor der Brust verschränkt und einen Fuß in der Tür, für den Fall, dass es Dan in den Sinn kam, sie zuzuschlagen. Seine Augen waren auf Sophie gerichtet.

»Müsste ich Sie kennen?« Dan straffte die Schultern, als wappnete er sich gegen eine Bedrohung. Luciens Blick wanderte langsam von Sophie zu Dan und blieb dann dort hängen, ein wissender, spöttischer Blick, der alles registrierte, von seinem zerknitterten Anzug bis zu seinem geschäftsmäßigen Haarschnitt. Er schwieg lange, ehe er reagierte, seine Haltung war völlig gelassen.

»Ich bin hier, um das hier Ihrer Frau auszuhändigen.« Er zog einen braunen Umschlag aus der Innentasche seiner

Jacke und streckte ihn Dan mit undurchsichtiger Miene hin.

Den Umschlag hatte Sophie an dem Tag schon einmal gesehen. Panik breitete sich in ihr aus und setzte ihre steifen Beine augenblicklich in Bewegung, um auf ihren Mann zuzugehen, doch der hatte die Lasche bereits geöffnet.

Dan starrte hinunter auf die unadressierte, nackte Vorderseite und griff instinktiv in den Umschlag. Beim Anblick des Inhaltes erstarrte seine Hand, und seine Miene schien zu gefrieren.

Die Fotos. Mehr als anschauliche Beweise seiner außerehelichen Affäre mit Maria. Entgeistert stopfte er sie hastig wieder zurück, in dem vergeblichen Versuch, sie vor Sophie zu verbergen, als sie neben ihm auftauchte.

»Sparen Sie sich die Mühe. Sie hat sie schon gesehen«, sagte Lucien mit schleppender Stimme.

Dans Gesicht wurde so grau wie sein Jackett.

»Sophie, bitte …« Er drehte sich um. »Es ist nicht das, wonach es aussieht …«

Lucien lachte. Er lachte doch tatsächlich.

»Entschuldigung. Fahren Sie fort. Ich kann es kaum erwarten, Ihre Erklärung zu hören«, sagte er, und Sarkasmus stand ihm in sein schönes Wikingergesicht geschrieben.

Er genießt die Situation, dachte Sophie. Genießt die Zerstörung. Wut begann in ihr hochzukriechen, als sie sah, wie arrogant er die Situation dominierte. *Doch halt. Nein.* Er fand es nicht lustig. Sie blickte ihm prüfend ins Gesicht, und langsam dämmerte es ihr. Er war sauer. Stinksauer.

»Für wen halten Sie sich eigentlich?«, platzte Dan heraus. »Für den beschissenen Thomas Magnum, oder was?«

Luciens Gesichtsausdruck verfinsterte sich. »Das wollen Sie eigentlich gar nicht wissen.«

»Da haben Sie recht. Das hier«, Dan schlug mit dem Handrücken auf den Umschlag, »geht Sie gar nichts an.« Er versuchte, die Tür zuzuschmettern, aber Luciens Fuß war im Weg. Er stieß sie mit solcher Wucht wieder auf, dass sie gegen die Wand knallte.

Aufgebracht wandte Dan sich an Sophie. »Was soll das, Soph? Hast du etwa so einen Spinner von Privatdetektiv angeheuert, um mir nachzuschnüffeln?«

Sophie starrte ihn an, merkwürdig gleichgültig, als sie ihm am Haken zappeln sah. *Wie konnte er es wagen, so unverschämt zu sein?*

Als sie einen Blick auf Luciens gefährlich ruhiges Gesicht warf, kam ihr in den Sinn, dass er die Sache vielleicht selbst in die Hand nehmen und Dan niederstrecken würde, aber sie verwarf den Gedanken wieder. Sicherlich war er fähig und wütend genug dazu, aber seine Selbstbeherrschung war legendär. Außerdem, wenn hier irgendjemand Dan schlagen würde, dann wollte sie sich selbst dieses Vergnügen vorbehalten.

Sie machte einen Schritt nach vorn, nahm Dan den Umschlag aus der Hand und fand ihre Stimme wieder. Sie war überrascht, wie kühl sie klang.

»Danke, Mr Knight. Ab hier übernehme ich.«

Warum war er hergekommen? Erwartete er etwa, dass sie ihn Dan vorstellte?

Lieber Ehemann, das hier ist Lucien Knight, der Mann, der mich gerade um die halbe Welt geschleift und mich nach Strich und Faden mit Sex verwöhnt hat. Ach, und schön, dass du wieder zu Hause bist.

»Gehen Sie jetzt bitte«, sagte sie und flehte ihn eher mit ihren Augen an als mit ihrer Stimme, die fest blieb. »Ich kläre das auf meine Art.« Über sein Motiv würde sie sich später Gedanken machen.

Der Regen hatte Luciens Wimpern zu Stacheln geformt, und Sophie stellte fest, dass es ihr in den Fingern juckte, zu ihm unter seine Jacke zu schlüpfen und die tröstende Wärme seiner Arme zu suchen. Seine Miene ließ Böses ahnen.

»Ich melde mich«, fügte sie in dem verzweifelten Versuch, die explosive Spannung der Situation zu entschärfen, hinzu.

»Wann?«

Dan trat dichter hinter Sophie.

»Ich weiß noch nicht«, sagte sie. »Bitte ... gehen Sie einfach.«

Dan warf einen verächtlichen Blick den Gartenweg hinunter auf Luciens Aston Martin.

»Sie haben die Lady gehört.« Sein besitzergreifender Unterton ließ Sophie zusammenzucken. »Steigen Sie in ihren Protzschlitten und machen Sie, dass Sie Land gewinnen.«

Es passierte innerhalb von Sekunden.

Im einen Moment war Lucien noch draußen und im nächsten bereits halb durch den Flur und presste Dan an die Wand.

»Die Lady?« Die Nasen der beiden Männer berührten sich praktisch.

»Die Lady? Ich glaube, Sie haben das Recht, für Sophie zu sprechen, in dem Moment verwirkt, als Sie sich entschieden haben, eine andere als Ihre Frau zu vögeln, meinen Sie nicht auch?«

Eindeutig unterlegen, hatte Dan den Blick eines Gejagten, begehrte aber immer noch auf, trotz des starken Unterarms über seiner Gurgel.

»Was glauben Sie eigentlich, wer Sie sind, dass Sie mir irgendetwas über meine Ehe erzählen wollen?« Vorübergehend war Sophie von seinem Wagemut beeindruckt, obwohl sein draufgängerischer Ton sie empörte.

Lucien drehte den Kopf zu Sophie. »Ich bin ein Freund von Sophie. Jemand, der sich um sie sorgt. Jemand, der findet, dass sie mehr verdient als das, was ein verdammter Lump wie Sie ihr jemals geben kann.«

Er nahm den Arm von Dans Hals, als würde ihn auch nur zu berühren seine abgewetzte Lederjacke beschmutzen. Er sah Sophie endlos lang an und machte dann eine winzige Bewegung mit dem Kopf, die Abscheu, Mitleid oder Verzweiflung ausdrücken konnte, ehe er sich zum Gehen wandte.

Dan rollte seine Schultern nach hinten, kühn, da die unmittelbare Gefahr vorüber war.

»Machen Sie die Tür hinter sich zu«, sagte er kindisch zu Luciens Rücken. Dann, kämpferisch: »Und halten Sie sich verdammt noch mal von meiner Frau fern.«

Lucien erstarrte, und Sophie rutschte das Herz in die Hose, als er herumwirbelte, flink wie eine Peitsche, seine Faust geradewegs in Dans Kinn rammte und ihn niederstreckte.

»Ihre Frau?« Lucien spuckte aus, als er Dan auf die Beine half und Blut aus dessen Nase über seine Hände lief. »Sie taugen nicht einmal so viel, Sophie auch nur anzusehen, geschweige denn, sie Ihre Frau zu nennen.«

Er hatte Dan am Kragen gepackt und zwang ihn, ihn anzusehen. Sophie hatte Lucien noch nie so erlebt und war plötzlich über die Intensität und Hitzigkeit seines Zorns entsetzt. Er barg eine sehr dunkle Seite in sich, und etwas an der Situation schien ein Messer mitten in dieses Dunkel gerammt zu haben.

Sophie wurde schlecht. Es hatte nichts Rühmliches an sich, dass diese beiden Streithammel sich um sie balgten. Der eine bedrohlich, der andere unverschämt, und beide kämpften sie um etwas, das tiefer ging als ihre Gefühle für Sophie.

»Hört auf.« Sie bekam Luciens Arm zu fassen und versuchte, ihn wegzuziehen, was ungefähr so wirksam war wie der Versuch eines Kätzchens, sich mit einem Tiger anzulegen.

»Lucien, bitte. Du machst alles nur noch hundertmal schlimmer.« Sein Griff ließ erst nach, als sein Blick auf das Armband an ihrem Handgelenk fiel. Sein Armband. *Das Armband seiner Mutter.*

Die Seelenqual in seinem Gesicht zerriss Sophie das Herz. Er ließ Dan los, als wäre er radioaktiv, und versetzte ihm einen solchen Stoß, dass er ins Straucheln geriet, dann näherte er sich ihr, beugte sich vor zu ihr. Seine Hand lag warm und fest in ihrem Nacken. Seine Lippen berührten ihre. Für einen Moment vergaß sie, dass Dan überhaupt da war. Ein unendlich kurzer Kuss, eine unendlich bedeutungsvolle Botschaft.

Du hast immer eine Wahl. Denk daran.

Er ließ sie sanft los, ging mit großen Schritten den Gartenweg hinunter und rieb sich im Gehen Dans Blut von den Händen.

1

»Sophie.«

Karas besorgte Stimme wollte nicht verschwinden, sosehr Sophie auch versuchte, sie abzuschütteln und weiterzuschlafen.

»Wach auf, Soph.«

Vielleicht würde sie ja aufgeben, wenn Sophie sich lange genug taub stellte.

Aber stattdessen schüttelte eine sanfte, beharrliche Hand sie an der Schulter, also seufzte sie tief und zwang ihre widerwilligen Lider, sich zu öffnen und die Situation in Augenschein zu nehmen.

Der Fernseher lief noch von letzter Nacht. Auf dem Tisch befand sich eine leere Weinflasche. Daneben ein ebenso leeres Glas. Nur ein Glas – das Erkennungszeichen eines einsamen Herzens. Die Tatsache, dass sie auf ihrem Sofa geschlafen hatte statt in ihrem großen, leeren Ehebett, sagte sogar noch mehr über den Zustand von Sophies Herz aus. Karas hübsches Gesicht zog sich sorgenvoll in Falten, aber ihre Augen waren klar und entschlossen.

»Du musst aufstehen, Süße.«

»Muss ich?«, brummelte Sophie mürrisch. »Muss ich wirklich?« Unter dem zerwühlten Quilt, den sie sich ein paar Nächte zuvor vom Gästebett geholt hatte, stützte sie sich auf die Ellenbogen.

»Kara, meine Ehe ist ein Trümmerhaufen. Mein Ehemann ist weg, wahrscheinlich zu seiner Geliebten gezogen, die er seit sage und schreibe drei Jahren hat. Ich habe keinen Job. Alles, was ich habe, ist dieses Sofa ...« – sie warf einen Blick auf den Fernseher – »Jeremy Kyle und Rotwein.«

»Klar. Das könnte dir so passen.« Kara schob betont das Weinglas zur Seite und stellte stattdessen eine Tasse Tee hin. »Wenn du so weitermachst, sitzt du bald selbst bei Jeremy Kyle, statt dir die Sendung nur anzusehen.«

Sophie schnaubte und setzte sich mühevoll auf, während Kara sich am anderen Ende des Sofas niederließ und die Füße unter den Quilt steckte.

»›Ich hab meinen Sexgott von einem Chef gevögelt, während mein Mann mit seiner heimlichen Geliebten im Urlaub war‹, klingt doch nicht schlecht.« Ein Anflug von Belustigung funkelte in Karas Augen, als sie eine Packung Paracetamol aus ihrer Tasche fischte.

»Selbst Jeremy Kyle hätte Schwierigkeiten, meine Probleme aufzudröseln«, murmelte Sophie und nahm die Tabletten, die Kara ihr aus der Folie drückte. Der Tee verbrühte ihr fast die Kehle, als sie sie damit herunterspülte, aber den Schmerz spürte sie kaum. Sophie war leer geweint, und ihre Schmerzrezeptoren hatten ihren Dienst aufgegeben. Ihr Körper und ihr Geist hatten genug, und sich eine Woche lang unter den Schutz ihres Quilts zu verkriechen, hatte nicht annähernd dazu beigetragen, die normalen Funktionen wiederherzustellen.

»Du brauchst keinen Jeremy. Du hast doch mich.«

Sophie nickte betreten. »Wenn du das sagst.«

Kara hatte ihr von Anfang an gesagt, dass den Job als Assistentin von Lucien Knight anzunehmen ein Fehler auf allen Ebenen sei, aber sie hatte sich trotzdem nicht davon abhalten lassen. Luciens Anziehungskraft war zu stark gewesen, um zu widerstehen. Zu aufregend. Zu funkelnd, zu neu, eine zu perfekte Ablenkung von dem ganzen Mist ihres momentanen Lebens.

Und wie es nur eine wahre Freundin konnte, hatte Kara nicht gesagt: »Ich hab's dir ja gleich gesagt«, als Sophies Leben um sie herum zusammengebrochen war. Sie war unerschütterlich gewesen, der einzige Fels inmitten eines tosenden Meeres. Sie hatte Sophies niedergeschlagenes Gemüt über Weinflaschen und späten Telefonaten getröstet und Essen vorbeigebracht, das Sophie jedoch fast nicht angerührt hatte. Und nun war Samstagmorgen, und sie war mit dem Ersatzschlüssel hereingekommen, den sie beschlagnahmt hatte, bewaffnet mit Behältern mit kleinen Mahlzeiten und der festen Absicht, Sophie vom Sofa zu holen, ehe es sie ganz verschlang.

Sophie seufzte schwer. »Gestern Abend hat Dan angerufen.«

Karas Augen weiteten sich ein wenig. »Geht es ihm gut?«

»Nicht besonders.« Sophie umklammerte Trost suchend ihre Tasse. »Er ist total durcheinander. Entschuldigte sich, und noch im selben Atemzug beschimpfte er mich.«

Kara nickte langsam. »Also ein bisschen wie du.«

Sophie zog eine Schulter hoch. »Kann sein.«

»Hast du ihn gefragt, was sein blaues Auge macht?«

»Was denkst du denn?« Sophie hob sarkastisch eine Augenbraue.

»Wohnt er jetzt bei …?« Kara sagte Marias Namen nicht, aber sie wussten beide, wie der Satz endete.

»Ich habe ihn nicht danach gefragt. Aber wo soll er sonst sein? Die beiden sind seit Jahren zusammen. Sie waren zusammen im Urlaub.« Sophie atmete zitternd aus. »Wo soll er sonst sein?«

Karas mitleidvolles Gesicht und das Fehlen einer Antwort bestätigten ihre Zustimmung, auch wenn sie sie nicht aussprach.

»Genug von Dan. Was machen wir mit dir?«

Sophie warf einen bedauernden Blick auf die leere Weinflasche. »Mein Weinregal auffüllen?«

»Soph, ich meine es ernst. Wenn du dich nicht zusammenreißt, wird alles bleiben, wie es ist.« Sie dachte noch einmal darüber nach. »Nein, es wird nicht so bleiben. Deine Rechnungen werden nicht bezahlt, und die Bank wird sich dein Haus unter den Nagel reißen.«

Sophie schob ihre Tasse auf den Couchtisch und fuhr sich mit den Händen durchs Haar. *Bäh.* Fettig und strähnig und zweifellos so zerwühlt wie der Pyjama, den sie seit einer Woche trug.

Kara hatte recht. So hart es klang und so unmöglich die Vorstellung war, für länger als zehn Minuten das Sofa zu verlassen, war doch die Zeit, sich in Selbstmitleid zu suhlen, vorbei. Der Gedanke, ihr Haus zu verlieren, war zu unerträglich, denn es war zu dem einzig Verlässlichen in ihrem Leben geworden.

»Ich weiß nicht, wo ich anfangen soll, Kar.«

Kara musste das Beben in Sophies leiser Stimme gehört haben, denn sie umfing sie in einer stärkenden Umarmung und hielt sie dann wieder auf Armeslänge von sich.

»Du könntest damit anfangen, eine Dusche zu nehmen. Du stinkst.«

Sophie wickelte das Handtuch um ihre frisch gewaschenen Haare und rieb mit der Hand über den beschlagenen Badezimmerspiegel. Das Gesicht, das ihr daraus entgegenblickte, betrachtete sie gelassen, und sie registrierte die sich stärker abzeichnenden Wangenknochen und die dunklen Schatten um ihre Augen. Beides schockierte sie nicht. Sie behielt kaum etwas zu essen bei sich und hatte Mühe einzuschlafen.

Sie kannte sich selbst nicht mehr. So viele Gefühle bekriegten sich in ihr, dass es ihr schien, als würde sie von ihren Klingen kurz und klein geschlagen. Angst. Wut. Reue. *Bohrende Schuldgefühle.*

Es spielte keine Rolle, dass Dan sie drei Jahre lang betrogen hatte. Sie hatte ihre moralische Überlegenheit in dem Moment aufgegeben, als sie Lucien Knight zu Gesicht bekommen hatte, denn sie hatte es gewusst. Sie hatte den Job angenommen, obwohl sie gewusst hatte, was passieren würde. Stattdessen hätte sie die Beine in die Hand nehmen sollen. Ja. Sie hatte ihre Schuldgefühle verdient, und Luciens Benehmen im Hausflur letzte Woche hatte sie noch verzehnfacht. Das hier war ihr ureigenster Schlamassel. Er hatte nicht das Recht dazu, einfach hereinzumarschieren und alle anderen mit Füßen zu treten, um seine Meinung zu sagen. Er hatte ihr unter Zwang die Hand geführt, als sie diejenige hätte sein müssen, die die Entscheidungen traf.

Indem er ihr die Wahlmöglichkeiten genommen hatte, hatte er Sophie einen weiteren auf ihrer immer länger werdenden Liste von Gründen gegeben, ihn zu hassen. Sie war fast so lang wie die Liste der Gründe, warum sie ihm überhaupt erlaubt hatte, sie zu verführen. *Fast.* Sie hatte die ganze letzte Woche seine zahlreichen Anrufe und SMS ignoriert. Sie hoffte und nahm an, dass ihr Versäumnis, bei der Arbeit zu erscheinen, als ihre unausgesprochene Kündigung galt.

Ihre Zeit mit Lucien war kurz und blendend hell gewesen, aber es war der Augenblick gekommen, damit aufzuhören, Märchen über tragische Schneeprinzessinnen und ritterliche Wikinger in Szene zu setzen und sich endlich der grauen, endlosen Monotonie ihrer zerstörten Ehe zu stellen. Kein Weglaufen mehr. *Oder sich auf dem Sofa verkriechen.*

Sophie folgte ihrer Nase und traf Kara in der Küche an, wo sie ein Lied aus dem Radio mitsang und sich einen Toast machte. Vielleicht war es nur die Wirkung darauf, den Dreck und die Tränen von ihrem Körper abgeduscht zu haben, aber Sophie spürte, wie ihr Magen auf den heimeligen Duft ansprach, als sie sich an den Küchentisch setzte. Es war ein gutes Gefühl, wieder saubere Kleidung zu tragen. Instinktiv hatte sie, auf der Suche nach jedem Fitzelchen Trost, das sie bekommen konnte, nach ihrer abgetragensten Jeans und einem schlabberigen, hellrosa Pulli gegriffen. In Ermangelung wärmender Arme würden es diese Kleidung und ihre zuverlässigen Hausstiefel aus Schaffell tun müssen.

»Dein Telefon hat gepiept. Sieben Mal!« Sophie warf einen gehetzten Blick auf ihr Handy, das auf dem Küchentresen lag. Wenn Kara daraufgeschaut hatte, hatte sie zweifellos Luciens Namen auf dem Display aufblinken sehen.

»Ich ignoriere ihn schon die ganze Zeit.«

»Das scheint ihm nicht zu gefallen. Du hast elf ungelesene Nachrichten.«

»Du warst an meinem Handy?«

Kara zuckte ungerührt mit den Achseln. »Dann erschieß mich halt. Ich mache mir Sorgen um dich, Soph. Du kannst nicht einfach den Kopf in den Sand stecken.«

»Mir geht's wieder gut.« Sophie zog sich die Ärmel ihres Pullis bis über die Fingerspitzen hinunter. »Na ja, spätestens, wenn ich einen neuen Job gefunden habe.

Kara stellte einen Teller mit Toast auf den Tisch. »Ich habe in letzter Zeit nicht viele Anzeigen gesehen, in denen Assistentinnen für Wikinger-Sexgötter gesucht werden«, bemerkte sie staubtrocken.

Sophie warf ihrer Freundin einen vernichtenden Blick zu und nahm sich eine Scheibe Toast.

»Was wirst du seinetwegen unternehmen?« Kara deutete auf Sophies Handy.

»Nichts.«

»Irgendetwas sagt mir, dass ›nichts‹ keine deiner Optionen ist, Soph. Du arbeitest immer noch für ihn, schon vergessen?«

»Das hängt von mir ab, nicht von ihm. Und ich sage Nein.«

Kara nickte. »Dann solltest du ihm das vielleicht mitteilen.«

Sophies Schultern sackten zusammen. »Ich weiß. Aber ich kann ihm einfach noch nicht gegenübertreten.«

»Und eine SMS schicken?«

Sophie schüttelte den Kopf. »Und was soll ich ihm schreiben? ›Danke für den Sex und den vorübergehenden Job, aber ich habe beschlossen, mich nach etwas weniger Herzensbrecherischem umzusehen?‹ Du bist ihm nie begegnet, Kara. Sonst wüsstest du, dass er niemand ist, den man mit einer SMS in die Wüste schickt.«

Kara ging zur Spüle, um ihre Tasse auszuwaschen. »Ähm, Soph ... sagtest du nicht, dass er einen Aston Martin fährt?«

Das schöne, schwarze Auto erschien schnurrend in Sophies Kopf. »Ja.«

Kara wandte sich vom Fenster ab. »Dann bedaure ich, es dir sagen zu müssen, aber ich glaube, er kommt gerade den Gartenweg entlang.«

Beide fuhren zusammen, als es an der Tür klopfte.

»Ich mache nicht auf«, flüsterte Sophie und hielt sich so krampfhaft an ihrer Kaffeetasse fest, dass ihre Knöchel weiß unter der Haut hervortragen. »Ich will nicht, Kara.«

»Dann gehe ich eben.«

»Nein! Lass es. Bitte. Er wird wieder gehen, wenn wir nicht aufmachen.«

»Meinst du?« Lucien klopfte wieder, diesmal kräftiger. »Unsinn, Soph, ich weiß, du hast gesagt, dass er heiß ist, aber er ist der Ham-mer!« Kara machte Stielaugen, als sie sich über die Spüle reckte, um einen besseren Blick durch das Fenster zu bekommen. »Bitte, lass mich wenigstens die Tür aufmachen, um ihn mir richtig anzusehen.«

»Ich meine es ernst, Kara.« Sophies Flüstern stieg vor Panik um eine erstickte Oktave an. »Ich kann heute nicht mit ihm sprechen.«

»Sophie.« Luciens tiefe Stimme hallte durch den Flur, und Sophie schloss die Augen, während die von Kara immer größer wurden.

»Mach die Tür auf, Sophie, oder ich tu's.« Seine Stimme war gefasst, aber die Drohung war eindeutig.

»Himmel, hat er vor, die Tür einzutreten?«, zischte Kara und hüpfte vor Aufregung geradezu auf und ab.

Sophie stellte ihre Tasse ab und blickte besorgt den Flur

entlang. Sie war sich nicht sicher, ob sie mit einem weiteren Showdown fertig würde, aber es schien, als wäre dies ihr Schicksal.

Als sie auf die Tür zuging, konnte sie Luciens große, vertraute Statur durch die Glasscheibe erkennen, und ihr drehte sich vor Nervosität der Magen um. Der Toast war ein Fehler gewesen.

»Ich kann dich sehen, Sophie.«

Wieder überschlug sich ihr Magen, und diesmal hatte es wenig mit dem Toast zu tun.

»Bitte geh. Ich habe dir nichts zu sagen.«

»Ich dir aber. Also, entweder lässt du mich rein oder ich benutze den Schlüssel, der hier in der Tür steckt, und lasse mich selbst rein.« Er machte eine Pause, um seine Worte wirken zu lassen. »Was ist dir lieber?«

Panisch fuhren Sophies Augen zu ihrem eigenen Schlüssel, der sicher auf dem Tisch im Flur lag, und dann misstrauisch zu Kara in der Küchentür. Als diese begann, hektisch ihre Taschen abzusuchen, und ihr dann eine entschuldigende Grimasse zuwarf, war das Schlimmste bestätigt. Lucien log nicht. Er hätte geradewegs hereinspazieren können. Er gab ihr eine Chance, ihn einzuladen, bevor er sich selbst einlud.

Als ihre Finger über dem Türgriff schwebten, seufzte Sophie und lehnte den Kopf gegen das Glas.

»Ich möchte diese Tür wirklich nicht aufmachen«, sagte sie, hauptsächlich zu sich selbst.

Lucien schwieg auf der anderen Seite. Wartete und beobachtete.

Sophie fühlte, wie Karas Hand in stummer Solidarität ihre Schulter drückte.

»Mach die Tür auf, Soph«, murmelte sie. »Ich bin hier. Ich sorge dafür, dass er abhaut, wenn du das wirklich willst.«

Sophie schluckte schwer, drückte dann die Klinke hinunter und öffnete.

Als Erstes registrierte sie den Schmerz. Den Schmerz von Karas Fingernägeln, die sich in ihre Schulter gruben. Sophie war nicht überrascht. Die erste Begegnung mit Lucien Knight hatte auf sie eine ähnliche Wirkung gehabt.

Sie stellte einen Blickkontakt zu seiner Brust her, fest, breit und in eine abgewetzte, schwarze Lederjacke gehüllt.

Sie schloss für eine Sekunde die Augen, ehe sie zu ihm aufblickte, und brauchte einen Moment, um sich gefühlsmäßig zu wappnen. Drei, zwei, eins…

»Lucien.«

Es war das erste Mal, dass sie seinen Namen sagte, seit er ebendiesen Flur am letzten Wochenende mit Dans Blut an seinen Händen verlassen hatte, und es verursachte auf ihren Lippen ein Gefühl von lustvoller Schuld.

Seine Augen blickten in ihre.

»Sophie.«

Er sah nicht weg, schien nicht einmal Karas Gegenwart neben Sophie wahrzunehmen.

»Ich muss mit dir reden.«

Lucien so nah zu sein stellte merkwürdige Dinge mit Sophies Innenleben an. Sie war stinksauer auf ihn wegen seines Benehmens neulich, und doch übte sein Körper auf den ihren eine pure sexuelle Anziehung aus wie ein starker Magnet. Wie konnte sie so wütend und so durcheinander sein und sich doch immer noch so nach ihm sehnen?

Sie hasste ihren verräterischen Körper dafür, dass er ihn immer noch begehrte. Aber dann straffte sie die Schultern und warf Kara einen Blick über die Schulter zu. »Ich komme schon klar.« Sie tätschelte die Hand ihrer Freundin, um sie zu ermutigen, ihren Schraubstockgriff an ihrer Schulter zu lockern. »Vielleicht solltest du jetzt gehen.«

Karas Augen glitten unsicher von Sophie zu Lucien und dann wieder zu Sophie.

»Sicher?«

Sophie nickte, und Karas Ausdruck schien eine Million Dinge gleichzeitig zu sagen. Sophie sah Sorge darin und liebte ihre Freundin dafür. Sie sah auch Bewunderung und fühlte sich bestärkt von Karas Zuversicht in sie. Und außerdem sah sie noch ›Lass mich hierbleiben, damit ich diesen Mann noch eine Weile ansehen kann‹, was Sophie ihr nicht verübeln konnte.

Sie umarmte ihre Freundin kurz und schob sie sanft über die Türschwelle, und Lucien trat beiseite, um sie vorbeizulassen. Sophie erzitterte und schlang sich die Arme um den Leib, während sie mit steigender Panik Kara weggehen sah.

»So«, sagte Lucien. »Jetzt sind nur noch du und ich da.«

Oh Gott. Sie konnte das nicht. Alles, was er sagte, klang wie bei einem Filmstar.

»Was willst du, Lucien?«

»Meine Assistentin zurück.« Sein Tonfall war neutral und sein Blick unbeirrbar.

Ein ersticktes Lachen entfuhr Sophies Kehle.

»Ich habe gekündigt.«

»Ich habe keine Kündigung erhalten. Bitte mich doch herein.«

Sophie wollte diesen großen Mann nicht in ihrem kleinen Haus haben, aber die einzige andere Option war, das Gespräch auf der Türschwelle fortzusetzen, und sie hatte den Verdacht, dass die Nachbarn jetzt schon einen Heidenspaß an ihren Eheproblemen hatten. Sie konnte praktisch sehen, wie die Vorhänge gelüpft wurden, und die Telefonanrufe zwischen ihnen hören, um sich gegenseitig auf die nächste anstehende Nebenvorstellung auf der Straße aufmerksam zu machen.

»Na schön. Komm herein.«

Sie drehte ihm den Rücken zu und ging ihm in die Küche voran. Sie hörte, wie sich die Tür schloss, und merkte an der knisternden Elektrizität seiner Nähe, dass er im Zimmer war, zwang sich aber, sich nicht umzudrehen, bis sie den Kessel mit Wasser gefüllt und nach zwei Tassen gegriffen hatte.

»Möchtest du Platz nehmen?« Sie sah ihn an und zeigte auf einen Stuhl, während sie die Reste vom Frühstück vom Tisch räumte und immer noch seinem Blick auswich.

Er setzte sich auf den angebotenen Platz, sein Körper schien irgendwie viel zu groß für ihre Küche zu sein. Er war ganz in Schwarz gekleidet, was gut zu ihrer Stimmung passte.

Muss er sich so breitmachen? Wie konnte er es sich in der Küche eines anderen Mannes mit der Frau eines anderen Mannes so bequem machen? Andererseits hatte Luciens Messnadel für Respekt bei ihrem Ehemann nie besonders hoch ausgeschlagen.

Als der Kaffee fertig war und auf dem Tisch stand, gingen Sophie die Verzögerungstaktiken aus. Es war Zeit, sich Lucien Knight zu stellen.

2

»Du bist am Montag nicht zur Arbeit gekommen.«
Sophie stellte die Tassen auf den Tisch und setzte sich Lucien gegenüber.
»Hast du allen Ernstes mit mir gerechnet?«
Er zog die Schultern hoch, als verwirrte es ihn, dass sie ihm überhaupt diese Frage stellte.
»Ja.«
Sie schüttelte den Kopf. Das konnte er nicht ernst meinen. »Du hast meinen Mann geschlagen.«
»Erwartest du etwa, dass ich mich dafür entschuldige? Er hatte es verdient.« Lucien bemühte sich, seine Gelassenheit zu bewahren, aber der Ausdruck in seinen Augen wechselte von überlegen zu heiß wie Lava, was Sophie sehr bewusst machte, wie nervös er war.
»Du hattest nicht das Recht dazu.« Sophies Fingernägel bohrten sich in ihre Handfläche, als sie die Fäuste ballte. »Ich wollte das auf meine Weise regeln. Du hast mir meine Wahlmöglichkeiten genommen.«
Sie sah, wie er über ihre Worte nachdachte, und für einen winzigen Augenblick sah sie Unsicherheit in seinen Augen aufflackern.
»Wahlmöglichkeiten?« Er beugte sich nach vorn und trommelte mit den Fingern auf den Tisch. »So wie ich es sehe, hattest du keine Wahl, Sophie. Dein Mann ist das Letzte. Du musstest ihn loswerden.«

Sophie spiegelte auf der anderen Seite des Tisches seine steife Haltung wider. »Und schon wieder triffst du meine Entscheidung für mich.«

Ein Zucken fuhr durch seinen angespannten Kiefer.

»Ich dachte, du würdest die falsche treffen.«

»Also hast du sie für mich getroffen.«

Er lehnte sich zurück und verschränkte herausfordernd die Arme vor der Brust.

»Es tut mir nicht leid.«

»Männern tut nie etwas leid.« Sophie bedauerte die Verallgemeinerung schon in dem Augenblick, als sie ihr über die Lippen gekommen war, aber die letzten paar Tage hatten sie mehr als nur ein bisschen erschöpft.

»Ich bin nicht wie er, Sophie.« Luciens Worte waren so leise, dass Sophie sie gerade noch verstehen konnte.

»Nein. Nein, du bist nicht wie er«, fauchte sie. »Du bist wahrlich einzigartig in deiner Verkorkstheit, Lucien.«

Ihre Worte mussten ihn getroffen haben, denn er senkte den Blick und seufzte schwer. Ihn so gebeugt vor sich zu sehen raubte Sophie beinahe die Fassung. Sie sah nur die langen Wimpern, die Fülle seiner leicht geöffneten Lippen. Für den Bruchteil einer Sekunde fühlte sie sich in sein Arbeitszimmer in Norwegen zurückversetzt, als sie das Foto des Jungen betrachtet hatte, der dieser Mann einmal gewesen war. Das lachende Kind mit der Mutter, die es verehrte. Er war ganz allein auf der Welt, und ihr Urteil erschien ihr plötzlich schäbig.

»Ich hatte nicht vor, dir deine Wahlmöglichkeiten zu nehmen.« Luciens Stimme war leise, aber fest.

Sophie glaubte ihm. Er war ein Mann, der mit seinen eigenen verpfuschten Moralvorstellungen uneins war, und im

Grunde ihres Herzens wusste sie, dass seine Handlungen von seinem Zorn auf Dan beeinflusst gewesen waren und nicht von seinem Wunsch, sie zu beherrschen.

Aber so oder so, das Ergebnis war dasselbe.

Sie hätte Dan von ihrer Affäre erzählt. Dann hätte er seine Affäre zugegeben.

Und was dann? Sie hatten das Vertrauen des anderen missbraucht und damit ihre Ehe zerstört.

»Lucien.« Sophie blickte wieder in seine Air-Force-blauen Augen, als er sie zu ihr aufschlug. »Was passiert ist, ist passiert. Ich muss einen Weg finden, damit klarzukommen, und du musst eine neue Assistentin finden.«

Er schnaubte leicht. »Ich will keine neue Assistentin. Komm zurück zur Arbeit.«

»Nicht in einer Million Jahre.«

Er schüttelte den Kopf. »Wir könnten es schaffen. Wir sind erwachsen, Sophie.«

Fast hätte sie losgelacht. »Ich soll also einfach zur Arbeit kommen, als wäre nichts geschehen? Dir Kaffee kochen, deine Berichte tippen und der Einfachheit halber vergessen, dass wir Sex miteinander hatten?«

»Wer hat denn etwas von vergessen gesagt?« Luciens Augen verdüsterten sich, als sie sich wieder in ihre versenkten. »Ich will nicht vergessen, dass wir Sex miteinander hatten. Ich will nicht vergessen, wie du dich in meinen Händen anfühlst oder wie dein Gesicht aussieht, wenn du kommst.«

Sophie starrte ihn an, ihr Mund war völlig trocken. Er hatte eine Direktheit, die ihr den Atem verschlug.

»Also, nein. Nicht vergessen. Weitergehen.« Er schlürfte seinen Kaffee. »Du kannst wieder das Mädchen sein, das Briefumschläge küsst, bevor es sie verschickt.«

Sophie versuchte, sich an jenes Mädchen zu erinnern. Es war so gut wie unmöglich. Es war eine Fremde, obwohl erst ein paar Wochen vergangen waren, seit sie jenen verhängnisvollen Brief abgeschickt hatte.

»Ich kann es nicht«, sagte sie tonlos.

»Doch, du kannst es. Das Allermindeste, was wir sein können, Sophie, sind Freunde und Kollegen.«

Bei ihm klang es so absolut vernünftig. So erreichbar. So überaus lässig. Wie gewonnen, so zerronnen. Aber entsprach das nicht genau seinem Wesen?

Seinem vielleicht, aber nicht ihrem.

»Ich kann nicht, Lucien, es ist so schwer. Ich kann nicht mit dir befreundet sein, und ich kann das Chaos, in dem mein Leben steckt, nicht lösen, wenn du um mich bist.«

Lucien blickte sich in ihrer kleinen Küche um. »Ich nehme an, er wohnt nicht mehr hier?«

Überrascht von seinem Themenwechsel schüttelte Sophie den Kopf und grub wieder ihre Fingernägel in ihre Handfläche. Körperlicher Schmerz, um sich von dem seelischen abzulenken, aber die Tränen sammelten sich trotzdem in ihren Augen.

»Kommst du alleine klar?«, fragte er sanft.

Sie schloss die Augen. *Tu das nicht. Sei nicht sanft. Ich vergehe, wenn du so bist.*

Sie fuhr sich mit dem Ärmel über die Augen.

»Eigentlich nicht.« Lügen wäre klüger gewesen, aber es schien weit über ihre emotionalen Fähigkeiten hinauszugehen. »Ich weiß nicht mehr, wer ich bin. Ich schlafe nicht. Ich verstecke mich vor den Nachbarn. Die sind wahrscheinlich jetzt da draußen und fotografieren mit ihren Handys dein Auto.«

Lucien griff über den Tisch hinüber zu ihr, und Sophie zog rasch ihre Hände weg, ehe er sie berühren konnte.

»Du solltest gehen.« Sie hob ihre Augen zu seinen. »Komm nicht mehr hierher, Lucien.« Ihre Worte waren nicht viel mehr als ein Flüstern in dem stillen Raum. »Das hier ist mein Leben. Ich muss selbst einen Weg finden, damit fertigzuwerden.«

Sie blickte nicht mehr auf, bis sie die Haustür hinter ihm zufallen hörte.

Lucien warf den Kindern, die um sein Auto herumstanden, einen finsteren Blick zu, der sie auseinanderstieben ließ.

Sophie hatte recht. Er hatte hier nichts verloren.

Der Teufel allein wusste, warum er heute hergekommen war. Hatte er nicht schon alles bekommen, was er wollte? Sophie hatte ihren Mann hochkantig hinausgeworfen, also, warum verspürte er nicht den gebührenden Triumph?

Weil sie innerlich gebrochen war.

Es schockierte ihn, sie so abgezehrt gesehen zu haben, zu wissen, dass er sie auf einen langen, einsamen Weg geschickt hatte. Er hatte sich nicht über die Genugtuung hinaus, die Schlacht zu gewinnen, Gedanken gemacht, und er hatte nicht damit gerechnet, dass Sophie zur Seite der Verlierer gehören würde.

Er warf noch einen langen Blick auf das adrette kleine Haus. Das hier war noch nicht vorbei. Noch lange nicht.

3

Sophie schloss die Datei auf dem Computerbildschirm und griff nach ihrem Handy. Auch wenn es erst wenige Wochen her war, seit sie bei Hopkins Building & Double Glazing gearbeitet hatte – an ihrem alten Schreibtisch zu sitzen war, als ziehe sie sich alte Schuhe an, die ihr nicht mehr passten.

Sie wusste, dass sie Glück gehabt hatte, dass Derek ihre Stelle noch nicht besetzt hatte, und dass sie eigentlich dankbar sein sollte, dass er sie wieder eingestellt hatte. Und das war sie, wirklich, aber es ließ sich nicht bestreiten, dass Kostenvoranschläge für Doppelverglasungen weit weniger glamourös waren als Testberichte über Sexspielzeug. Und als Chef war Lucien Knight so gut wie unerreichbar.

Sie warf einen verstohlenen Blick auf das Display ihres Handys. Keine Nachrichten. Nicht, dass sie irgendwelche erwartet hätte. Zwischen Dan und ihr herrschte seit drei Wochen Funkstille, und Lucien schien sie seit ihrer letzten Begegnung beim Wort genommen zu haben.

Sie vermisste alle beide.

»Sophie, mein Mädchen.« Derek kam in Sophies winziges, zellenartiges Büro hereingepoltert und quetschte sich mit seiner nicht unerheblichen Masse an ihr vorbei hinter den Schreibtisch. Sophie schluckte schwer, als er ihr seine fleischige Hand auf die Schulter legte und sie drückte, während er auf ihren Bildschirm schielte.

»Alles klar, Liebes? Schon wieder eingewöhnt?« Sophie lächelte angestrengt, nickte und versuchte darüber hinwegzusehen, wie sehr sein Bauch Anstalten machte, durch seine gespannten Hemdknöpfe zu entkommen.

»Alles gefunden, was du brauchst?« Dereks Griff an ihrer Schulter ging von einem Drücken zu einem Massieren über, und Sophie hatte Mühe, keine Grimasse zu ziehen. Sie nickte wieder, unfähig, durch ihre zusammengebissenen Zähne hindurch zu sprechen.

Er massierte sie immer noch.

»Ich wusste, dass du zurückkommst. Hattest Sehnsucht, hm?« Er lachte schmutzig und beugte sich dann vor, so dass sein Körper Sophie seitlich berührte. Seine Finger fuhren über ihre Schulter und rieben dann über die entblößte Haut an ihrem Kragen. Schwitzige, raue Wurstfinger, die Sophie erschauern ließen.

»Im Büro wird herumerzählt, dass dein Mann ein Betthäschen hat.«

Sophie brauchte diesen Job wirklich.

In den letzten paar Wochen hatte sie vergeblich versucht, irgendetwas anderes zu finden. Hierher zurückzukehren war der einzige unmittelbare Weg, den sie sah, um die Rechnungen mit dem roten Aufdruck zu bezahlen, von denen immer mehr hereingeflattert kamen. Das wusste Derek offensichtlich auch. Er hatte sie in der Hand und fühlte sich eindeutig als der ideale Kandidat, um in Dans erst kürzlich frei gewordene Fußstapfen zu treten, aber er hatte die Grenze meilenweit überschritten. Sie war nicht mehr das Mädchen, das er in der Vergangenheit so bequem belästigen konnte.

»Derek ... Ich glaube nicht ...«

Seine Massage verwandelte sich in einen Griff, der sie nach unten drückte, und seine andere Hand landete seitlich an ihren Rippen, widerlich nah an ihrer Brust.

Unter normalen Umständen hätte Sophie ihm klargemacht, dass seine Annäherungsversuche inakzeptabel seien, aber das hier waren weder normale Umstände noch normale Tage. Sie lag bereits am Boden, und das hier war ein Kampf zu viel. Tränen der Schmach sammelten sich in ihren Augen, als ihr Dereks Zigarrenatem in die Nase drang.

»Schön, dich wieder hier zu haben, Sophie.«

Auf dem Schreibtisch schrillte das Telefon und löste die Spannung, und Derek ließ von ihr ab und tätschelte ihr die Schulter. »Da gehst du besser dran, Liebes. Ich komme später wieder, wenn die Jungs heimgegangen sind.«

Ein Später würde es nicht geben.

Sophie sah, wie Derek draußen über den Hof watschelte, und da packte sie die Wut, eine Wut, wie sie sie noch nie zuvor erlebt hatte und die in ihr den Wunsch weckte, mit den Fäusten gegen das Fenster zu schlagen und aus voller Kehle zu brüllen.

Was zu viel war, war zu viel.

Sie griff nach ihrem Mantel und warf sich ihre Tasche über die Schulter. Lieber würde sie ihr Zuhause verlieren als den letzten Rest an Selbstachtung, den sie noch hatte.

4

Am darauffolgenden Montag tat Sophie etwas, von dem sie nie geglaubt hätte, dass sie es je wieder tun würde. Niemand beachtete sie besonders, als sie durch die Vorhalle aus schwarzem Glas schritt und mit dem Fahrstuhl ganz nach oben fuhr, und niemand lauerte ihr auf, als sie durch den piekfeinen Flur ging und an die Tür am Ende klopfte, bevor sie sie öffnete.

Lucien blickte von dem Bericht auf, den er in der Hand hielt, starrte sie an, stumm vor Überraschung, und stellte dann langsam den Kaffeebecher aus Plastik vor sich auf den Schreibtisch.

»Eine Million Jahre haben sich als zu lang herausgestellt«, sagte Sophie und zog die Tür hinter sich zu. Sie hatte diese Bemerkung den ganzen Weg zur Arbeit geprobt, fest entschlossen, einen würdevollen Auftritt hinzulegen.

Lucien nickte langsam und bedeutete ihr, sich auf den Platz ihm gegenüber zu setzen.

»Hast du meine Stelle schon besetzt?«

Er nahm einen Stift zur Hand und klopfte damit müßig auf den Tisch. »Eine gute Assistentin ist schwer zu finden, Sophie. Ich lasse mir Zeit.«

Sie schluckte. Er machte es ihr nicht leicht, aber sie hatte ihm ja auch unmissverständlich klargemacht, dass sich ihre Wege nicht wieder kreuzen würden.

»Haben Sie irgendwelche Referenzen, Ms Black?«

Sophie seufzte. Also, dieses Spiel wollte er spielen.

»Nein, ich habe letzte Woche einen Job aufgegeben, weil der Chef mehr für sein Geld wollte als nur meine Schreibmaschinenkenntnisse.«

Lucien runzelte die Stirn und beugte sich vor, wobei sein dunkles Hemd sich über seinen muskulösen Schultern straffte. »Hat er dir etwas getan?« In seiner Stimme lag eine ungewöhnlich raue Schärfe.

Sophie schüttelte den Kopf. »Nur meinem Stolz. Ich bin gegangen, bevor er mehr anrichten konnte.«

Lucien lehnte sich wieder in seinem Stuhl zurück, aber seine Augen wirkten gequält.

»Und jetzt bist du hier. Vom Regen in die Traufe.«

»Ich brauche einen Job, Lucien. Das ist alles.« Sophie rang um Festigkeit in ihrer Stimme, als sie weiter Worte aufsagte, die sie auf dem Weg hierher immer wieder im Kopf geübt hatte. »Ich werde deine Berichte tippen und dir Kaffee kochen, und am Ende des Tages ziehe ich meinen Mantel an und gehe wieder nach Hause.«

Er nickte. »In dein leeres Haus.«

Sophies Augen funkelten ihn scharf an. Versuchte er herauszufinden, ob Dan wieder eingezogen war? Sie bemühte sich, gleichmäßig zu atmen, zuckte mit den Schultern und nickte.

»In mein leeres Haus.«

Lucien legte die Fingerspitzen unter seinem Kinn aneinander und sah sie prüfend an.

»Wirst du meine Briefumschläge küssen, bevor ich sie abschicke?«

»Gibst du mir meinen Job zurück, wenn ich Ja sage?«

Er zeigte auf die Tür zu ihrem alten Büro.

»Es gehört ganz dir.«
Erleichterung durchströmte Sophie, und auch ein unerwartetes, verwirrendes Gefühl von Sicherheit.
»Nur Kollegen«, sagte sie.
»Und Freunde«, murmelte er mit einem kaum merklichen Zucken einer Augenbraue. Er warf einen Seitenblick auf die glänzende Kaffeemaschine in Sophies Büro und beförderte seinen Plastikbecher in den Mülleimer.
»Könntest du eventuell damit anfangen, mir eine vernünftige Tasse Kaffee zu kochen?«

Lucien saß einen Moment lang still da und folgte nur den Lauten des Klirrens von Tassen und dem Klappern der Tasten aus dem Zimmer nebenan. Geräusche, die von der Rückkehr Sophie Blacks kündeten, dem Mädchen, das ihn überrascht hatte. Heute hatte sie es wieder getan, genauso wie bei ihrer ersten Begegnung. Er konnte sich vorstellen, wie viel Überwindung es sie gekostet haben musste, hierher zu kommen, und er war nicht so dumm zu glauben, dass sie gekommen wäre, wenn sie irgendeine andere Wahl gehabt hätte.
Sie war so viel tapferer als ihr selbst bewusst war, und das beeindruckte ihn maßlos.
Er hatte sich in den Wochen, seit sie weg war, an die Stille gewöhnt und war überrascht, wie viel Vergnügen es ihm bereitete, Sophie wieder nebenan zu hören. Er hatte keinen Namen für das Gefühl, das sie in ihm hervorrief, und er wollte sich auch über die Tatsache hinaus, dass er mit ihrer Wiedereinstellung ihre Geldsorgen milderte und damit ein bisschen für seinen Anteil an ihrem Unglück sühnen konnte, keine weiteren Gedanken machen.

Sie machte jedenfalls unbestreitbar einen verdammt guten Espresso.

Sophie machte sich jetzt ein weiteres Mal wieder mit einem vertrauten Schreibtisch bekannt, aber dieses Mal war es nicht von einem unbehaglichen Gefühl begleitet. Alles war so, wie sie es zurückgelassen hatte, Stiftebox rechts, Kalender links. Ein Blick in den Kalender brachte Notizen in der Handschrift von jemand anderem zutage, ein Beweis, dass der Laden in ihrer Abwesenheit am Laufen gehalten worden war. Fast als hätte sich jemand darum gekümmert, dafür zu sorgen, dass für den Fall der Fälle alles für sie bereit wäre.

Sophie schüttelte sich die albernen Gedanken aus dem Kopf, erweckte den Computer zum Leben und sah zu, wie augenblicklich das vertraute Knight Inc.-Logo auf dem Bildschirm auftauchte.

Sie hatte dieses Logo schon so oft gesehen, an so vielen Orten. Hier, in diesem Gebäude. Auf dem Heck von Luciens Flieger. Und auf den kleinen Flaschen Neroliöl, das Lucien benutzt hatte, um sie vor seinem knisternden Kaminfeuer in Norwegen in einen Zustand völliger Ekstase zu versetzen,

Norwegen.

Das Land hoch aufragender, schneebedeckter Berge, tanzender Nachthimmel, durch die mehr Farben blitzten als in einem Malkasten, und eines schönen Wikingers, der auf zwanzig Schritt Entfernung ein Höschen zum Schmelzen bringen konnte.

Er war jetzt weniger als zwanzig Schritte entfernt.

5

Mittagessen?

Sophie blickte vom Kalender zum Monitor auf, als der Signalton des Chatprogramms die Stille ihres Büros durchbrach.

Es gab nur eine Person in diesem Gebäude, die ihr Nachrichten schickte, obwohl sie seine Stimme wunderbar von seinem Tisch direkt vor ihrer Tür hätte hören können.

Ich habe eigentlich keinen Hunger. Ich arbeite durch.

Das war gelogen, aber die Vorstellung, das Mittagessen mit Lucien einnehmen zu müssen, verjagte jedes Hungergefühl.

Du musst etwas essen. Du bist zu blass.

An der Richtigkeit dieser Bemerkung kam auch sie nicht vorbei. Sie konnte noch so viel Make-up auftragen, den fahlen Ton ihrer Haut konnte sie nicht verdecken.

Ich hole mir später etwas. Bitte. Das wäre mir lieber.

Sophie wusste nicht, wie sie noch deutlicher werden sollte, ohne unhöflich zu sein. War es nicht offensichtlich, dass sie vermeiden musste, unnötig viel Zeit mit ihm zu verbringen? Allein ihn an jenem Morgen wiederzusehen hatte sie mehr mitgenommen, als sie gedacht hatte. Er raubte ihr den Atem und ließ sie Dinge fühlen, die sie sich jetzt emotional eigentlich nicht leisten konnte. Ihr Körper reagierte auf seine Nähe, auch wenn ihr Verstand Nein sagte und die Situation vor Gefahren nur so strotzte.

In seinem Zimmer murmelte Lucien etwas Unverständliches, und ein oder zwei Minuten später hörte Sophie, wie die Tür hinter ihm zuknallte. Sie ließ den Kopf in ihre Hände sinken, die Handballen in ihre schmerzenden Augenhöhlen gepresst. Was um Himmels willen machte sie hier? Ihr ganzes Leben stand kopf. Hatte sie etwa geglaubt, hierher zurückzukehren würde etwas anderes bewirken, als ihr Leben noch eine Million Mal komplizierter zu machen?

Sie kannte die offizielle Antwort, die sie sich selbst gegeben hatte und jedem geben würde, der sie danach fragte. Sie war hier, weil sie nur die Wahl hatte zwischen dem hier, sich von Derek begrapschen zu lassen oder der Mittellosigkeit.

Aber die inoffizielle Antwort lauerte auch am Rand ihres Bewusstseins, selbst wenn sie sich weigerte, ihr irgendwelchen Raum zuzugestehen. Es gab einen winzigen, aber bedeutenden Anteil an dieser Entscheidung, der nichts mit diesen praktischen Überlegungen zu tun hatte. Es war, weil sie einsam war, weil sie sich danach sehnte, sich wieder lebendig zu fühlen, und weil es sie tröstete, in Luciens Nähe zu sein, auch wenn sie wusste, dass das völlig lächerlich war, wenn man bedachte, dass er der gefährlichste Mann war, dem sie jemals begegnet war.

Sophie stieß die Luft aus, die sie angehalten hatte, und starrte aus dem Panoramafenster auf die Skyline der Stadt. Sie war riesig, und Sophie trieb inmitten dieses Ozeans, und im Moment war ihr Job der einzige Rettungsring, an den sie sich klammern konnte. Alles würde gut werden. Sie würde den Kopf über Wasser halten ... solange sie sich nicht auch an den Kapitän klammerte.

Eine halbe Stunde später kam Lucien in sein Büro zurück, als Sophie gerade einen Stapel Papiere auf seinen Schreibtisch legte.

»Mittagessen.«

Er ließ ein paar braune Papiertüten auf den Couchtisch in der Ecke des Büros fallen und zog seinen dunklen Woll-Caban aus. Sophie musste wegsehen. Er hatte eine Art, Geschäftsanzüge zu tragen, die ihn für das Ausklappfoto in gewissen Zeitschriften qualifizierten. Seine eng geschnittenen, dunklen Hemden zeichneten die straffen Linien seines Körpers nach, und bisher hatte Sophie ihn noch nicht mit Krawatte gesehen. Sein oberster Knopf hätte genauso gut fehlen können, so wenig machte er Gebrauch von ihm, und seine Ärmel waren immer hochgekrempelt, um gebräunte Unterarme zu entblößen. Der Mann war ein wandelndes Aushängeschild für sein eigenes sündiges Seximperium.

Sophie zögerte beunruhigt. Sie hatte Hunger, und was immer in diesen braunen Tüten war – es duftete jedenfalls göttlich.

»Es ist nur Essen, Sophie. Komm und iss.«

Lucien ließ sich auf dem Sofa nieder und griff nach den Tüten, dann blickte er erwartungsvoll zu ihr auf.

Sophie wusste, dass sie sich unmöglich benahm. Wenn das hier funktionieren sollte, musste sie einen Weg finden, in Luciens Nähe zu sein, ohne daran zu denken, wie es noch vor Kurzem zwischen ihnen gewesen war.

Das eine war die Vergangenheit, und das hier war jetzt und hier, und er war dabei, kleine Kartons mit chinesischem Essen auf den Tisch zu stellen, das sie unheimlich gern probieren wollte. Ihre Füße liefen fast von allein auf das Sofa zu, aber sie setzte sich trotzdem so weit von Lucien weg, wie sie konnte, ohne von der Sitzkante zu fallen.

Einen Moment beobachtete er sie kühl und reichte ihr dann über die Kluft zwischen ihnen hinweg ein paar Essstäbchen. Sie beäugte sie zweifelnd.

»Ich kann nicht sehr gut damit umgehen.«

»Ich kann dich nicht hören, Sophie. Du könntest genauso gut im anderen Zimmer sitzen.« Lucien hielt sich die Hand ans Ohr, und sie verdrehte die Augen und rutschte ein bisschen näher zum Essen und zu ihm. Er schob einen Karton über den Tisch.

»Probier das mal. Das wird dir bestimmt schmecken.«

Der köstliche Duft von Singapur-Nudeln drang in ihre Nase, sobald sie den Karton geöffnet hatte. Auch als Neuling kam sie gut genug mit den Stäbchen zurecht, dass sie feststellen konnte, dass Lucien recht hatte – das Essen war himmlisch.

Er ging mit seinen Stäbchen mit der Leichtigkeit eines Mannes um, der sie oft benutzte, und jeder neue Karton, den er ihr anbot, hielt andere wunderbare Aromen und Zusammenstellungen bereit. Delikate Glasnudeln. Feuriges Rinderfilet, englisch. Zarten Hummer. Er ermutigte sie, von allem ein bisschen zu probieren, und Sophie spürte, wie sie sich etwas entspannte, als das gute Essen in ihrem Magen ankam. Selbst die Stäbchen benahmen sich gut, bis zu dem Zeitpunkt, als Lucien darauf bestand, dass sie ein besonders fein duftendes Reisgericht probieren sollte. Sosehr sie es auch versuchte, mehr als ein paar Reiskörner auf einmal bekam sie nicht zu fassen, bis sie sich lachend geschlagen gab und den Karton hinstellte.

»So.« Lucien demonstrierte ihr, wie man die Stäbchen

richtig benutzte.»Halte die Enden nebeneinander und nimm das obere Stäbchen zwischen Daumen, Zeigefinger und Ringfinger.« Er runzelte die Stirn, als sie vergeblich versuchte, seinem Beispiel zu folgen. »Halte das untere schräg, so.« Er blickte auf seine eigene Hand und dann auf ihre. Bei ihm sah es so leicht aus. So natürlich.

Lucien rutschte auf dem Sofa zu ihr, so dicht, dass er nach ihrer Hand greifen und ihre Finger berühren konnte.

»Nicht so. So.«

Seine warme Hand streifte ihre und legte ihre Finger in der richtigen Anordnung um die Stäbchen herum. Sophie konnte ihm nicht in die Augen sehen. Die beiläufige Berührung seiner Fingerspitzen auf ihrer Haut reichte, um jedes Interesse, das sie noch am Essen hatte, in Luft aufzulösen. Sie wollte auf gar keinen Fall auf ihn reagieren, sich erinnern, mehr wollen ... aber es war zu schwer.

»Sophie.«

Sie schlug die Augen zu ihm auf und sah, dass er sie genau beobachtete. Er nahm ihr die Stäbchen aus der Hand und legte sie auf den Tisch.

»Tut mir leid ...«, sagte sie und blickte zur Decke hinauf, als sie blinzelnd versuchte, die Tränen zurückzuhalten. Was war bloß los mit ihr? Sie weinte sonst nicht so leicht, aber in den letzten paar Wochen hatte sie genug geheult, um Hochwasseralarm auszulösen.

»Herrje. Komm her.«

Als Lucien noch näher rückte und sie in seine Arme zog, kam Sophie nicht mehr dagegen an. Seit Wochen hatte sie niemand mehr in den Arm genommen – außer Kara, ihre allerliebste Freundin. Und Kara umarmte sie nicht so. Sie brauchte das so, so sehr. Ihre hemmungslosen Tränen durchnässten sein Hemd, und sein vertrauter, teurer, warm-würziger Duft attackierte all ihre Sinne. Die Stärke seiner Arme. Das sanfte Reiben seiner Hand auf ihrem Rücken. Nach und nach nahm sein Trost das Gewicht von ihren Schultern und den Schmerz von ihrer Brust.

Sophies Wimpern senkten sich, und irgendwann wechselte die Berührung von Luciens Händen von tröstend zu etwas anderem. Etwas viel, viel zu Angenehmem, um es aufhalten zu wollen. Ihr wurde die Hitze seines Rückens bewusst, dort, wo ihr Arm ihn umschlang, und das regelmäßige Schlagen seines Herzens, dort, wo ihre Hand flach auf der Brust seines Hemds lag.

Streiften seine Lippen ihr Haar, als er ihren Namen murmelte?

Wandte sie ihr Gesicht der warmen, goldenen Haut in seiner Halsbeuge zu?

Als sie ihren Kopf hob, war sein Mund nur ein Flüstern von ihrem entfernt, so nah, dass sein Atem ihre Lippen wärmte. Lucien war jetzt weit mehr als unwiderstehlich. Sophie schloss die kaum vorhandene Lücke zwischen ihnen und ließ ihre Lippen seinen Kiefer streifen. Ein unglaublich tiefes Stöhnen entfuhr Luciens Kehle, und seine zärtlichen Finger umfingen behutsam ihre Wangen, um ihr Gesicht zu seinem zu ziehen. Dann küsste er sie, warm, langsam und köstlich. Gewandte Lippen. Die Idee seiner Zunge an ihrer. Seine Finger in ihrem Haar. In ihren Mund gemurmelte Koseworte.

»*Prinzessin.*«

Lucien gestattete es sich, sie noch ein paar Augenblicke in den Armen zu halten. Es war ein solch verdammt gutes Gefühl. Er war nur etwa fünf Herzschläge davon entfernt, sie auf das Sofa niederzudrücken und sich in ihr zu vergraben, und er wusste, dass sie ihn jetzt nicht aufhalten würde. Aber er wusste auch, dass sie es bereuen würde, sobald es vorbei war, und morgen nicht wiederkommen würde. *Und er wollte, dass sie morgen wiederkam.*

Sie war zartes Porzellan in seinen Händen. Sein Daumen folgte der Erhebung ihres Schlüsselbeins, und er war mehr als versucht, mit der Hand in ihre Bluse zu gleiten, um die Fülle ihrer Brust zu umfangen. Er hatte vorhin einen Blick auf den Träger ihres BHs erhascht, und die Erinnerung an den Anblick ihres Körpers, als er vor nur wenigen Wochen ihre Bluse geöffnet hatte, machte es nur noch schwerer, nicht nach ihren Knöpfen zu greifen. *Würde sie immer noch genauso aussehen?* Jede üppige Rundung schien ein bisschen weniger voll zu sein als beim letzten Mal, als er sie im Arm gehabt hatte.

Aber es ging noch tiefer. Es war nicht nur ihr Körper, den die letzten Wochen arg mitgenommen hatten. Von dem Moment an, als sie am Morgen in sein Büro gekommen war, stand ihr die Zerbrechlichkeit ins Gesicht geschrieben. Sie war zu ihm gekommen, weil sie keine andere Wahl gehabt hatte, und selbst wenn es ihm gelang, das Gefühl zu zerstreuen, war das keine gute Basis für Sex. Also hielt er sie nur sanft im Arm und schmeckte die Süße ihres Mundes, dann wich er leicht zurück und strich ihr das in Unordnung geratene Haar hinters Ohr, während sie nach Atem rang.

Er beobachtete ihre Augen und sah, wie die Lust der Verwirrung wich und dann langsam zu einer Erkenntnis wurde, einem Überdenken ihres Tuns.

Sie hielt sich die zitternden Finger vor den Mund.

»Tut mir leid«, flüsterte sie mit aufgerissenen Augen. »Ich wollte nicht ...«

»Schon gut. Ich weiß.«

Sophie ließ die Hände in den Schoß sinken, und Lucien bedeckte sie mit seinen. Er spürte, dass sie sie wegziehen wollte, aber er hielt sie fest.

»Sophie, nichts hätte ich lieber getan, als weiterzumachen, aber selbst ich kann sehen, dass es nicht das ist, was du im Moment brauchst.«

Sie nickte, den Blick starr auf seine Hände gerichtet.

»Ich hätte nicht herkommen dürfen.« Der trostlose Klang ihrer Stimme ging ihm durch Mark und Bein. »Es wird nicht funktionieren, oder?«

»Nicht, wenn du deine Hände nicht von mir lassen kannst«, sagte Lucien in bewusst lockerem Ton und war froh, als sie ein zittriges Lachen von sich gab und ihn wieder ansah.

»Wir werden wohl ein paar Regeln brauchen.«

Der Vorschlag brachte Lucien dazu, eine Augenbraue hochzuziehen. Im Allgemeinen war er gern selbst derjenige, der die Regeln aufstellte.

»Fang an.« Er wollte erst einmal abwarten, ob Sophies Regeln von der Art waren, mit der er leben konnte.

»Tja ...« Sie blickte auf seine Hände hinab, die immer noch auf ihren lagen. »Zunächst einmal, keine Berührungen.«

Er schluckte schwer, nickte dann verstimmt und gab ihre Hände frei. Er sagte es nicht, aber bei der Vorstellung, Sophie in der Nähe zu haben und sie nicht berühren zu dürfen, zog sich ihm vor Qual der Unterleib zusammen.

Es half ein bisschen, dass sie, nachdem er sie losgelassen hatte, ebenso unzufrieden zu sein schien.

»Sonst noch etwas?«

Sie klemmte die Lippen zwischen ihre Zähne und ließ sie wieder los. Sofort wollte er sie noch einmal küssen, diese Lippen wieder unter seinen spüren.

Diese Lippen waren über seinen Schwanz geglitten. Er spürte, wie er bei der Erinnerung daran hart wurde.

»Kein Flirten«, sagte Sophie.

»Ich flirte nicht.«

»Du flirtest die ganze Zeit.«

Lucien runzelte die Stirn. Er flirtete nicht. Er machte nur deutlich, was er wollte. Das war ein Unterschied.

»Ich kann dir nicht versprechen, etwas nicht zu tun, was ich gar nicht tue.«

»Na gut, dann lass es mich anders formulieren«, sagte Sophie mit übertriebener Geduld. »Mein Name ist Sophie, nicht Ms Black. Bitte mich nicht, deine Briefumschläge zu küssen. Bring mir kein Mittagessen mit.«

»Freunde können sich doch wohl gegenseitig Mittagessen mitbringen.«

»Lucien, das Mittagessen ist schuld, dass wir uns gerade knutschend auf dem Sofa wiedergefunden haben«, bemerkte Sophie.

»Knutschend? Was ist denn das für ein Wort?« Er verdrehte die Augen. »Ich knutsche nicht, Sophie. Ich küsse. Ich habe das Küssen lange geübt. Ich bin gut darin.«

Jetzt war es Sophie, die die Augen verdrehte. »Schön. Also, das wäre das Nächste. Kein Küssen.«

»Aber Knutschen ist okay?« Er wusste, dass er sie aufzog, aber das Vergnügen, zusehen zu können, wie das Feuer in ihre Augen zurückkehrte, war es wert.

»Lucien, bitte! Ich meine es ernst. Kein Küssen, kein

Knutschen ... nenn es, wie du willst. Nichts, bei dem dein Mund meinen berührt.«

»Nicht mal Mund-zu-Mund-Beatmung, wenn du stirbst?«

Für eine Sekunde sah sie aus, als wollte sie ihm tatsächlich eine Ohrfeige geben, aber die Art, wie ihr Blick kurz zu seinem Mund fuhr, verriet sie. Auch für sie war alles viel leichter gesagt als getan.

»Okay, okay. Kein Küssen. Kein Berühren. Kein Flirten.« Er hob die Hand zu einem spöttischen Militärgruß an die Schläfe.

Sie verlangte viel, und er war sich nicht sicher, ob er sich rund um die Uhr an ihre Regeln würde halten können. Die nackte Tatsache war, dass das, was zwischen ihnen war, nicht einfach nur Chemie war. Es war tödliches, hoch entzündliches Dynamit, und wenn man das nicht wahrhaben wollte, machte man das Ganze nur noch viel schwieriger.

Aber er würde es versuchen. Für Sophie Black war er bereit, es zu versuchen.

6

Der Sommer hatte endgültig dem Herbst Platz gemacht, und Sophie war froh über die Wärme ihres kirschroten Wintermantels, als sie einige Montage später auf dem Weg zur Arbeit war.

So weit, so gut. Lucien hatte Wort gehalten, was ihre neuen Regeln betraf, nur war ihr aufgefallen, dass er sich seit ihrer Rückkehr mehr außerhalb als innerhalb seines Büros aufhielt. Sie war sich nicht sicher, ob es Absicht oder Zufall war, aber so oder so fiel ihr die Wiedereingewöhnung dadurch leichter.

An diesem Morgen saß er bereits an seinem Schreibtisch. Als sie sein Büro betrat, blickte er auf und musterte sie. Einen Moment lang sah er aus, als wollte er mehr sagen als nur seinen üblichen Gruß, schien es sich dann aber anders überlegt zu haben.

»Hallo Sophie.«

»Hallo Lucien.« Sie lächelte leicht, als sie ihren Mantel aufknöpfte. »Gutes Wochenende gehabt?«

»Nichts Ungewöhnliches.«

Sophie wusste nicht, welchen Schluss sie daraus ziehen sollte, denn sie hatte keine Ahnung, was Lucien zu seinem Vergnügen trieb. Ihre eigene Erfahrung, die Freizeit mit ihm zu verbringen, hatte mit der Normalität, die sie bis dahin erlebt hatte, wenig zu tun. Er lebte sein Leben doch sicherlich nicht permanent mit dieser Intensität, oder? Ihre

Woche an seiner Seite war ein Wirbelsturm neuer Erfahrungen und sexueller Hochs gewesen, der sie körperlich und geistig völlig erschöpft zurückgelassen hatte.

Das Chatfenster auf ihrem Bildschirm ging auf, sobald sie den Computer einschaltete.

Rot steht dir gut.

Sophie stockte der Atem, als sie antwortete.

Ich glaube, das fällt unter Flirten.

Daran ist nur dein Mantel schuld. Er hat mich daran erinnert ...

Sophie schloss eine Sekunde die Augen, ehe sie antwortete.

Lucien, hör auf.

Mehrere Sekunden verstrichen, ehe er antwortete.

Habe aufgehört.

Danke. Ich werde ihn hier nicht mehr anziehen.

Doch, bitte. Er gefällt mir. Kein Flirten. Einfach nur ehrliche Meinung.

Sophie seufzte und beschloss, nicht weiter darauf einzugehen.

Kaffee?

Sie lesen meine Gedanken, Ms Black.

Sophie.

Sophie. Könntest du bitte den Terminkalender herbringen, wenn du so weit bist? Ich muss etwas mit dir besprechen.

Sophie starrte einen Moment auf seine Worte. Was musste er besprechen? Und warum beschlich sie das dumpfe Gefühl, dass es mit ihr zu tun hatte? Sie strich sich den Rock glatt und machte sich daran, Kaffee zu kochen, damit sie hinübergehen und es herausfinden konnte.

»Bitte trage in den Kalender eine Reise nach Paris ein.«
Sie schlug den Kalender auf, den Stift gezückt.
»Für wann?«
»Ab Mitte nächster Woche. Idealerweise von Mittwoch bis Freitag.«
Sie blätterte durch die Seiten, nickte und machte sich eine Notiz.
»Und ich brauche dich dabei.«
Ihr blieb das Herz stehen. »Ich glaube nicht ...«
»Ich schon.«
Die Botschaft hätte kaum deutlicher sein können. Er ließ ihr keine Wahl. Er wollte damit sagen, dass er seine Assistentin bei dieser Reise an seiner Seite brauchte, und sie spürte, dass Widerstand zwecklos war. Und welches Argument hätte sie auch gehabt?

Abgesehen von seiner Anspielung auf ihren Mantel diesen Morgen hatte er fast einen ganzen Monat lang die Grenze nicht ein einziges Mal überschritten. Er hatte ihr keinen Grund gegeben, an ihm zu zweifeln. Zweifelte sie an Lucien oder an sich selbst?

Die Frage brachte sie aus der Fassung, und sie seufzte tief. Paris. Ging es überhaupt noch romantischer? Diese Stadt hatte sie schon immer besuchen wollen, aber Dan war nie besonders scharf darauf gewesen. Der Gedanke, mit Lucien diese von Bäumen gesäumten Avenuen entlangzuschlendern, in einer Bar Wein zu trinken ... Sie schüttelte ihre Wachträume ab und richtete ihre Aufmerksamkeit wieder auf Lucien und die Gegenwart.

»Schau nicht so besorgt. Sophie. Ich eröffne einen Club da drüben. Es ist geschäftlich, kein Liebestrip.«

Sie kam sich ein bisschen albern vor, aber trotzdem schien

ihr ihre Zurückhaltung gerechtfertigt. Lucien hatte ähnliche Versprechen gemacht, bevor er sie vor Wochen zur Besichtigung eines neuen Gateway Clubs mitgenommen hatte. Einen Moment lang schloss sie die Augen, überwältigt von den Erinnerungen. An jenem Abend hatte in seiner privaten Suite im Club ihre Affäre mit Lucien begonnen und sich dann rasend schnell zur atemberaubendsten, erotischsten Woche ihres Lebens entwickelt.

Er konnte das so lange als rein geschäftlich bezeichnen, wie er wollte, aber die Wahrheit war, dass es eine gewaltige Versuchung darstellte und sie nicht wusste, ob sie stark genug sein würde, ihr zu widerstehen.

Seltsam war, dass sie wusste, dass die Entscheidung in ihren Händen lag. Sie spürte, dass Lucien liebend gern das Geschäftliche wieder mit dem Lustvollen verbinden würde, wenn sie ihm grünes Licht gab, aber auch, dass er ihr rotes Licht akzeptieren und sich zurückhalten würde. Und genau darin lag das Problem. Wenn sie schwanken sollte, auch nur für einen Moment gelb aufblitzen ließ, wären alle Schleusen wieder geöffnet. Und sie wusste nicht, wie sie die Kraft aufbringen sollte, gegen eine wilde Flut anzuschwimmen.

7

Sophie machte sich eine Tasse Tee, weniger, weil sie wirklich eine wollte, als vielmehr, um sich mit irgendetwas zu beschäftigen.

Sie hatte schon das Haus von oben bis unten geputzt, obwohl es nicht unbedingt nötig gewesen wäre, und vergeblich versucht, sich auf ein Hochglanzmagazin zu konzentrieren, das am Abend zuvor von Karas Besuch zurückgeblieben war.

Ein Blick auf die Uhr verriet ihr, dass es kurz vor Mittag war, was nicht überraschte, denn sie hatte erst vor zehn Minuten darauf geschaut.

In einer halben Stunde würde Dan hier sein.

Dass er sich früher oder später melden würde, war vorhersehbar gewesen, trotzdem war die kurz angebundene SMS, dass er am Wochenende vorbeikommen würde, um seine Sachen zu holen, unnötig schroff gewesen.

Hatte er gehört, dass sie wieder für Lucien arbeitete?
Und was genau hatte er vor zu holen?

Die meisten Sachen hatten sie zusammen gekauft, Dinge, vor denen sie zusammen gestanden und vergnüglich *Hmmmmm* und *Aaaaah* gemacht und mit denen sie mit viel Freude ihr Haus in ein Zuhause verwandelt hatten. Das Letzte, was sie wollte, war einer jener peinlichen Streits um die CD-Sammlung.

Sophie fuhr hoch, als es an der Tür klopfte. Sie hatte sich

gefragt, ob er wohl seinen Schlüssel benutzen würde, und jetzt kannte sie die Antwort. Im Flur warf sie einen Blick in den Spiegel. Albernerweise hatte sie sich viele Gedanken darüber gemacht, was sie zu diesem Besuch tragen sollte, weil sie nicht niedergeschlagen wirken wollte, aber auch nicht, als hätte sie sich für ihn herausgeputzt. Am Ende hatte sie sich für Jeans und ihr Lieblings-T-Shirt entschieden. Ein Outfit, das hoffentlich ausdrückte: *Ich bin entspannt und fühle mich wohl, du musst mich nehmen, wie ich bin.*

Nervös strich sie über ihren Pferdeschwanz und machte die Tür auf.

»Hallo Soph.«

Sophie hatte versucht, sich vorzustellen, wie sie sich fühlen würde, wenn sie Dan wieder gegenüberstehen würde.

Das war der Mann, mit dem sie ihr ganzes Erwachsenenleben lang ihr Bett und ihr Herz geteilt hatte.

Das der Mann, dem sie sich versprochen hatte, für gute und für schlechte Zeiten.

Das war der einzige Mann, den sie je geliebt hatte.

Und jetzt, da er hier war, war das vorherrschende Gefühl, das durch ihre Adern schoss, Zorn, denn sein Auto stand am Ende des Gartenwegs, und sie konnte nicht übersehen, dass Maria am Steuer saß.

Dan bemerkte ihren Blick und hatte immerhin so viel Anstand, rot zu werden.

»Tut mir leid, Soph. Sie hat darauf bestanden.«

Sophie verdrehte die Augen. »Ich kann mir nicht vorstellen, warum. Darfst du über die Türschwelle treten, oder soll ich dir deine Sachen aus dem Schlafzimmerfenster zuwerfen?«

»Sei nicht albern.«

Er warf einen raschen Blick zurück zu seiner Freundin und folgte Sophie dann in den Flur.

In der Küche lehnte sie sich an die Arbeitsfläche.

»Kaffee, oder musst du dich beeilen?« Sosehr sie auch versuchte, gemäßigt zu klingen, der sarkastische Unterton war nicht zu überhören.

Unbeholfen zuckte er mit den Schultern. »Lieber nicht.«

Sophie machte eine Pause. »Gut.« Er sah sich in der Küche um, und sie merkte, dass sie wegsehen musste, um den Kloß hinunterzuschlucken, der sich plötzlich in ihrem Hals gebildet hatte. Seine Küche. Ihre Küche. Ihr Zuhause ... und doch wirkte er bereits jetzt wie ein Fremdkörper.

»Ich hab dir deine Klamotten zusammengepackt. Und noch ein paar andere Sachen. Kosmetik ... Bücher ... so Zeug halt.« Sie zuckte die Achseln, versuchte, gelassen zu wirken, und scheiterte kläglich. Sie konnte nicht so tun, als mache ihr das nichts aus oder als hätte die Tatsache, dass er Maria erlaubt hatte, heute mitzukommen, die Schraube nicht noch enger gezogen. *Er hätte allein kommen sollen.* So viel Respekt hatte ihre Ehe doch wenigstens verdient.

Sein Blick fiel auf die Taschen im Flur, und seine Schultern sackten nach vorn, als er nickte. Er betrachtete sie nachdenklich, machte aber keine Anstalten, sich nach ihnen zu bücken. Schließlich wandte er seinen Blick wieder Sophie zu.

»Wie geht es dir?«

Seine leise Stimme überraschte sie. Sie zog die Schultern hoch und rümpfte die Nase. »Na ja. Mal so, mal so.«

Er schaute weg, und sie sah, wie er schluckte, als er nickte.

»Was ist mit dir?«, fragte sie, gefühlsmäßig völlig durcheinander. Die Hitze ihrer Wut hatte sich in abgrundtiefe

Traurigkeit verwandelt, und sie konnte ihrer Stimme nicht befehlen, etwas anderes vorzugeben.

Seine Körpersprache spiegelte ihre wider. »Genauso. Soph, ich …« Dan brach ab, als draußen die Hupe ertönte. Er fluchte leise, und sein Kinn schob sich vor Ärger vor.

»Dein Typ wird verlangt«, bemerkte Sophie tonlos. Denn etwas anderes gab es nicht zu sagen.

»Sieht so aus«, murmelte er und schnaubte, als er den Flur entlangging, um sich um die Taschen zu kümmern. Er drehte sich zu ihr um, bevor er die Tür öffnete, und eine Sekunde verschwand die Verärgerung aus seinem Gesicht und ließ ihn verwundbar und schutzlos wirken.

»Ich vermisse dich.«

Sophie sah ihn an, unsicher, was er von ihr hören wollte. *Dass sie ihn auch vermisste?* Sie sagte es nicht, weil sie sich nicht sicher war, ob es stimmte. Nicht, dass es nicht Momente äußerster, schierer Verzweiflung gab, aber vor allem war sie wütend und gekränkt gewesen. Sie hatte den Punkt noch nicht erreicht, wo es in Ordnung war, ihn zu vermissen, ohne sich selbst als schwach zu beschimpfen.

Wieder erklang die Hupe.

Dan betrachtete sie noch ein paar Sekunden lang, drehte sich dann um, machte die Tür auf und ließ Sophie mit nichts als einer Duftwolke des Parfüms einer anderen Frau zurück, um sie daran zu erinnern, dass ihr Mann überhaupt da gewesen war.

Am späteren Abend füllte Sophie die beiden Gläser wieder mit Wein und nahm sie mit nach oben zu Kara, auch bekannt als die Königin des Packens. Sie hatten den Nachmittag damit verbracht, für Sophies bevorstehende Reise nach

Paris einzukaufen. Ihre Pläne, sich nur ein paar unbedingt notwendige Dinge anzuschaffen, waren mit Kara an ihrer Seite gründlich schiefgegangen, die ihr klargemacht hatte, dass neue Kleider bei ihrem Gewichtsverlust ein absolutes Muss seien. Sie war beladen mit Designertüten zu Hause angekommen, mit Accessoires in Form schmerzender Füße und einer heillos überstrapazierten Kreditkarte.

»Das musst du mir unbedingt mal leihen, wenn du wieder zurück bist.« Kara hielt Sophies neues Cocktailkleid vor sich hin und drehte sich bewundernd hin und her, um sich im Spiegel zu betrachten. Solch ein Kleid hätte Sophie sich normalerweise nie gekauft, aber andererseits war es auch aus einem Geschäft, in das Sophie sonst nie ging. Einer von Karas Lieblingsdesignerläden, dessen schillernder Besitzer einen langen, abschätzenden Blick auf Sophie geworfen und ihr dann mit wissender Miene das entsetzlich teure Kleid hingehalten hatte. Mit einer graziösen Handbewegung Richtung Umkleidekabine hatte er Sophies Protest abgetan, und so hatte sie sich in ihr Schicksal gefügt. Sie hatte das Kleid anprobiert, um ihm zu beweisen, dass er sich geirrt hatte. Besonders ärgerlich war, dass er ihr zur Erinnerung noch einmal zugerufen hatte, dass sie ihren BH ausziehen müsse, um dem Kleid gerecht zu werden.

Nur erwies sich leider, dass er sich nicht geirrt hatte. Es erwies sich vielmehr, dass er eine Ahnung von seinem Job hatte, denn in dem Moment, als sie es sich übergestreift hatte, verliebte sie sich augenblicklich in dieses Kleid.

Hauchzarte schwarze Spitze über metallgrauer Seide mit winzigen, angeschnittenen Ärmeln und einem gewagten, schwarzen, V-förmigen Netzeinsatz in der Mitte, der die Rundungen ihrer Brüste zur Schau stellte. Irgendwie schaffte das Kleid es, züchtig und zugleich megasexy auszusehen. Es war absolut erwachsen und raffiniert, très à la Paris, und näher war Sophie einem Audrey-Hepburn-Moment noch nie gewesen.

Trotz des Herzkasper-Preisschilds verließ sie die Boutique mit dem eingewickelten und in einer Geschenktüte verpackten Superkleid und als neuer Fan von Conrad, dem hochnäsigen Boutiquebesitzer. Kara hatte ihm mit Sicherheit von Sophies Parisreise erzählt, während sie in der Umkleidekabine beschäftigt gewesen war, denn er hatte sie mit Parfüm eingenebelt und ihr ein theatralisches »Au revoir« gewünscht, als er ihnen die Tür geöffnet und sich mit einer Verbeugung verabschiedet hatte. Das Funkeln in seinen Augen war mehr als wissend. Es grenzte schon an wollüstig.

Sophie musterte die Kleider, die auf ihrem Bett ausgebreitet lagen, die Schuhe und Accessoires. Kara war so organisiert, dass sie haarscharf an einer Zwangsneurose vorbeischrammte. Die Outfits waren perfekt, bis hin zu den auf ihrem Kopfkissen angeordneten Ohrringen und den entlang des Fußendes aufgereihten Schuhen – es sah aus, als hätte jemand die dazugehörigen Körper verschwinden lassen und nur ihre Kleider und das Zubehör wären zurückgeblieben.

»Du machst mir Angst.« Sophie reichte Kara ein Glas Wein.

»Tja, so ist das bei einem Mädchen, das seit Jahren aus dem Koffer leben muss.«

Kara arbeitete als Verkaufsleiterin für einen internationalen Pharmakonzern und war einen Großteil ihrer Zeit unterwegs zu Kongressen und Konferenzen. Das, in Verbindung mit ihrer Sucht nach Designerklamotten, machte sie zu einem Mädchen, das eine königliche Kammerzofe beim Packen locker ›in den Koffer stecken‹ konnte.

»Du hast geschäftsmäßige Tagesoutfits, entspanntere Abendkleidung und dein Superkleid.« Kara deutete beim Sprechen mit der Hand auf jede Option. »Das Einzige, was hier noch fehlt, ist Unterwäsche.«

Sophie stürzte einen großen Schluck Wein hinunter. »Dabei brauche ich deine Hilfe nicht. Meine Unterhosen kann ich mir selber raussuchen.«

Kara grinste. »Ich hoffe, du entscheidest dich für Seide und Spitze. Keine Omabuxen, klar?«

Sophie ließ sich auf das kleine Sofa am Fußende des Bettes fallen.

»Okay. Nicht, dass es wirklich eine Rolle spielt, denn niemand wird sie zu Gesicht bekommen.«

Kara setzte sich neben sie und zog die Beine unter sich.

»Bist du dir da ganz sicher?«

Sophie nickte und ließ den Wein in ihrem Glas kreisen. »Es ist rein geschäftlich.«

»Das hast du auch gesagt, als ihr nach Norwegen geflogen seid.«

Sophie biss sich auf die Lippen. *Norwegen.* Allein die Erwähnung jagte ihr einen Schauer über den Rücken. Obwohl er mehr einem Finger glich, der ihr leicht die Wirbelsäule hinunterstrich, als einem angewiderten Schaudern.

»Eigentlich nicht. Ich wusste ganz genau, was dort passieren würde. Jetzt ist es wirklich geschäftlich. Lucien eröffnet einen Club in Paris, und er muss ihn besichtigen.«

»Einen Sexclub?«

»Einen Erwachsenenclub.«

Kara lachte und schüttelte den Kopf. »Und wo ist da der Unterschied?«

Sophie zuckte die Achseln und betrachtete ihr Weinglas. Es gab keinen Unterschied, außer, dass es netter klang.

Als sie wieder hochsah, wirkte das Gesicht ihrer Freundin besorgt.

»Bist du sicher, dass es dir damit gut geht, Soph? Nach Paris zu fahren, meine ich?«

»Nicht besonders.« Sophie nahm einen tiefen Schluck aus ihrem Weinglas. »Aber wenn ich meine Arbeit nicht machen kann, bin ich nutzlos und muss gehen.«

Kara, die sehr wohl wusste, wie es war, für einen Überfliegerchef zu arbeiten, nickte langsam. Aber diese Sache mit Lucien und Sophie war von ihrer eigenen Erfahrung Welten entfernt. Sie spürte, dass es nicht die unsozialen Arbeitszeiten und die sexuelle Natur der Branche war, die ihre Freundin quälten. Es war Lucien, und nachdem sie ihm begegnet war, in seiner dunkelblonden Pracht, verstand Kara auch, warum. Es brauchte eine Heilige, um mit diesem Mann nach Paris zu reisen und ihn nicht zu begehren, und so liebreizend Sophie auch war, eine Anwärterin auf Heiligsprechung war sie nicht gerade. Sie war zart und sanftmütig und immer noch total durcheinander wegen Dan.

Kara verstand, warum Sophie das Bedürfnis verspürte, Lucien auf Abstand zu halten, aber sie war nicht davon überzeugt, dass ihre Freundin das Zeug dazu hatte, es auch durchzuziehen. Noch nicht einmal davon, dass sie es wollte.

»Was machst du, wenn er sich an dich ranmacht?«

Sophie nahm sich ein Kissen und zupfte ein paar Sekunden lang an der Naht herum. »Das wird er nicht.«

»Was macht dich da so sicher?«

»Weil er es bisher nicht versucht hat. Ich habe die Regeln aufgestellt, und er hat sich daran gehalten.«

Tief in ihrem Herzen wusste Sophie, dass sie Lucien vertrauen konnte. Er war nicht Derek, der seine fleischigen, feuchten Hände da hatte, wo sie nichts zu suchen hatten. Er war nicht schäbig oder darauf aus, ihre Schwachstellen auszunutzen. Aber sie musste zugeben, dass sie bei Lucien keinen Deut sicherer war, denn der Mann verströmte Sex aus jeder Pore. Selbst bei allem sittsamem Verhalten, das sie in den letzten Wochen durchgesetzt hatte, wühlte er immer noch Gefühle in ihr auf, die ihr den Atem raubten, sie verwirrten und wild machten. Sie wusste, das war keine wirklich sichere Kombination.

»Das ist im Büro ja alles schön und gut. Aber ihr fahrt nach Paris, in die Stadt der Liebe.«

Sophie stieß einen trotzigen Seufzer aus.

»Mit der Liebe bin ich fertig.«

Kara zuckte zusammen und strich über Sophies Knie. »Im Moment vielleicht. Aber nicht für immer, Soph. Du wirst dich bald besser fühlen, versprochen.«

»Versprochen?« Sophie versuchte Trost aus Karas Versicherung zu ziehen. So klischeehaft es auch war, sie liebte Liebesgeschichten. Sie hatte bei Liebeskomödien immer geheult, auch wenn Dan die ganze Zeit gespottet hatte, und sie liebte den Valentinstag, auch wenn ihr ewig zynischer Ehemann ihn als von Händlern geschaffenen feuchten Traum abgetan hatte.

»Kann ich dir etwas sagen, ohne dass du mich gleich haust?«, fragte Kara.

Sophie nickte.

»Also, es ist nur ... du fliegst mit dem umwerfendsten Mann nach Paris, den wir beide je zu Gesicht bekommen haben.« Sie machte eine Pause. »Du hast ein Superkleid.« Kara machte wieder eine Pause und räusperte sich. »Also ... wirf deine bekloppten Regeln über Bord und feiere Sexorgien mit ihm!«

»Kara!« Überrascht riss Sophie die Augen zu großen blauen Münzen auf.

»Was denn?«, fragte Kara ohne jede Reue. »Es heißt, die beste Methode, über einen Mann hinwegzukommen, ist die, unter einen anderen zu kommen.« Sie sah Sophie über den Rand ihres Weinglases an und zog die Augenbrauen hoch. »Was in Paris passiert, bleibt in Paris und so. Ich sag's nur.«

Sophie schüttelte lächelnd den Kopf. Kara hatte ja keine Ahnung, und ihr selbst fehlten die Worte, um zu erklären, wie unmöglich es wäre, mit Lucien Knight in Paris so etwas wie ein unverbindliches Abenteuer zu haben. Das letzte Mal, als sie ihren Schutzschild hatte sinken lassen und ihn in ihre Nähe gelassen hatte, war es alles verzehrend gewesen. Er hatte ihren Körper und ihren Geist an Orte geführt, von deren Existenz sie keine Ahnung gehabt hatte, und sie dann wie Aschenbrödel beim Zwölfuhrschlag wieder in ihre kleine Welt zurückgeschickt.

Nur, dass sie nicht ihren Schuh verloren hatte, sondern ihre Ehe, ihren Seelenfrieden und ihre Vorstellung, gewöhnlich zu sein. Lucien bedeutete eine Menge Ärger, denn er ließ sie Dinge wollen, die sie einfach nicht haben konnte. Er ließ das gewöhnliche Leben blass und fahl wirken, eine verwässerte Version der Existenz, von der sie gekostet hatte, die ihn beinhaltete.

War sie deswegen zurückgekehrt, um wieder für ihn zu arbeiten? Um ihm nah zu sein, sich am Rand zu sonnen, im Schimmer der Fantasie von Luciens Leben zu baden, ohne tatsächlich wieder in das grelle Licht zu treten?

Vielleicht. Um die Wahrheit zu sagen, kannte Sophie sich selbst im Moment nicht besonders gut.

Lucien hatte sexuelle Bedürfnisse und Wünsche in ihr geweckt, die sie nie zuvor bei sich festgestellt hatte, und jetzt waren sie immer noch da, ob er nun in ihrem Leben war oder nicht.

Er hatte die Büchse der Pandora geöffnet, und es gab keine Möglichkeit, ihre Plagen wieder einzusperren. Selbst wenn sie sich auf den Deckel setzte.

Sophie blickte auf die in Reih und Glied ausgelegten Kleider auf dem Bett und seufzte. Zumindest würde sie sich ganz bestimmt auf den Deckel ihres Koffers setzen müssen.

Sie riss sich aus ihren Träumereien heraus und lächelte Kara an, die grinste und mit einem verschwörerischen Zwinkern mit Sophie anstieß.

8

Mit dem Privatjet zu fliegen war ein Luxus, der für sie nie zur Gewohnheit werden würde, aber als Lucien sich auf dem Sitz ihr gegenüber niederließ, wünschte Sophie sich fast, sie wären mit einer normalen Fluggesellschaft geflogen. Sicherheit durch die Anzahl der Anwesenden. Zwei gewährte definitiv keine besondere Sicherheit. Sie würden nur etwas mehr als eine Stunde in der Luft sein, aber diese Stunde kam ihr plötzlich endlos und zu lang vor, um mit Lucien allein auf engstem Raum eingepfercht zu sein. Die Erinnerung daran, dass er sie das letzte Mal, als sie England zusammen verlassen hatten, innerhalb von fünf Minuten nackt ausgezogen hatte, war auch nicht gerade hilfreich. Die dramatischen, unschönen Erinnerungen an den Heimflug ebenso wenig. Sophie und dieser Flieger hatten eine Vergangenheit, und ihr Magen drehte sich um, als er begann, langsam über die Startbahn zu rollen.

Bitte, lass diesen Flug ohne Zwischenfälle verlaufen.

Lucien sah zu, wie Sophie an ihrem Sicherheitsgurt herumfummelte und dann eine Zeitschrift in die Hand nahm und wieder hinlegte. Sie schlug die Beine übereinander und löste sie wieder, und er zwang sich wegzuschauen. Die rosa Färbung ihrer Wangen und das sehr helle Glühen in ihren Augen verrieten ihm ihren erhöhten Angstpegel, auch wenn sie ihn hinter ihrer professionellen Fassade gut verbarg.

Ja, Mr Knight, nein, Mr Knight. Es machte ihn wahnsinnig. Er wollte sie wieder seinen Vornamen sagen hören.

»Würdest du es als Regelbruch ansehen, wenn ich dich bitten würde, mich wieder Lucien zu nennen, solange wir unterwegs sind?«

Sie sah ihn so misstrauisch an wie eine Katze auf einem heißen Blechdach. Seit er sie über ihre Reise nach Paris informiert hatte, hatte sie sich hinter eine Maske von Überhöflichkeit zurückgezogen, was damit einherging, dass sie ihn bei seinem Nachnamen nannte. In der Vergangenheit hätte das vielleicht wie ein Flirt gewirkt, aber in letzter Zeit ließ sie nicht mehr zu, dass es sich danach anhörte.

»Ich glaube, lieber nicht.«

»Und ich glaube, lieber ja. Oder ich würde Sie dann auch wieder Ms Black nennen, wenn Ihnen das lieber ist.«

Er wusste ganz genau, dass ihr das nicht lieber wäre, aber beides konnte sie nicht haben. Eine Sekunde lang sah sie ihm fest in die Augen.

»Na schön. Ich nenne dich beim Vornamen, bis wir wieder in England sind.«

»Na dann los.«

»Was dann los?«

»Nenn mich beim Vornamen.«

Sie zappelte, und er wusste, dass er sie nicht weiter reizen sollte. Würde sie es tun?

»Ich benutze deinen Vornamen, aber die Flirtregel wird nicht gebrochen. Abgemacht?«

»Ich flirte nicht, also nichts abgemacht. Jetzt sag meinen Namen. Bitte.«

»Du flirtest, und das weißt du ganz genau.«

»Sophie, wenn ich vorhätte zu flirten, würde ich dich bitten, meinen Namen zu sagen, weil ich ihn gerne aus deinem Mund höre. Oder vielleicht würde ich sagen, dass es mich an den Laut erinnert, den du machst, kurz bevor du kommst.« Lucien sah, wie sich ihre Augen ein ganz klein wenig weiteten und sich ihr Kiefer anspannte. Es tat ihm nicht leid. Ihre Regeln raubten ihm nachts den Schlaf. »Also, nein, ich habe nicht geflirtet. Erkennst du den Unterschied?«

Sie betrachteten einander schweigend über den schmalen Abstand zwischen ihren Sitzen hinweg.

»Ja, Lucien. Ich erkenne den Unterschied.« Sie sagte seinen Namen ohne Begeisterung, aber er hatte gewonnen.

Er schaffte es, ein kleines, triumphierendes Lächeln zu unterdrücken, als er nach seiner Zeitung griff. Er würde ihre Regeln nicht brechen, aber er würde mit Sicherheit Spaß daran haben, sein Glück herauszufordern. Davon abgesehen hatte er das dumpfe Gefühl, dass Sophie möglicherweise selbst ihre Regeln brechen würde. Und wenn sie das tat, war alles möglich.

Sophie betrat das Rollfeld des Flughafens Le Bourget in Paris, und zum ersten Mal, seit sie das Vereinigte Königreich verlassen hatten, konnte sie wieder frei atmen. Die Diskussion im Flieger hatte sie ohne jede Illusion zurückgelassen. Lucien hielt seinen tödlichen Charme kaum unter Verschluss, und die nächsten Tage würden eine schwere Prüfung für sie beide werden. Karas Worte klangen in ihren Ohren nach, als sie auf den Rücksitz der Limousine schlüpfte: ›Wirf deine bekloppten Regeln über Bord und feiere Sexorgien mit ihm!‹ Sie warf Lucien einen Seitenblick zu, abgelenkt von seinem fließenden Französisch, in dem er sich mit dem Fahrer unterhielt. Sie war sich nicht einmal sicher, wo sie wohnen würden. Lucien kannte jemanden in Paris, der sich um eine Unterkunft für sie gekümmert hatte, und in Anbetracht des Lebensstils, den er pflegte, war sie sich ziemlich sicher, dass es keine Billigabsteige mit Gemeinschaftsbad auf dem Gang sein würde. Darüber hinaus wusste sie nichts, außer, dass sie sich abgemüht hatte, ihm klarzumachen, dass sie getrennte Schlafzimmer wünschte. Als sie das Thema angeschnitten hatte, hatte er die Augen verdreht.

»Sogar ich kapiere, dass es deine Nichtberührungsregel verletzen würde, sich ein Bett miteinander zu teilen, Sophie.«

Weiter war nichts gesagt worden, und Sophie merkte, wie sie sich entspannte, als sie ihre ersten Eindrücke von Paris durch die verdunkelten Fenster des schnittigen Wagens in sich aufnahm.

Es war noch früher Morgen, doch der Hauptverkehr schon in vollem Gange. Autos reihten sich Stoßstange an Stoßstange, Hupen ertönten, und Taxifahrer winkten mit den Armen aus ihren offenen Fenstern. Alle schienen mit Vollgas fahren zu wollen, obwohl sie nirgendwo hinkonnten, und Motorroller summten wie die Fliegen in die sich vorwärtsschiebenden Reihen hinein und wieder hinaus. Zumindest für Sophie war es eine andere Art von Chaos als in London, wie eine Szene aus einem Film, verglichen mit der öden Alltagsrealität Englands.

Die Mischung aus alten und neuen Gebäuden in den Gewerbegebieten am Rande der Stadt wich einer prachtvolleren Architektur entlang der von Bäumen gesäumten Ufer der Seine, als sie in das Zentrum von Paris vordrangen. Für

Sophies Augen beeinträchtigte nicht einmal der blassgraue Himmel die Schönheit der Brücken, die sich über den breiten Fluss spannten, und sie reckte den Hals, um zu den Gebäuden aufzublicken, ganz die aufgeregte Touristin, die Paris zum ersten Mal sah. Sie wandte sich an Lucien und stellte fest, dass er sie amüsiert beobachtete.

»Werden wir den Eiffelturm sehen?«

Sie wusste, dass sie sich wie eine Zehnjährige im Bonbonladen anhörte, aber sie konnte sich nicht zurückhalten. Sie hatte so viel Zeit damit verbracht, sich Sorgen über die Reise zu machen, dass sie nicht zugelassen hatte, dass die Aufregung, Paris zu sehen, von ihr Besitz ergreifen konnte. Jetzt, da sie hier war, traf es sie wie ein Schlag.

Lucien beugte sich vor und sprach wieder in fließendem Französisch mit dem Fahrer, dann rutschte er auf seinen Platz neben ihr zurück.

»Ja, und zwar jetzt.«

Sophie wurde klar, dass er um einen Umweg gebeten hatte, und war gerührt. Womit sie nicht gerechnet hatte, war eine vollständige Besichtigungstour der architektonischen Highlights der Stadt. Hocherfreut sah sie zu, wie sich die Szenerie vor ihren Augen entfaltete. Da war der Louvre, der sich prachtvoll entlang des Flussufers erstreckte. Die dramatischen Turmspitzen von Notre Dame, die hoch in den Himmel aufragten. Die unverkennbaren weißen Kuppeln von Sacré Coeur. Lucien machte sie auf alles aufmerksam und versah es mit ein paar kleinen Bemerkungen, sachkundig und kenntnisreich. Der solide graue, aber reich verzierte Arc de Triomphe. Die majestätischen glitzernden Fontänen an der Place de la Concorde, und, im Zentrum von allem, der Eiffelturm. Die Erregung wuchs in Sophies Innerem, als sie in der Ferne einen ersten Blick auf ihn erhaschte, und nahm sie ganz gefangen, als sie sich ihm näherten. Er war genauso spektakulär wie in Filmen und Zeitschriften, aber in Wirklichkeit natürlich unendlich viel größer und imposanter. Er war nicht nur architektonisch beeindruckend. Er stand symbolisch für jeden Liebesroman und jedes Liebeslied. Er war der Schauplatz zahlloser Heiratsanträge und Valentinstagsgeschenke. Er verströmte Romantik aus jeder eisernen Schraube und Mutter, ein riesengroßes, vergittertes, schlagendes Herz der Stadt, das selbst aus den stoischsten Besuchern Liebende machte. *Liebende.* Die ungeplante Sightseeingtour war zu Ende und Sophie wandte sich wieder an Lucien.

»Vielen Dank. Das hat mir sehr gefallen.«

»Ich hatte schon ganz vergessen, wie es ist, wenn man es zum ersten Mal sieht.«

Sie betrachtete ihn. »Du hast viel Zeit hier verbracht?«

»Ein bisschen.« Er hob eine Schulter. »In den letzten Jahren weniger.«

Mehr sagte er nicht, trotzdem spürte Sophie, dass es noch mehr zu erfahren gab. Offenbar kannte er Paris gut, aber er schien nicht an das Thema anknüpfen zu wollen.

Weiteres Nachforschen wüsrde allerdings warten müssen, denn der Wagen war unter einem steinernen Torbogen hindurchgefahren und in einem mit Ranken und Blättern überdachten Hof zum Stehen gekommen. Wie konnte dieser sich so friedlich hinter der kosmopolitischen Straße verbergen, die sie gerade entlanggefahren waren? Sophie trat in den kühlen Morgen hinaus und atmete ihre erste Prise Pariser Luft ein. Ein Lächeln umspielte leicht ihre Lippen. Es war wahrscheinlich ihre lebhafte Fantasie, aber sie glaubte, Kaffee und Croissants zu riechen und den Duft von kostbarem Parfum.

Lucien berührte ihren Ellenbogen, und sie drehte sich zu ihm um, immer noch mit einem Anflug von Lächeln.

»Hier entlang.«

Er wies auf eine alte, breite, beschlagene Tür, die in die dicke Wand des Gebäudes eingelassen war, und kurz darauf befand sich Sophie in dem eleganten, dämmrigen Vestibül eines prächtigen Stadthauses. Umwerfende Arrangements weißer Orchideen schmückten den perfekten Raum, und als ihr Fahrer den Aufzug kommen ließ, kam etwas herunter, das mehr einem schönen, schmiedeeisernen Vogelkäfig ähnelte als einem funktionierenden Fahrstuhl. Sophie hielt sich am Geländer fest, als sie in das oberste Stockwerk hinauffuhren, und betrachtete die außen vor den kunstvollen Gitterstangen des Käfigs vorbeigleitenden architektonischen Besonderheiten des ungewöhnlichen Hauses. Anmutige Treppenabsätze. Riesige Fenster.

Und schließlich, das Penthouse. *Natürlich.*

Sie wusste, dass sie eigentlich mit Luciens Vorstellungen von Luxus hätte vertraut sein müssen, aber dieser Ort befand sich wieder auf einer anderen Ebene. Er entließ den Fahrer und öffnete die Tür, und Sophie blieb wie angewurzelt an der Tür stehen, überwältigt von der schieren Opulenz des Penthouses. Sollte sie vielleicht die Schuhe ausziehen? Lucien legte ihr die Hand auf den Rücken, um sie zum Weitergehen zu bewegen.

»Geh rein, Sophie.« Er nahm ihren Koffer. »Hast du Backsteine eingepackt?«

Sie warf einen kurzen Blick auf ihren bis zum Bersten vollgepackten Koffer, betrat dann das Appartement und schluckte schwer, als sich mit einem Klicken die Tür hinter ihr schloss.

Das war's dann. Paris. Mit Lucien Knight.

9

»Das gehört nicht dir, oder?«, flüsterte Sophie leise vor Ehrfurcht.

Lucien stellte ihr Gepäck im Entree ab. »Nein. Es gehört einem alten Freund.«

Irgendetwas an der Art, wie er es sagte, ließ Sophie ihn über die Schulter hinweg ansehen, aber sein Gesichtsausdruck gab nichts preis. Wer immer der alte Freund war, Lucien hatte offensichtlich nicht vor, es näher zu erläutern.

Sophie konnte sich an zehn Fingern abzählen, dass ihr abwesender Gastgeber unglaublich wohlhabend war. Durch die Panoramafenster des riesigen Empfangszimmers mit der hohen Decke konnte man die ganze Stadt überblicken, man hatte eine perfekte Postkartensicht auf den Eiffelturm, und die schicke Innendekoration verströmte reine Opulenz. Marmorfliesen. Schwere, mattgoldene Seidenvorhänge von der Decke bis zum Boden. Funkelnde Kristallleuchter. Sofas in gedecktem Gold und zartem Blau und niedrige Glascouchtische mit kunstvoll arrangierten weißen Orchideen. Der Florist dieses Gebäudes hatte eindeutig Überstunden gemacht. Es war alles so überwältigend glamourös wie in einer Filmkulisse. Sophie schritt durch den Raum zu einer großen, filigran vergoldeten Doppeltür, und als sie sie öffnete, fand sie ein intimes Speisezimmer für zwei vor, das hinaus auf einen Balkon führte, der ein weiteres Panorama mit dem wundervollen Eiffelturm bot. Langsam drehte sie sich wieder zu Lucien um.

»Unfassbar.«

Lucien nickte. »Du musst dir das Schlafzimmer ansehen.«

»Die Schlafzimmer, will ich doch hoffen«, korrigierte Sophie ihn rasch. Sie fühlte sich bereits wie ein Kätzchen in der Höhle eines Löwen. Sie brauchte einen Rückzugsort für sich allein, vorzugsweise mit einer verschließbaren Tür.

Luciens Augen wurden beinahe glasig.

»Ich halte meine Versprechen, Sophie.« Er führte sie zu einer weiteren Doppeltür am Ende des Empfangszimmers. »Dein Schlafzimmer.« Er machte die Türen auf und enthüllte eine verschwenderisch gestaltete Suite, dominiert von einem Bett, das so groß war, dass vier Erwachsene sich wie Seesterne ausstrecken konnten, ohne einander zu berühren. In seiner dekorativen Ausschmückung ging Ruhe mit Sinnlichkeit einher; mit seiner üppigen Bettwäsche und den prachtvollen Spiegeln versprach dieser Raum die Erfüllung aller Wünsche, welche es auch immer sein mochten.

Lucien öffnete eine weitere Tür. »Und mein Schlafzimmer.«

Nach jedem üblichen Maßstab war der Raum atemberaubend, aber es war definitiv das zweitrangige Schlafzimmer des Penthouses.

»Du kannst das hier nehmen, wenn du willst.« Sophie zeigte auf den größeren Raum.

Lucien schüttelte den Kopf. »Du wirst es dir anders überlegen, wenn du dein Badezimmer siehst.«

Die Neugierde siegte, und Sophie durchquerte ihren

Raum, um die Glasschiebetür zum Bad zu öffnen. Und wieder verschlug es ihr für ein paar Minuten die Sprache.

»Auch das – unfassbar.«

Sie spürte eher, als dass sie es körperlich wahrnahm, wie Lucien hinter ihr auftauchte. Seine Stimme klang plötzlich sehr nah an ihrem Nacken.

»Nicht schlecht, hm?«

Heller Marmor und blitzende Spiegel bildeten den großen Raum, und auch hier schmückten riesige Vasen mit Orchideen die Beistelltische. Dicke, schneeweiße Handtücher schmiegten sich neben schimmernde Flakons exklusiver Kosmetika, und hübsch arrangierte, angezündete Kerzen in verschiedenen Pastellfarben verliehen dem Bad ein intimes Leuchten.

Das Glanzstück befand sich jedoch mitten im Raum – eine prachtvolle, tiefe Infinity-Badewanne, die so aufgestellt war, dass der Blick durch die Fenster am Ende des Raums über die wie kunterbunt durcheinandergewürfelt erscheinenden Dächer von Paris schweifen konnte.

»Willst du immer noch tauschen?«

Sophie schüttelte den Kopf, plötzlich wie betäubt. Dieses Zimmer war das absolute Nonplusultra, und sie, Sophie Black, hatte es zu ihrer alleinigen Verfügung. Das machte sie in diesem Moment zu einem der größten Glückspilze des Planeten.

Sie wirbelte herum und sah Lucien an, die Hände auf ihre erhitzten Wangen gepresst.

»Ich kann einfach nicht glauben, dass Orte wie dieser überhaupt existieren, außer in Fantasien.«

Ihr entging nicht das raubtierhafte Funkeln in Luciens Augen angesichts ihrer Wortwahl.

»Wie das bei Fantasien so ist – das hier ist die absolut erste Wahl«, murmelte er.

Ein Schauer lief Sophie über den Rücken, so spürbar, als wäre er mit einer Fingerspitze darübergefahren.

Nicht, dass er es hatte oder würde, es sei denn, sie lud ihn dazu ein.

Wollte sie diese Einladung aussprechen?

Sie hatte nicht nur das Zimmer ihrer Fantasien in der Stadt ihrer Fantasien.

Sie hatte auch den Mann ihrer Fantasien zur Verfügung.

Sie stufte ihren Status von einem der größten Glückspilze hinauf zu dem allergrößten Glückspilz des Planeten. Punkt.

Aber Glück zu haben bedeutete nicht, blöd zu sein. Glück zu haben bedeutete nicht, alle Vorsicht in den Wind zu schlagen und nicht an morgen zu denken, denn morgen hatte die eklige Angewohnheit, sich drohend vor einem aufzubauen, grau und kalt und mit jeder Unvorsichtigkeit ein wenig mehr. Sophie kannte das.

Sie drückte sich an Lucien vorbei ins Schlafzimmer und zog den Reißverschluss ihres Koffers auf, den er auf das Bett gehoben hatte.

»Habe ich noch Zeit zum Auspacken vor unserem ersten Termin?« Vorsichtig rollte Sophie ihr kostbares Kleid aus dem Seidenpapier und machte hinter einer Tür der endlosen, verspiegelten Kleiderschränke einen schweren Holzbügel ausfindig. Auf jeden Fall wollte sie dieses eine Kleidungsstück aus der Enge ihres Koffers nehmen, auch wenn für nichts anderes Zeit war.

»Genau genommen brauche ich dich heute Vormittag nicht«, sagte Lucien.

»Der Termin findet komplett auf Französisch statt, und daraus, wie du rot geworden bist, als du dich vorhin beim Fahrer bedankt hast, schließe ich, dass Französisch nicht zu deinen Fertigkeiten gehört.«

Sophie wurde unnötigerweise zornig, denn es stimmte, was er sagte. »Ich komme zurecht«, murmelte sie.

»Ach ja?«

»Oui. Bonjour, Lucien.« *Hatte sie das wirklich gerade gesagt?*

»Bonjour, Ms Black.« Er legte den Kopf schräg.

»Was ist denn?« Ihr beleidigter Blick ließ ihn die Hände ausbreiten.

»Das ist angemessen höflich.«

»Ça va?«, fragte Sophie in der Hoffnung, dass sie die richtigen Worte aus der dunklen und entfernten Erinnerung an die Französischstunden einer gelangweilten Vierzehnjährigen gekramt hatte.

Fast hätte Lucien losgelacht, und er antwortete, zu ihrer Ehrenrettung in ebenso rudimentärem Französisch. »Ça va bien, merci.«

»Bon.« Sie schob ihr Kinn vor, froh, sich erfolgreich geschlagen zu haben, auch wenn es nur eine einfache Unterhaltung gewesen war.

»Dann sehen wir mal, Sophie …« Lucien fuhr sich mit der Zunge über die Oberlippe, und das verführerische Senken seiner Stimme warnte sie vor einer drohenden Gefahr. »Voulez-vous coucher avec moi ce soir?«

Dank *Lady Marmalade* verstand Sophie Lucien ausgezeichnet.

»Was heißt auf Französisch ›hör auf zu flirten‹?«, fragte sie trocken.

»Keine Ahnung. Das hab ich nie gebraucht.«

Das glaubte sie ihm aufs Wort. Frauenherzen flogen ihm wahrscheinlich genauso zu wie alles andere in seinem Leben.

»Nimm dir den Vormittag frei. Schwimm eine Runde in der Badewanne. Sieh dir ein bisschen Paris an. Du kannst für etwa zwei Uhr Mittagessen bestellen, und dann gehen wir zusammen in den Club und sehen uns an, wie es da vorangeht.«

Sophie nickte tapfer. Sie würde das alles schaffen. Mittagessen organisieren. Sich Paris ansehen. Luciens neuesten Sexclub besichtigen. *Das gehörte alles zu einem ganz normalen Arbeitstag.*

Als sie schließlich allein war, schlenderte Sophie von Raum zu Raum und nahm die Schönheit ihrer Umgebung in sich auf. Entgegen Luciens Vorschlag entschied sie sich für eine Dusche unter der Monsunbrause in der riesigen Kabine, die sich in einer Ecke ihres Badezimmers befand. So verlockend die Badewanne auch war, sie hatte nicht das Gefühl, sich zu sehr entspannen zu dürfen. Eingepackt in den dicksten weißen Bademantel der Welt machte sie sich daran zu entscheiden, wie sie ihren Vormittag in Paris verbringen wollte.

Eins nach dem anderen. Mittagessen organisieren.

Aber wie organisierte man ein Mittagessen in seinem eigenen, privaten Pariser Speisezimmer? Was in dem Appartement fehlte, war eine Küche, kochen war also keine Lösung. Die Menschen, die hier wohnten, gaben sich offenbar nicht mit so profanen Dingen ab, wie einen Herd zu bedienen.

Zum Glück hatten sie aber für ihre Gäste hübsche, in Leder gebundene englische Handbücher da, in denen Restaurants aufgelistet waren, die direkt in die Wohnung lieferten, und gleich daneben hatte Lucien seine Kreditkarte für sie liegen lassen. Verschwenderische Gerichte, von denen sie die meisten Namen weder verstand noch aussprechen konnte. Mit wachsender Panik blätterte sie sich durch die komplizierten Menüs, und dann verzogen sich ihre Lippen zu einem Lächeln. *Bingo*. Das würde sie hinbekommen.

Nachdem sie das Mittagessen erfolgreich organisiert hatte, zog Sophie sich sorgfältig an. Sie wollte untertauchen, aussehen, als gehöre sie hierher in die schicke französische Hauptstadt. Die hauchdünne schwarz getupfte Bluse, die ihre seidene Unterwäsche umhüllte, erfüllte die Anforderungen perfekt, sittsam und doch raffiniert, wenn sie sie mit ihrem neuen schwarzen Bleistiftrock kombinierte. Dazu noch ihr kirschroter Wollmantel als Schutz gegen das kühle Herbstwetter. Kurze Zeit später trat sie aus dem verschwiegenen Hinterhof hinaus und atmete tief durch.

Fort zu sein von zu Hause mit all den damit verbundenen Komplikationen war wie ein Atemzug voll frischer, verjüngender Luft. Ihr war gar nicht klar gewesen, wie sehr sie das gebraucht hatte.

Der Abstand von Dan half ihr, die Dinge in eine weniger verzerrte Perspektive zu rücken. Zu Hause war sie von der Ausstattung ihres gemeinsamen Lebens umgeben, und jetzt konnte sie sehen, dass es dadurch nur umso schwerer wurde, sich ihr Leben ohne ihn vorzustellen.

Irgendetwas war mit ihrem Herzen geschehen, es fühlte sich anders an. Leichter vielleicht, ohne die schwere Last, das Herz von jemand anderem mitzutragen.

Sie blickte die majestätische, mit Bäumen gesäumte Allee hinauf und hinunter. Blätter schwebten von den Ästen der hohen Kastanien herunter, und der Wechsel der Jahreszeit spiegelte Sophies Gemütszustand wider.

Aber im Moment lag ihr Paris zu Füßen, und sie hatte vor, es richtig zu genießen.

10

»Pizza? Du hast die erlesenste Küche der Welt vor der Nase und bestellst Pizza?«

Luciens Blick schweifte über den Esstisch, der nun beladen war mit elegantem weiß und golden verziertem Geschirr, glänzendem Besteck, glitzerndem Kristall – und Pizza.

»Es ist Luxuspizza«, konterte Sophie. »Zunächst einmal wurde sie nicht im Pappkarton geliefert.«

Lucien zog sich das Jackett aus, als er das Esszimmer betrat. Sophie hätte seine Kreditkarte für eine Designermahlzeit strapazieren können, dennoch hatte sie sich für die sichere Seite entschieden. Er hatte gehofft, sie von dieser Angewohnheit geheilt zu haben, doch hatte er Hunger, und die Pizza duftete köstlich.

Es war aber nicht nur das Essen, das gut roch. Sophie kam ihm nah, als er ihr den Stuhl zurechtrückte, und ein exotischer Duft ging von ihr aus, der nicht ihrer üblichen Wahl entsprach.

Er verkniff sich aber jede Bemerkung, da sie ihn sonst zweifellos wieder des Flirtens beschuldigt hätte.

»Wie war dein Vormittag?«, fragte sie und legte sich Salat vor.

Er zuckte die Achseln. »Gut.« Er schloss für eine Sekunde die Augen. Er aß nicht besonders oft Pizza, und das Ungewohnte wurde zu einer angenehmen Überraschung, als die frischen Aromen seinen Gaumen kitzelten.

Er öffnete die Augen wieder und sah, dass Sophie ihn beobachtete, mit einem amüsierten Funkeln in den Augen. Paris schien ihr zuzusagen. Ein Rosarot färbte ihre Wangen, und die dunklen Ringe um ihre Augen wirkten weniger deutlich.

»Was hast du heute Vormittag gemacht?«, fragte er, plötzlich neugierig zu erfahren, wodurch sich ihre Stimmung geändert hatte.

Ein Lächeln erhellte ihr Gesicht, und das Speisezimmer wirkte augenblicklich noch freundlicher.

»Ich bin spazieren gegangen.« Sie geriet geradezu ins Schwärmen. »Gott, Paris ist unglaublich! Ich habe den Eiffelturm berührt, bin mit so einem Bateau-Bus die Seine hinunter gefahren und habe im Jardin des Tuileries Croissants gegessen.« So munter hatte er sie, seit sie in sein Leben zurückgekehrt war, noch nicht wieder erlebt. »Und die Metro! Ich bin mit der Metro gefahren und habe wieder hergefunden.« Sie seufzte glücklich, und ihre Augen schwammen vor Erregung. »Jetzt ist es amtlich. Ich liebe Paris.«

Lucien nickte. Er hegte ähnliche Gefühle für die Stadt, auch wenn er sie nie mit derartiger Euphorie ausgedrückt hätte.

»Warst du einkaufen?« Er hoffte, sich mit dieser Frage auf sicherem Terrain zu bewegen.

»Nur ein Schaufensterbummel. Aber ich habe die himmlischste Schokolade probiert und wurde mit Parfüm besprizt, das vermutlich mehr kostet, als ich verdiene.«

»Es duftet gut an dir.«

Die Worte waren ihm einfach so entschlüpft, und Lucien stellte sich darauf ein, dass sie sich ihm gegenüber wieder verschloss und die Kein-Flirten-Regel vorhielt. Aber das tat sie nicht. Er sah die Freude über sein Kompliment in ihren Augen aufschimmern, gefolgt von Unsicherheit, die sie den Blick auf ihren Teller senken ließ.

Er spürte eine Veränderung in ihrer Haltung und fragte sich, wie weit er gehen durfte.

Ein bisschen weiter, um ihre Reaktion einzuschätzen?
Oder aufs Ganze?

Ihr Lächeln war ein Aphrodisiakum für ihn, umso mehr, weil er in letzter Zeit so kurzgehalten worden war.

Er schob seinen Stuhl zurück, griff in ein Sideboard hinter sich und wandte sich ihr wieder zu, in der Hand eine Flasche Wein und einen Korkenzieher.

»Müssen wir nicht bald an die Arbeit gehen?«

Der Anflug von Besorgnis in ihren Worten entging ihm nicht. »Wir liegen gut in der Zeit. Außerdem ist es in Paris quasi Gesetz, zum Essen Wein zu trinken, Sophie.«

Er goss ihr roten Bordeaux ins Glas, zufrieden, dass sie nicht versuchte, ihn davon abzuhalten. Ihre Finger streiften seine, als er mit ihr anstieß. »Auf Paris. Und meine zurückgewonnene Assistentin.« Er machte eine Pause und beobachtete ihre Reaktion. »Ich habe deinen Kaffee vermisst.«

Sie lachte ein bisschen, und ihre Finger spielten mit dem Stiel ihres Glases.

»Es ist schön, zurück zu sein«, murmelte sie sanft.

»Wirklich? Ich hatte den Eindruck, es sei dein letzter Ausweg.«

Endlich blickte sie auf, und das Lachen war aus ihren Augen verschwunden.

»War es auch. Ist es. Aber das heißt nicht, dass ich es nicht zu schätzen weiß.« Sie trank einen Schluck Wein und sah sich auf dem üppig gedeckten Tisch um. »Nicht viele Jobs bieten solche Zusatzleistungen.« Sie machte eine Pause, und er unterbrach sie nicht, weil er spürte, dass noch mehr kommen würde. »Oder Chefs wie dich.«

Interessant.

»Ich glaube, du hast gerade die Anti-Flirt-Regel gebrochen.«

Sie zuckte mit den Schultern, und er füllte ihr Glas auf.

»Bin ich englischer, als mir guttut, Lucien? Zu gehemmt, zu ängstlich für ein aus dem Rahmen fallendes Leben?«

Er trank seinerseits und nahm sich Zeit, um seine Worte mit Bedacht zu wählen. Mit ruhiger Stimme sagte er: »Wir sind jetzt nicht in England. Du kannst alles sein, was du willst.«

Er wusste, dass er eine Grenze überschritten hatte, aber sie störte sich nicht daran.

»Alles? Dann will ich eine Sängerin in einer rauchigen Pariser Bar oder ein Can-Can-Girl im Moulin Rouge sein.«

Lucien konnte nichts dagegen tun. Seine Augen fielen auf Sophies Brüste, und sein Schwanz reagierte sofort. Sie hatte durchaus die richtige Figur, um im Moulin Rouge zu tanzen, und die Vorstellung ihrer nackten, zur Schau gestellten Brüste ließ ihm den Mund trocken werden.

Er hob den Blick zu ihrem und sah, dass sich ihre Augenbrauen zu Bogen formten.

»Ich schätze, ich wollte es darauf ankommen lassen«, sagte sie und nahm ihre Hand nicht weg, als Lucien seine dicht daneben auf den Tisch legte und ruhig ihre Fingerspitzen streichelte.

»Paris bringt das Beste in dir zum Vorschein.«

Ein winziges Lachen entwischte Sophies Kehle. »Was in

Paris passiert, bleibt in Paris. Das hat Kara jedenfalls gesagt.«

Das hörte sich in Luciens Ohren sehr gut an.

»Kara ist gerade zu meiner zweitliebsten Dame geworden. Du solltest auf sie hören.«

»Tu ich.«

Sie öffnete ihre Hand, und Lucien folgte mit dem Zeigefinger ihrer Lebenslinie.

»Ich glaube, deine Regeln müssen geändert werden.« Er zog langsame Kreise auf der Erhebung unterhalb ihres Daumens. »Als dein Chef finde ich, dass ich derjenige sein sollte, der hier die Regeln aufstellt.«

»Was ist mit meinen Regeln nicht Ordnung?«

Lucien lachte sanft. »Sie schränken mich ein. Sie hindern mich daran, dir zu sagen, dass ich bei deinen umwerfenden Kurven einen Harten bekomme. Sie hindern mich daran, deinen Nacken zu küssen, wenn du dein Haar zur Seite streichst.«

Er kam in den Genuss ihrer vollen, leicht atemlosen Aufmerksamkeit.

»Aber sie hindern mich nicht daran, diese Sachen zu denken, Sophie. Jedes Mal, wenn du dich über den Schreibtisch beugst, denke ich daran, wie gern ich dir den Rock bis zur Taille hochschieben würde. Ich frage mich, welche Farbe dein Höschen hat und stelle mir vor, es dir auszuziehen.«

Ihre Finger legten sich um seine, als er mit seinem Daumen über den zarten Puls an der Innenseite ihres Handgelenks strich, der sich beschleunigte, als sie seine Worte hörte. Sie zog die Unterlippe ein und hielt sie fest, wie um die Worte, die sie sagen wollte, am Entweichen zu hindern. Hielt sie ihre Zustimmung zurück, oder ihre Ablehnung?

Ihre Augen sagten ihm, was ihr Mund verschwieg. *Sie wollte das hier ebenso sehr wie er.* Er blickte ihr fest in die Augen. Es gab kein Zurück.

»Ich stelle mir vor, mit meinen Händen über den Bund deiner Strümpfe zu fahren, dann zwischen deine nackten Oberschenkel, die du leicht öffnest. Gott, du bist feucht, Sophie. Du bist heiß und nass, und ich greife nach meinem Gürtel, damit ich …«

Luciens Telefon piepte laut auf dem Tisch neben ihm, und Sophie zuckte zusammen und zog ihre Hand weg.

»Mist.« Er fuhr sich mit der Hand durchs Haar und starrte auf das Display, dann in ihr erstarrtes Gesicht. »Der Wagen ist da.«

Sein Schwanz war immer noch steinhart.

»Dieses Gespräch ist noch nicht zu Ende, Sophie.«

11

Etwas später stieg Sophie aus der Limousine, froh, dem engen Raum des Rücksitzes zu entkommen. Lucien hatte im Auto nichts gesagt oder getan, das nichts mit dem Job zu tun hatte, und doch war sie nie zuvor jemandem so nah gewesen, der so eindeutige sexuelle Absichten ausstrahlte. Er hatte über die Renovierungsarbeiten des Standortes gesprochen, den sie sich jetzt ansehen würden, und ihr Checklisten gegeben, die sie beim Rundgang ausfüllen sollte, fast als hätte das Gespräch beim Mittagessen gar nicht stattgefunden.

Hatte sie es sich eingebildet? Sie hatte etwas Wein getrunken, vielleicht hatte sie sich verhört.

Aber so unschuldig und auf die Arbeit konzentriert Luciens Worte auch waren, der Blitz der Erkenntnis, der sie traf, als ihre Finger seine bei der Übergabe der Papiere streiften, oder das flüchtige Brennen seines Knies, als es das ihre berührte, ließ sich nicht leugnen.

Die kühle Nachmittagsluft half, die Hitze zu mildern, die ihre Wangen überzogen hatte, konnte aber wenig dazu beitragen, Feuer zu beruhigen, das in ihrem Leib toste. Er hatte es entzündet. Oder sie? Paris hatte eindeutig eine tief greifende Wirkung auf ihren Seelenzustand. Hatte sie ihm irgendwelche Zeichen gegeben? Oder hatte die Stadt der Liebe auf ihn einen ähnlichen Einfluss wie auf sie? Die Dynamik zwischen ihnen hatte sich auf gefährliche Weise in etwas Sexuelles verwandelt, etwas, gegen das ihre dürftigen Regeln nicht ankamen.

Was würden Luciens Regeln beinhalten? Der Gedanke ließ die Röte in Sophies Wangen zurückkehren, und sie schob ihn hastig beiseite, als Lucien auf dem Gehsteig neben sie trat.

»So. Das ist er. Erste Eindrücke?«

Sophie legte den Kopf in den Nacken, um das hohe, majestätische Terrassengebäude zu begutachten.

»Erster Eindruck ... ähm, unauffällig.«

Lucien nickte. »Absolut. Es ist eine gute Adresse. Mein Ziel ist es, ganz mit der Umgebung zu verschmelzen. Gateway Paris wird diskret, elegant und sehr, sehr erwachsen sein.«

Er legte ihr die Hand ganz unten auf den Rücken, und sie hatte das Gefühl, dass der Druck sie versengte.

»Sollen wir?«

Sophie traute sich keine Antwort zu, und so neigte sie bloß zustimmend den Kopf und trat mit ihm durch die Eingangstür.

Das letzte Mal, als sie mit Lucien einen Erwachsenenclub besucht hatte, war er für Besucher geöffnet gewesen, und es hatte vor zahlenden Gästen nur so gewimmelt. Diesmal war es ganz anders, ein fast fertiges Renovierungsprojekt mit noch herunterhängenden Kabeln, an Wänden lehnenden Leitern und vielen beschäftigten Arbeitern in Overalls.

Jemand rief etwas, und etwa eine Sekunde später kam ein kleiner, älterer Herr auf sie zu, mit einem Lächeln auf seinem wettergegerbten Gesicht. Lucien begrüßte ihn herzlich auf Französisch und stellte ihm dann Sophie vor.

»Sophie, das ist Jean, mein Bauleiter. Jean, Sophie, meine Assistentin.«

Jean begrüßte sie lächelnd und reichte jedem von ihnen einen Bauhelm.

Na super. Widerwillig betrachtete Sophie den Helm. Lucien nahm ihn ihr aus der Hand, setzte ihn ihr fest auf den Kopf und tippte prüfend noch einmal dagegen, ob er auch richtig saß.

»Sicherheit geht vor, Ms Black.«

Gut. Also war er wieder bei Ms Black angelangt. Anscheinend hatte er seine Worte vergessen, dass ihre Regeln nicht mehr galten.

Jean und Lucien begannen ein Gespräch in atemberaubendem Tempo, dem zu folgen Sophie nicht die geringste Chance hatte, und dann schüttelte der Mann Lucien die Hand und entschwand.

»Kommt Jean nicht mit uns mit?«, fragte Sophie. Der französische Bauleiter hatte durch seine Anwesenheit in ihr ein Gefühl von Sicherheit aufkommen lassen. Ohne ihn war sie praktisch allein mit Lucien, trotz der verschiedenen Handwerker.

»Nein. Ich führe dich selbst herum.« Lucien drehte sich zu einer Anzeigetafel neben der Eingangstür um und nahm sich ein Klemmbrett mit Stift. »Kannst du dir bitte Notizen machen, während wir herumgehen?«

Sophie nahm das Brett, und ihre Gedanken schweiften zurück zu dem Rundgang, den er mit ihr in dem Club zu Hause in England gemacht hatte, wo ein Klemmbrett nie zur Diskussion gestanden hatte.

Sie befestigte ihre Papiere an dem Brett und spielte an dem Kugelschreiber herum.

»Bereit?«, fragte Lucien, völlig neutral.

»Bereiter werde ich nicht mehr.« Sophie nickte leicht und schürzte die Lippen. »Gehen wir.«

Was die Innendekoration betraf, hatte Lucien eine ähnlich urbane Üppigkeit geschaffen wie in seinen größeren Clubs zu Hause, aber hier in diesen kleineren Räumen verbreiteten sie eine wesentlich intimere Atmosphäre. Tiefe, mit amethystfarbenem Samt bezogene Sofas säumten die Separees, und eine kleine Bühne und eine Tanzfläche füllten eine Seite des unteren Erdgeschosses aus. Die Bar strahlte vor beleuchteten Spiegeln und optischen Spielereien, die auf den Beginn des Barbetriebes warteten, und ein paar Frauen packten auf der Theke Gläser und Spirituosen aus. Sie sahen Lucien an und dann wieder sich gegenseitig, und Sophie bemerkte die Blicke, die sie wechselten. *Heißer Mann im Raum.* Sie konnte ihnen kaum einen Vorwurf machen. Selbst mit Helm strotzte Lucien vor Sex.

Die Dekadenz tropfte aus jedem raffinierten Einrichtungsgegenstand und der gesamten Inneneinrichtung. Alles schrie den Luxus dieser hochklassigen Sexhöhle hinaus. Aufgrund ihres früheren Besuchs eines Gateway Clubs mit Lucien konnte Sophie sich nur zu gut nackte Tänzerinnen und intim ineinander verschlungene Paare in den Separees vorstellen.

Er nahm nun in einem davon Platz und bedeutete ihr mit einer Kopfbewegung, sich ihm gegenüber auf einen Sessel mit geschwungenen Lehnen zu setzen, um die Checkliste für das Erdgeschoss zu besprechen. Er nickte, als sie die Liste Punkt für Punkt durchging, und ließ sie dann eine Reihe von Bemerkungen für das weitere Vorgehen notieren.

Sie steckte den Kugelschreiber ein und machte sich bereit, aufzustehen und weiterzugehen.

»Sonst noch irgendetwas?«, fügte sie wie einer nachträglichen Eingebung folgend hinzu.

Er nickte und legte seine Fingerspitzen auf dem Tisch zusammen.

»Ja. Du siehst mit Helm verdammt sexy aus.«

Der Schock ließ ihr die Kehle trocken werden. »Soll ich das aufschreiben?«

»Auf jeden Fall«, sagte er im Plauderton. »Schreib: ›Sophie sieht mit Helm verdammt sexy aus.‹« Er hielt inne, weil sie nicht schrieb. »Schreib es auf.«

Ihre Augen flogen durch den Raum. Sie wollte nicht lauter sprechen, weil Elektriker in der Nähe arbeiteten. Seine Augen forderten ihre heraus, und sie fällte innerhalb eines Sekundenbruchteils eine Entscheidung. Sie zückte den Stift wieder und schrieb es hin.

»Sonst noch etwas?«, wiederholte sie.

»Ich will dir diesen Helm abnehmen und dir deine Haare zerwühlen.«

»Lucien …«, warnte Sophie.

Er stand abrupt auf. »Hier ist alles erledigt, Ms Black. Gehen wir weiter.«

Sophie schluckte schwer und folgte ihm über die Tanzfläche und ein paar Stufen hinunter.

»Der Wellnessbereich.« Er machte eine Geste, die den Raum umfasste, und Sophie schlug entsprechend die nächste Checkliste auf. Das gesamte Untergeschoss war in einen Luxusentspannungsbereich verwandelt worden, in dessen Mitte ein noch leerer Pool und ein Whirlpool eingelassen waren. Mehrere Arbeiter waren im Raum beschäftigt, und

Lucien nahm Sophie am Ellenbogen und lenkte sie langsam hindurch, damit sie sich auf den erhöhten, kreisförmig um den Whirlpool laufenden Rand setzen konnten.

Wie zuvor arbeitete sie sich methodisch durch die Liste, und Lucien beantwortete der Reihe nach jede Frage, nachdem er den Raum inspiziert hatte.

Sie räusperte sich. *Auf ein Neues.* »Ääh... sonst noch irgendwelche Notizen?«

Lucien saß neben ihr auf der Einfassung, und als er sich zu ihr wandte, strichen seine gespreizten Fingerspitzen über ihren Oberschenkel.

»Ja.« Seine trägen, lüsternen Augen wanderten ihren Hals hinab und dann zurück zu ihrem Mund.

»Ich darf nicht vergessen, wieder mit dir herzukommen, wenn der Whirlpool gefüllt ist. Ich will, dass du die Düsen testest.«

Sie runzelte die Stirn und machte Notizen in Steno. »Kann der Installateur sie nicht testen?«

»Ich will, dass du es tust.« Lucien beugte sich so nah zu ihr vor, dass nur sie ihn hören konnte. »Ich will, dass du mir sagst, ob die Düsen perfekt eingestellt sind, um deine Klitoris zu massieren.«

Sophies Mund formte sich zu einem vollkommenen O, und instinktiv schlug sie die Beine übereinander. Seine Worte ließen sie erzittern.

»Schreib es bitte auf.«

Er blickte auf das Klemmbrett, dann auf ihren Stift, dann in ihr Gesicht.

Seine Fingerspitzen strichen immer noch über ihre Oberschenkel, so rhythmisch, dass es kein Versehen sein konnte.

Sie notierte es. *Prüfen, ob die Düsen für klitorale Massagen richtig eingestellt sind.*

Zu wissen, dass er sie beim Schreiben der Worte beobachtete, machte sie ganz verrückt.

Wieder stand er plötzlich auf und ließ sie heiß und gequält zurück, als er durch den Hauptraum voranging, zurück zu einer Treppe, die in den ersten Stock führte. Sophie stellte fest, dass sie auf zittrigen Beinen einen mit einem Plüschteppich ausgelegten Flur hinuntergingen, schwach beleuchtet und schwül und mit derselben erotischen Raffinesse ausgestattet wie unten. Der Geruch neuer Teppiche und frischer Farbe würde zweifellos verfliegen, sobald das Gebäude voll warmer, pulsierender Körper war.

»Die Spielzimmer.«

Sophie schloss für eine Sekunde die Augen und folgte Lucien dann durch die erste Tür.

Ebenso dekadent, aber entschieden intimer als die vorhergehenden Räume wurde dieser in der Mitte von einem wahrhaft riesigen quadratischen Bett beherrscht, das auf einem Podest stand und durch eine rundherum laufende Stufe betretbar war.

»Das ist das Pärchenspielzimmer. Das Bett ist so beschaffen, dass bis zu sechzehn Personen gleichzeitig dort beherbergt werden können.«

Sophie runzelte die Stirn und fragte sich unwillkürlich, wo man industriell gefertigte Laken in derartiger Größe bekam. Und dann streifte Luciens Hand federleicht ihren unteren Rücken, mehr eine Liebkosung als eine führende Hand, und alle Gedanken an Bettwäsche verflüchtigten sich.

Verwirrt setzte sie sich auf die Bettkante, zückte den Kuli und ließ ihn klicken.

»Bist du bereit, die Abhakliste für dieses Zimmer durchzugehen?«

Lucien blickte sich kurz in dem fertiggestellten Raum um.

»Nicht nötig. Lass uns gleich zum Kästchen ›Sonstige Notizen‹ springen.« Er ließ sich neben ihr nieder, nicht ganz so nah, dass sie sich berührten, aber nah genug, dass sie die Hitze seines Körpers spürte.

Sophie hatte schon vermutet, dass es auch hier Zusatzinformationen geben würde, trotzdem hielt sie den Atem an.

»Die Matratze muss auf ihren Komfort hin geprüft werden.«

Sie begann zu schreiben, aber er griff nach ihrer Hand und hielt sie auf.

»Ich meine jetzt.«

Sophie blickte zur offenen Tür. »Auf keinen Fall. Ich schreibe es auf, aber ich wälze mich nicht mit dir auf diesem Bett herum.«

»Von Rumwälzen hab ich nichts gesagt. Leg dich einfach hin.«

Es war nicht die Bitte eines Chefs an seine Assistentin. Es war die Bitte eines Mannes an eine Frau, und Sophies Körper reagierte, ehe ihr Gehirn ihn einholen konnte. *Sie legte sich hin.*

»Und?« Lucien ließ sich ebenfalls nach hinten sinken und beobachtete Sophie auf einen Ellenbogen gestützt. »Ist es weich? Oder hart, was meinst du?«

Sophie drehte den Kopf zu ihm. »Ich würde es wahrscheinlich als fest bezeichnen.«

»Fest«, murmelte Lucien. »Aber schmiegt es sich an deinen Körper? Wäre es angenehm für dich, wenn du durch das Gewicht deines Liebhabers hineingepresst würdest?«

Sophie schloss die Augen.

»Stell dir vor, du hast in diesem Moment Sex mit jemandem, und dieser jemand reibt seine Hüften auf deinen.«

Während er sprach, ließ er seine Hand auf ihre Hüfte fallen, ein lustvoller Druck, um das Gesagte zu veranschaulichen.

»Fühlst du dich wohl, Sophie? Fühlt es sich gut an?«

Sophie schlug die Augen auf und blickte in seine – sündige, bewegte Seen der Lust.

»Es fühlt sich gut an, Lucien. Wirklich gut.«

Er fuhr sich mit der Zunge über die Lippen, und einen Augenblick lang war Sophie sich sicher, dass er sich hinunterbeugen und sie küssen würde. Wenn er sie in diesem Moment gebeten hätte, die Matratze einem Praxistest zu unterziehen, hätte sie sich innerhalb von Sekunden den Rock bis zur Taille hochschieben lassen.

Aber das tat er nicht. Er hielt kurz inne, die Augen auf ihren Mund gerichtet, stand dann auf und hielt ihr seine Hand hin, um ihr hochzuhelfen.

»Du kannst das Zimmer abhaken. Wir sind fertig hier.«

Lucien ging voran in den Bondage-Raum, und beim Anblick eines Teams von Monteuren, die Löcher in die Wand bohrten, drehte er sich um und ging geradewegs wieder hinaus.

Der Rest der Inspektion konnte warten. Er hatte genug von der Gesellschaft aller außer der Sophies.

»Gehen wir raus hier.«

Er hielt sich sein Telefon ans Ohr, und Sekunden später waren sie wieder im beengenden Innenraum der Limousine. Als der Wagen sich in den Verkehr einfädelte, wandte Lucien sich an Sophie.

»Wegen deiner Regeln ...«

Sophie antwortete nicht, aber an der Art, wie sich ihre Augen verdunkelten und ihre Zunge blitzschnell über ihre Oberlippe fuhr, erkannte er, dass sie sich anhören wollte, was er zu sagen hatte.

Er berührte sie nicht. Er konnte nicht, denn er wollte sie so sehr, dass ein bisschen nicht genug gewesen wäre. Die Luft im Auto flirrte vor kaum zurückgehaltenem sexuellem Begehren.

»Das mit dem Nichtberühren.« Er ballte die Hände zur Faust, weil das Bedürfnis, nach ihr zu greifen, so stark war. »Das gilt noch für die nächsten zehn Minuten. Dann werde ich dich berühren, und zwar überall.«

Der Seufzer, der ihren Lippen entfloh, hatte nichts von Resignation an sich. Sondern war einer, der danach lechzte, dass die nächsten zehn Minuten schon vorüber wären.

»Und das mit dem Nichtküssen.« Er rutschte auf dem Rücksitz näher zu ihr hin, und seine Augen senkten sich auf ihre Lippen. »Ich werde dich küssen, und zwar auf den Mund.« Sie neigte den Kopf, eine Einladung, die weit darüber hinausging, aber er hielt sich zurück. »Und auf den Hals.«

Er änderte seine Position, um es seiner Erektion bequemer zu machen, während seine Augen weiter nach unten wanderten. »Dann werde ich dich nackt ausziehen und deine verdammt schönen Brüste küssen.« Sie wimmerte und schloss die Augen, den Kopf zurück auf den Sitz gelegt. Ihre Brustspitzen drückten sichtbar gegen ihre Bluse. »Spürst du mich an deinem ganzen Körper, Sophie? Stell dir meinen Kopf zwischen deinen Beinen vor. Ich werde dich ganz langsam küssen, genau dort, bis du in meinem Mund kommst.«

Der Wagen kam vor dem Wohngebäude zum Stehen, und Lucien sprang sofort heraus und öffnete ihr die Tür, murmelte dem Fahrer rasch etwas zu, der gewandt wieder ins Auto stieg und im nächsten Moment bereits weggefahren war.

Luciens Hand ergriff ihre und zog sie durch den Innenhof, er schlug wiederholt mit der Faust auf den Aufzugrufknopf und verfluchte leise das antiquierte System, das zuvor so charmant gewirkt hatte. Daran, wie sich seine Brust hob und senkte, erkannte Sophie, dass er ganz genauso bereit war wie sie, und als sie in die käfigartige Kabine stieg, raubte er ihr den Atem, indem er sie mit seinem Körper an die Kabinenwand presste. Kaltes Eisengitter kühlte ihren Rücken, doch die Hitze, die von Luciens Körper ausströmte, schien die Vorderseite ihres Körpers zu versengen. Seine Hände umfassten die Stangen links und rechts von ihr.

»Halte mich nicht auf«, murmelte er, nur noch einen Hauch davon entfernt, sie zu küssen, als der Fahrstuhl mit einem Ruck stehen blieb. Sie schüttelte den Kopf. Sie würde ihn nicht aufhalten. *Sie hatte Angst, dass er aufhörte.*

Er schloss die Wohnungstür auf und zog sie mit sich hinein.

12

Drinnen drückte Lucien sie gegen die geschlossene Tür, seine Hände vergruben sich in ihrem Haar, sein Mund nahm ihren in Besitz. Sophie stellte sich ihm, schmeckte ihn, spürte ihn, saugte ihn auf. Seine Erektion presste sich hart gegen ihren Bauch, und sein Atem ging in kurzen, heißen Stößen, die zu ihren eigenen passten.

»Verdammt ...« Er kämpfte sich aus seiner Jacke und griff nach ihrer getupften Bluse, ohne die Verbindung zu ihrem Mund zu unterbrechen. »Du hast zu viel an«, murmelte er an ihren Lippen, und mit einer raschen Bewegung riss er ihr die Bluse auf und ließ die Knöpfe gegen die Wände springen. Er lehnte sich ein Stück zurück und blickte auf ihren BH, während sie die Arme aus den Ärmeln zerrte.

Lucien schüttelte den Kopf, den Kiefer angespannt. »Immer noch zu viel.«

Er reichte um ihren Körper herum und hakte den BH auf, zog ihn ihr aus und warf ihn zur Seite.

»Verdammte Scheiße«, stöhnte er, die Hände bereits zwischen ihren Körpern an ihren Brüsten. Lustvoll schnappte sie nach Luft, während er ihre schmerzhaft steifen Knospen rollte. Ihre Hände versuchten sich irgendwie Platz zu schaffen, um ihn aus seinem Hemd herauszubekommen.

»Zieh das aus«, murmelte sie, frustriert vor Verlangen, seine nackte Haut zu spüren.

Er löste sich für eine Sekunde von ihr, trat zurück und atmete schwer, während er sich seines Hemds entledigte und nach seinem Gürtel griff.

»Ich wollte noch nie jemanden so sehr besitzen wie dich in diesem Moment«, flüsterte er und presste sie wieder gegen die Tür.

Seine kehligen Worte ließen die Lust in ihren Unterleib schießen. Sie klammerte sich an ihn, als er ihren Mund wieder einforderte, und genoss das Gefühl seiner heißen Haut unter ihren Händen. Sie konnte kaum atmen, als er nach unten griff, ihr den Rock bis über die Hüften hochzog und seine Hand in ihren Slip schob. *Endlich. Endlich.*

»Oh Gott«, sie versenkte ihre Zähne in seine Lippen, als er sie mit seinen Fingern öffnete und ihre Klitoris fand. Die ganze Luft schien aus dem Raum zu weichen. Es gab nur noch Lucien und die Lust, die er ihr mit seinen stoßenden Fingern bereitete.

Mit schamloser Hast schaffte er es, sie bis kurz vor den Höhepunkt zu bringen. Ihr Körper begann zu beben, und er bemerkte die Anzeichen und zog sich zurück.

»Noch nicht, Sophie«, keuchte er. »Warte auf mich. Ich will dich an meinem Schwanz kommen fühlen.«

Seine gequälten erotischen Worte machten es ihr nur noch schwerer, gegen ihren Orgasmus anzukämpfen.

Sie nickte. »Dann beeil dich«, sagte sie verzweifelt, während er sich vor ihrer Öffnung bereit machte. »Bitte ... jetzt, Lucien ...«

Mit einem urtriebhaften Stöhnen der Zufriedenheit schob er seinen dicken, steifen Penis ganz in sie hinein und presste sie mit dem Gewicht seines Körpers gegen die Tür. Sie schnappte nach Luft, als er sich zurückzog und dann wieder in sie hineinstieß, wild, schnell und unglaublich heiß.

Es sollte nicht zärtlich sein oder sehr lange dauern. Er hob sie vom Boden hoch und legte ihre Beine um sich, damit sie ihn bis zum Anschlag aufnehmen konnte, und sein Ächzen scharfer, intensiver Lust klang in ihren Ohren, als mit jedem Stoß die Wurzel seines Glieds über ihre Klitoris rieb.

Er hatte das hier beim Mittagessen begonnen, das Feuer den ganzen Nachmittag über geschürt. Und jetzt, mit dem Rücken zur Wohnungstür, traf die Erlösung ihres Orgasmus sie wie ein Vorschlaghammer, als sie sich ihm entgegenbog und ihm ins Haar griff. Luciens heftiger Atem lieferte den Soundtrack dazu, als er die Augen schloss, alle Kontrolle fahren ließ und noch zweimal brutal gegen ihre Hüften rammte, ehe er sich mit dem Urschrei der Befriedigung in sie ergoss.

Sophies Herz hämmerte hart gegen ihre Brust. Nur allmählich wurde ihr bewusst, dass sich ihre Fingernägel in seine Schultern gegraben hatten, und sie lockerte ihren Griff, um die Spuren nicht noch sichtbarer zu machen, die sie dort hinterlassen hatte. Seine Arme, die ihr Hinterteil unterstützt hatten, schlossen sich nun fest um ihren ganzen Oberkörper, als er aus ihr herausglitt.

»Gehen wir unter die Dusche«, sagte er heiser und strich ihr über das Haar.

Sophie küsste die Kuhle an seinem Halsansatz, während er seine Kleidung von den Fußknöcheln schüttelte. Dusche klang gut, aber dazu musste sie sich bewegen, und sie wollte für immer zwischen der Tür und seinem Körper festgeklemmt bleiben. Luciens Mund vagabundierte über ihr Haar, halb küssend und halb seufzend vor sexueller Erfüllung. Er trug sie ins Badezimmer, ganz der Wikinger-Sexgott, als er mit dem Fuß die Tür aufstieß, die Dusche anstellte und daruntertrat.

Warmes Wasser strömte über Sophies Schultern, als Lucien sie sanft auf die Füße stellte und die Glastür der riesigen Duschkabine zuzog. Sie hob das Gesicht der Gischt entgegen und ließ sich ihr Haar in Strähnen über den Rücken spülen, während Lucien seine Hände mit Seife aus dem Spender an der Wand füllte.

»Dreh dich um«, sagte er leise nach einem feuchten, lang anhaltenden Kuss. Sophie gab ein Seufzen von sich und kehrte ihm den Rücken zu, mit den Händen hatte sie sich an die beschlagene Glaswand gestützt. Sie stöhnte leicht, als sie seine Hände auf ihren Schultern spürte, und legte den Kopf nach vorn an das Glas, als er den üppigen Seifenschaum in ihre Haut einmassierte.

»Meine Regeln gefallen mir besser als deine«, sagte er, und Sophie konnte seine Erektion an ihrem unteren Rücken spüren, als er die duftenden Bläschen auf ihren Armen verteilte. Unwillkürlich bog sie den Rücken durch, als seine Finger ihre Wirbelsäule hinunterfuhren, und lehnte sich dann gegen ihn, als er die Arme um sie schlang und eine Hand auf ihren Bauch, die andere um ihre Wange legte. Er hatte es geschafft, dass sie vollkommen entspannt war, und sie drehte das Gesicht in seine Handfläche und seufzte.

»Mir gefallen deine Regeln auch«, gestand sie.

Er nahm sich noch etwas Seife und bedeckte dann ihre Brüste mit seinen warmen Händen.

»Nass fühlst du dich noch besser an.«

Er rückte sich hinter ihr so zurecht, dass sein Penis zwischen ihren Schenkeln lag, während er ihre Brustwarzen zwischen seinen Fingern rollte. Sie bewegte die Hüften vor und zurück und genoss das Gleiten seiner Erektion zwischen ihren Beinen.

»Du auch«, murmelte sie, und die köstliche Reibung ließ sie seufzen. Als er die Hand nach noch ein bisschen mehr Seife ausstreckte, hatte Sophie eine ziemlich genaue Vorstellung, was sein Ziel war.

»Mach die Beine auseinander.«

Sophie hakte einen Fuß hinter seine Wade, als er sie fest zwischen der Glasscheibe und seinem Körper hielt. Sie war heiß und triefte und presste ihre Wange gegen das Glas, als er sie langsam mit den Fingern bearbeitete. Und gründlich. Mit dem Mund an ihrem Ohr murmelte er unzusammenhängende Worte. Langsam fuhren seine Zähne über ihre Haut. Sie drehte ihren Kopf in seinen Kuss bei geöffnetem Mund, und warme Tropfen liefen in Kaskaden über ihre Gesichter, als seine Zunge sich mit ihrer verfing. Sie wollte mehr, brauchte alles, was er zu geben hatte. Jedes Gleiten seines Schafts über ihre Öffnung ließ sie aufstöhnen in der Hoffnung, dass er diesmal in sie eindringen möge. Gleiten. Stoßen. Gleiten. *Bitte, stoß zu.* Lucien stöhnte in ihren Mund und ließ sie dann endlich nicht mehr länger auf einen langen, tiefen Stoß warten.

»Oh Gott ...«, stöhnte Sophie. »Oh ... so gut ...« Sie konnte kaum zwei Wörter aneinanderreihen. Die Empfindungen waren zu groß und wuchsen mit jedem langsamen, entschlossenen Stoß von Luciens Glied. Er spielte mit ihrer Klitoris, wanderte mit unruhigen Fingern über ihr Gesicht, über ihren Kiefer, in ihren Mund. Sein Atem an ihrem Ohr wurde noch ein bisschen lauter, und seine stoßenden Hüften sagten ihr, dass er ebenso kurz vor dem Kommen war wie sie. Sie begann zu beben, und Lucien hielt sie, als das exquisite Gefühl, gleich zu kommen, ein Stehen beinahe unerträglich machte.

»So verdammt schön ...« Luciens gemurmelte Liebkosung gab ihr den Rest, entlockte ihrem Körper einen Schrei der Erlösung, als sie für ihn, auf ihm, um ihn herum explodierte.

Er hielt ihre Hüften fest, als er sich in sie rammte, nur ein Wort auf den Lippen, immer und immer wieder, als sein Körper zuckte.

»*Prinzessin.*«

13

Eingehüllt in den wunderbar großen weißen Bademantel, rollte Sophie sich wenig später in der Ecke des riesigen Sofas zusammen. Die Reste eines üppigen Büffets, das ein Restaurant in der Nähe geliefert hatte, waren vor ihr auf dem Glastisch verteilt, und Lucien, mit nichts als tief geschnittenen, ausgewaschenen Jeans bekleidet, trat mit einer frisch geöffneten Champagnerflasche und zwei Gläsern zu ihr und setzte sich neben sie.

»So. Da wären wir also wieder, Ms Black.«

Sophie nahm das Glas entgegen und kostete die eiskalten Perlen. Sie wusste, was er meinte. Sie waren wieder Kollegen und ein Liebespaar dazu. Nur dass sie diesmal – technisch betrachtet – nicht fremdging, und ihr abtrünniger Ehemann versteckte seine andere Frau nicht hinter einem Deckmantel aus spätabendlichen Besprechungen und Geschäftsreisen. Wie erwachsen von ihnen allen, sich so frei zu fühlen. Aber so ganz erwachsen und frei fühlte sie sich trotzdem nicht. Als sie aus ihrem Endorphinrausch langsam aufwachte, stellte Sophie fest, dass alles immer noch fürchterlich verpfuscht war.

Lucien tippte mit seinem Glas an ihres.

»Auf Paris.«

Das Lächeln, das ihre Lippen umspielte, musste ebenso lustlos aussehen wie es sich anfühlte.

»Sag mir, was gerade in deinem Kopf vorgeht.« Lucien

lehnte sich entspannt auf dem Sofa zurück, das Champagnerglas in der Hand, den Blick auf Sophie gerichtet.

Sie rümpfte die Nase, nicht einmal sicher, ob sie den Kessel an Emotionen, der in ihr brodelte, in Worte fassen konnte. Sie fügte dem Gemisch noch einen Mundvoll Champagner hinzu und zog die Schultern zu einem halben Achselzucken hoch.

»Ich weiß nicht ... ich fühle mich komisch.« In Wahrheit traf komisch nicht einmal annähernd, wie sie sich fühlte.

»Was heißt komisch?«

Sophie seufzte schwer. »Ich fühle mich schuldig.« Sie sah einen Ausdruck des Unglaubens über sein Gesicht huschen und schüttelte den Kopf, um ihn davon abzuhalten, sie zu unterbrechen. »Ich weiß, was du sagen willst. Dan lebt jetzt bei seiner Geliebten. Ich mache nichts Falsches. Und vielleicht tue ich das hier drin auch nicht«, sie berührte mit den Fingern ihren Kopf. »Aber hier drin ...«, sie berührte ihr Herz. »Hier drin ist er immer noch mein Mann. Wir waren zu lang zusammen, um einfach so weiterzuziehen.«

Lucien blickte finster in sein Champagnerglas.

»Verdient er denn deine Loyalität?«

»Nein. Aber er hat sie trotzdem.« Sie hielt ihm ihr Glas hin, um sich nachschenken zu lassen. Der Champagner half zumindest, ihre Zunge zu lösen. »Ihn zu lieben ist eine nicht leicht abzuschüttelnde Angewohnheit.«

Sie entknotete ihre Beine, und Lucien goss ein und zog dann ihre Füße auf seinen Schoß.

»Aber eine, die du loswerden musst.«

Sophie sah zu, wie er gedankenverloren ihren Fußknöchel massierte und seinen Champagner trank. Er war unheimlich schön und hatte vollkommen recht, aber er hatte keine Ahnung, was es für ein Gefühl war, sich von der Person zu trennen, mit der man sich immer vorgestellt hatte, alt zu werden.

»Das ist allerdings leichter gesagt als getan, weißt du?«

Lucien verzog den Mund. »Eigentlich weiß ich das nicht. Und ich will es auch gar nicht wissen.«

Sophie schüttelte den Kopf. Er hatte seine negative Meinung von der Ehe ja bereits mehr als deutlich gemacht, aber es schien so gar nicht zu dem Feuer und der Leidenschaft zu passen, die sie bei ihm bemerkte, wenn sie Sex hatten. Tagein, tagaus war er voller Selbstvertrauen und Übermut, aber wenn er nackt war, ließ er hin und wieder etwas Betörendes von dem emotionalen Mann durchscheinen, der er auch war.

»Ist dir noch nie in den Sinn gekommen, dass du etwas verpassen könntest?«

Er schmunzelte und ließ seine Finger zu ihrem Knie hinauf- und wieder hinunterwandern.

»Nein. Die Frauen anderer Männer zu verführen hat bei mir bis jetzt ganz gut funktioniert.«

Sophie schüttelte den Kopf. »Ich meine es ernst, Lucien.«

Er stellte sein Glas ab und wandte sich ganz ihr zu.

»Okay. Dann bin ich jetzt ernst.« Er legte seine Hände auf ihre Knie. »Ich mag die Ehe nicht. Habe ich nie und werde ich nie.« Er beugte sich vor, um ihr einen Kuss auf das Knie zu geben.

»Ich glaube weder an wahre Liebe noch an den Valentinstag ... oder Feen hinten im Garten.« Er küsste das andere Knie, und Sophie hielt völlig still, während sie ihn beobachtete. So gern sie sich auch von seinen kleinen Aufmerksamkeiten ablenken ließ, boten seine Worte doch eine der wenigen Einblicke in den Charakter des wahren Lucien Knight, und sie wollte, dass er weiterredete.

»Ich bin ein Mann, der im Hier und Jetzt lebt.« Er legte ihr die Hände auf die Knie und spreizte sie weit auseinander, was sie nach Luft schnappen und vor Schreck beinahe ihren Champagner verschütten ließ. Der Saum ihres Bademantels bedeckte gerade so ihre Sittsamkeit, aber eben nur gerade so.

»Trink deinen Champagner«, murmelte Lucien, die Hände bereits auf der Höhe ihrer Oberschenkel. Als er die Augen zu Sophies hob, sah sie wieder jenen raubtierhaften, erotischen Anflug darin, der ihr Gehirn in einen schamlosen Brei verwandelte. Sie wollte, dass er weiterredete, aber jetzt wollte sie auch, dass er sie weiter berührte, also trank sie ihren Champagner, langsam und bedächtig, und er neigte zustimmend seinen Kopf.

»Warum muss alles immer so ernst sein, Sophie?« Seine Finger wanderten höher, näher an den Saum ihres Bademantels.

»Ist es nicht besser, einfach zu genießen, was man hat, ohne zu versuchen, daran festzuhalten, es zu beherrschen oder zu verdrehen?«

»Bei dir hört sich das so leicht an«, sagte sie, und er zog am Gürtel ihres Bademantels. Sie spürte, wie sie nachgab und nicht mehr imstande war, sich auf die Einblicke zu konzentrieren, nach denen sie lechzte, während er fortfuhr. Zu sprechen und sie zu berühren.

»Es ist einfach, wenn du es zulässt.« Lucien streckte die Hand aus, teilte ihren Bademantel und entblößte ihren Körper vor seinen wartenden, bewundernden Augen. Sophie kämpfte gegen den Instinkt an, ihn wieder zu schließen, oder ihre Augen oder ihre Beine. Lucien wollte sie anschauen, und sie wollte, dass er das tat.

»Trink deinen Champagner«, sagte er wieder und schenkte ihr nach, als sie seinen Befehl befolgt hatte.

»Ist es so nicht besser?«, fragte er und rutschte auf dem Sofa ein Stück höher, um sich zwischen ihre gespreizten Beine zu setzen. »Hat es nicht etwas erfrischend Ehrliches, zu sagen: ›Ich will Sex mit dir, aber das heißt nicht, dass ich den Rest meines Lebens Sex mit dir haben will?‹«

Sophie versuchte, über die Frage nachzudenken, aber sie war absurderweise erregt durch ihre eigene Nacktheit und sein ständiges Wechseln zwischen Plauder- und Sexmodus. Er griff nach ihren Brustwarzen und spielte damit, stupste sie mit seinen Daumen nach oben.

»Ich liebe deine Brüste.«

»Ich dachte, du benutzt nie das Wort mit L.«

Er blickte in ihre amüsierten Augen. »Na schön. Ich liebe deine Brüste im Moment«, korrigierte er sich. »Ich liebe es, wenn sie sich rosa färben, weil du rot wirst, und wenn deine Nippel steif wie Kieselsteine sind, weil du heiß bist.« Beim Sprechen umfasste er ihre Brüste und umkreiste ihre Spitzen mit seinen Daumen. »Vielleicht liebe ich sie nicht nächste Woche oder nächsten Monat oder nächstes Jahr, aber jetzt und hier? Verdammt, ja. Ich liebe deine Brüste.«

Er rutschte so hoch, so dicht an sie heran, dass sein Oberschenkel in seiner Jeans sich zwischen ihre Beine drückte, als er sich vorbeugte, um eine ihrer Knospen in seinen Mund zu nehmen. Sophies begann seinen Hinterkopf zu streicheln, und seine Augen suchten die ihren.

»Was liebst du noch jetzt im Moment?«, fragte sie, und er lachte leise und verlagerte seine Aufmerksamkeit auf ihre andere Brust. Enge Spiralen der Lust zogen sich durch ihre Leistengegend, als sie seine feuchte Zungenspitze beobachtete, wie sie um ihre Brustwarze herumfuhr.

»Jetzt im Moment liebe ich deinen warmen Körper.« Er fasste sie leicht um die Hüften und senkte den Kopf, um ihren Bauchnabel zu küssen, dann glitt er wieder ihren Körper hinauf, bis sein Mund nur noch einen Hauch von ihrem entfernt war. »Und ich liebe es wirklich sehr zu wissen, dass du gerade jetzt darauf brennst, dass ich dich hier berühre.« Beim Sprechen streifte er mit seiner Hand leicht zwischen ihre Beine, dann schloss er die Lücke zwischen ihren Mündern und küsste sie. Sophies Mund öffnete sich unter seinem und ließ seine Zunge hineinschlüpfen, während die kaum wahrnehmbare Anwesenheit seiner warmen Finger sie betörend auf seine unvermeidliche Berührung vorbereitete.

»Und weißt du, was ich jetzt gerade außerdem noch wirklich liebe, Prinzessin?«, fragte er und gab ihren Mund frei, um ihr in die Augen zu blicken. »Zu wissen, dass, egal, was für alte Geschichten sich hier oben gerade abspielen ...«, er tippte mit den Fingern auf ihr Herz, »der Rest deines Körpers trotzdem weiß, wie verdammt gut sich das anfühlt, was wir gerade tun, stimmt's?«

Sophies Körper beantwortete seine Frage auf seine eigene Art, indem er sich um ihn wand und sich öffnete, um seine Finger willkommen zu heißen. Lucien Knight stellte Dinge mit ihr an, die zu tun kein Mann irgendein Recht hatte. Er umging alle rationalen Gedankengänge und machte sich die intuitiven, einfachsten Instinkte zunutze, die unter der Oberfläche lauerten.

Auch jetzt rang ihr Gehirn immer noch nach so etwas wie Kontrolle über die Situation.

»Lucien ... ich mache mir Sorgen darüber, dass du nur ein Lückenbüßer sein könntest.«

Er lachte aus tiefster Kehle. »Jetzt fühle ich mich ausgenutzt.« Er tauchte ab, um ihre Hüften zu küssen, dann blickte er zu ihren gequälten Augen auf und hielt inne.

»Was immer du brauchst, um darüber wegzukommen, Prinzessin.« Er legte langsam eine Spur aus Küssen über ihren Unterbauch zu ihrer Hüfte, hielt dann erneut inne und neigte den Kopf zur Seite, als er hochsah. »Und wenn es dir besser geht, wenn du mich vögelst?« Er rutschte weiter nach unten und legte seinen Kopf an die Innenseite ihres Oberschenkels.

»Lass mich deine Medizin sein. Genau genommen macht mich das quasi zu einem Arzt.«

Er öffnete sie mit seinen Fingern, spreizte sie weit auseinander und betrachtete mit einem zufriedenen Knurren ihr Geschlecht. »Für jetzt verschreibe ich dir Cunnilingus.« Seine Augen flogen wieder zu ihr hoch, als seine Zunge ihre entblößte Klitoris berührte. Sie zog die Luft in ihren plötzlich trocken gewordenen Hals.

»Trink etwas Champagner. Ärztliche Verordnung«, sagte er und hob den Kopf ein kleines bisschen, um Platz für seine Finger zu machen. Sophie befolgte seinen Rat. Die Bläschen waren kühl und willkommen, und sie sah zu, wie Lucien nach der Champagnerflasche griff. *Sie war schon ganz schön benebelt. Wollte er ihr etwa noch einmal nachgießen?* Aber schnell wurde ihr klar, dass er etwas anderes vorhatte, als er die Flasche neigte und den letzten Rest des kalten sprudelnden Getränks zwischen ihre Beine goss. Die Kombination aus Kälte und Kick ließ sie hörbar nach Luft schnappen. Der Champagner war eiskalt, und Luciens darüberfahrende Zunge eine Sekunde später überraschend heiß. Sophie wand sich unter ihm, stellte dann ihr Glas ab und bedeckte ihre rosaroten Wangen mit den Händen, als er mit der leeren Flasche ihre heiße Öffnung berührte. *Zu viel Lucien, zu viel.* Die Worte bildeten sich in ihrem Kopf, schafften es aber nicht aus ihrem Mund heraus, weil er bereits wieder seine Lippen über ihrer Klitoris geschlossen hatte.

»Verdammt, Lucien …«, keuchte sie, wollte, dass er aufhörte, wollte aber noch mehr, dass er weitermachte mit diesem Wechselspiel von Kälte und Hitze.

Sie beobachtete seinen Mund, fasziniert von den eigenen vielfältigen Empfindungen. Seine Zunge fuhr unerbittlich über ihre Klitoris.

»Du schmeckst nach Champagner und Sex.«

Lucien drückte die eiskalte Flasche wieder an sie, und die Vibrationen seiner tiefen, lustvollen Stimme an ihrem fiebrigen Fleisch ließen ihre Hüften ruckweise mitschwingen. Er wusste genau, wann sie den Punkt erreicht hatte, an dem es kein Zurück mehr gab, denn er wechselte von spielerisch zu ernst, hielt sie in seinem Mund, als sie kam, und leckte über ihre Klitoris, bis sie sich nicht mehr rührte und ihr Körper weich zurück auf das Sofa sank.

Er küsste sie dort, wo die kalte Flasche sie berührt hatte, eine langsame Schleife kaum vorhandener Berührungen seiner Lippen über ihrem empfindsamen Geschlecht. Sophie sah ihm dabei zu, während ihr Herzschlag sich wieder verlangsamte. *Lucien Knight, der unzweifelhaft beste Lückenbüßer der Welt.*

14

»Wohin fahren wir?«, fragte Sophie und strich sich den Rock ihres schönen, neuen Kleides glatt, als sie im Fond der Limousine Platz genommen hatten. Es war nach elf Uhr abends gewesen, als Lucien sie geweckt hatte, damit sie sich zum Ausgehen fertigmachen konnte, und jetzt, kurz nach Mitternacht, rasten sie durch die dunstigen, beleuchteten Straßen von Paris.

»Zur Arbeit.«

Lucien saß neben ihr und sah, von Kopf bis Fuß in Schwarz, verheerend gut aus. Sein aschblondes Haar wirkte dunkler im nächtlichen Dämmerlicht des Wagens, und er beobachtete sie mit glänzenden Wolfsaugen.

»Ins Gateway?« Sophie konnte sich nicht vorstellen, warum sie heute Nacht dorthin zurückkehren sollten.

»Nein.«

Er ging nicht weiter auf ihre Frage ein, und Sophie schluckte unter großen Schwierigkeiten ihre Nervosität hinunter. Sie wusste nicht, wohin sie fuhren, und sie hatte das dumpfe Gefühl, dass es wenig Erhellendes bringen würde, wenn sie ihn bedrängte. Er betrachtete sie einen Moment schweigend und reckte sich vor, um ein kleines Kühlfach vor ihnen zu öffnen.

Wodka pur, ohne Eis. Oh Gott.

Wenn er der Meinung war, dass sie sich Mut antrinken musste, steckte sie ganz schön in Schwierigkeiten.

Die Spirituose verflüchtigte sich fast augenblicklich, sobald sie ihre Kehle berührte, und Lucien füllte schweigend ihr Glas ein zweites Mal.

Er nahm es ihr aus der Hand, als sie es geleert hatte, küsste sie plötzlich und hart, was ihr den Atem aus den Lungen presste.

Sie merkte erst, dass das Auto angehalten hatte, als der Fahrer ihre Tür öffnete, kühle Luft an ihre Beine strömte und Lucien sie mit einem letzten zärtlichen Biss in ihre Unterlippe entließ.

Sie blickte sich in ihrer Umgebung um, während Lucien leise mit dem Fahrer sprach. Die Straße wirkte ruhig und gediegen, das Gebäude vor ihnen auf elegante Weise unauffällig. Gleich nebenan war es jedoch anders. Beim Anblick der stimmungsvoll beleuchteten Schaufenster einer Boutique machte Sophie große Augen. Schaufensterpuppen, bekleidet, oder vielmehr kaum bekleidet, mit der exquisitesten Unterwäsche, die sie je zu Gesicht bekommen hatte, Korsetts mit feinen Stäbchen und einem Hauch von Spitze, die das Wort ›Vamp‹ zu einem optischen Vergnügen machten. Lucien legte ihr die Hand auf den unteren Rücken, als ihr Wagen in der Nacht verschwand.

»Gehen wir einkaufen.« Seine Hand rutschte noch ein wenig tiefer hinunter, und er streichelte ihren Po. »Und ich darf aussuchen.«

»Das würde ich nicht direkt als Arbeit bezeichnen«, bemerkte Sophie wagemutig, zwar unsicher, wie sie auf die Situation reagieren sollte, aber durch den Wodka kühn genug, um ihn zu provozieren.

»Nennen wir es Vorbereitung.«

»Vorbereitung für was?« Sophie drehte sich halb zu ihm

um, um ihn anzusehen, und er massierte ihr Hinterteil und beugte sich dicht an ihr Ohr vor.

»Wir besichtigen den Club sozusagen undercover, und du bist unangemessen gekleidet.«

Sophies Augenbrauen schnellten bestürzt in die Höhe. *Wie konnte ihr wundervolles Kleid unangemessen sein?*

»Aber ich liebe mein Kleid.«

Er räusperte sich, als seine Augen ihren Körper hinabwanderten.

»Es ist aber zu viel davon da.«

Wie bitte? Das Kleid war nicht gerade keusch. Luciens Augen deuteten auf die Schaufenster, und am Rande von Sophies Gehirn begann ein Alarmsignal zu blinken.

»Du meinst doch nicht etwa ...«

»Doch.« Er schob sie Richtung Eingangstür, die sich auf wundersame Weise vor ihnen öffnete, als sie näher kamen. Sophie schwankte, aber Luciens Arm um ihre Taille stützte sie und ließ ihr keine andere Wahl, als einzutreten, und hinter ihnen schloss sich die Tür mit einem kleinen, altmodischen Läuten.

Wenn die Schaufenster ein Vorspiel waren, dann war das Innere des Geschäfts die Hauptvorstellung. Verblüffende Kreationen aus Seide und Spitze säumten die schamroten Wände, manche mit Rüschen und Tupfen im Bardot-Pinup-Stil, andere glänzend, glatt und sinnlich und wieder andere nur entworfen, um die Trägerin und ihre Liebhaber zu verführen. Seide, die weich über den Körper floss, figurbetonte Spitzenkorsetts und Schleifen, die darum flehten, gelöst zu werden. Lucien betrachtete alles mit geschultem Auge, während Sophie voll Freude und Entzücken ein Kleidungsstück nach dem anderen bestaunte. Plötzlich wünschte sie sich, sie könnte Kara davon erzählen, nur um sie sagen zu hören: »Was in Paris passiert, bleibt in Paris.«

Als sie sich in dem Geschäft umsah, die umwerfende Unterwäsche betrachtete, sich des Prachtexemplars von einem Mann, der sie begleitete, nur allzu bewusst, hatte Sophie eine Wiederholung ihres Größter-Glückspilz-des-Planeten-Moments. Dankbar für den Wodka in ihren Adern drehte sie sich um, als Luciens Hand ihre Taille berührte.

»Hier entlang«, murmelte er.

Sophie sah Lucien an und bemerkte dann ein zierliches Mädchen in einem winzigen schwarzen Kleid, die neben ihm auftauchte und einen Arm voll Kleidungsstücke trug, die er ausgewählt hatte. Während sie geschaut und gestaunt hatte, war er fleißig gewesen.

»Vertrau mir«, sagte er und nahm ihre Hand, als er der wohlgeformten Verkäuferin durch eine Tür folgte, die Sophie noch nicht aufgefallen war. Sie fand sich in einer Umkleidekabine im Boudoir-Stil wieder, die Wände ganz mit grauem Veloursleder überzogen und stimmungsvoll beleuchtet. Eine große Chaiselongue in der Mitte beherrschte den Raum, eindeutig ein Ruheplatz, von dem aus Lucien zuschauen konnte, wenn er wollte.

Er wollte.

Die Verkäuferin hängte Luciens Auswahl für Sophie in den verspiegelten Umkleidebereich hinter einem Paravent, verließ dann den Raum und schloss die Tür mit einem leisen, aber endgültigen Geräusch.

»Soll ich dir den Reißverschluss aufmachen?«

Sophie trat hinter den Paravent, heiß, geplagt und froh über ihren seitlichen Reißverschluss. Es dämmerte ihr, dass Lucien dort drüben auf der Liege bleiben musste, wenn sie hoffte, mit einem letzten Rest an Haltung durch diese surreale Erfahrung zu kommen. »Danke, alles gut.« Sie war selbst überrascht von ihrem beiläufigen Tonfall.

»Das kannst du laut sagen, Prinzessin.«

Sophies Finger zitterten, als sie in ihrer eigenen, plötzlich beklagenswert wirkenden Unterwäsche dastand und die drei Artikel vor sich betrachtete. Also, welchen sollte sie zuerst anprobieren? Er hatte drei sehr unterschiedliche Stile ausgesucht, von denen jeder wesentlich gewagter war als alles, was sie je besessen hatte. Sie zog sich aus. In einem plötzlichen Panikanfall angesichts ihrer völligen Nacktheit entschied sie sich als Erstes für die relative Vertrautheit einer normalen BH-Slip-Kombination – so sah sie zumindest auf den ersten Blick aus. Als sie in den Slip stieg, wurde ihr klar, dass es doch keine alltägliche Durchschnittswäsche war. Hoch geschnitten über ihren Hüften, bedeckte mit Seide abgesetzte schwarze Spitze nur das Allernötigste. Irgendwie schien dieser Slip ihre Beine auf magische Weise länger und ihre Taille schmaler aussehen zu lassen. Fasziniert stieg Sophie in ihre High Heels, um den vollen Effekt zu erzielen. Als sie sich den passenden BH über die Arme streifte und schloss, schnappte sie laut nach Luft, als sie merkte, dass die Halbschalen nicht dazu gedacht waren, ihre Brustwarzen zu bedecken. Der BH unterstützte ihre Brüste perfekt, stellte sie jedoch komplett zur Schau.

»Lass mich sehen.«

Gütiger Himmel. Sie hatte fast vergessen, dass Lucien da draußen war, was in Anbetracht ihrer Situation lächerlich war. Sie konnte so nicht zu ihm hinausgehen.

»Entweder kommst du jetzt da raus, oder ich komme nach hinten, Sophie. Was ist dir lieber?«

»Lucien …«

Sie hörte, wie er Anstalten machte aufzustehen, und legte sich panisch die Hände auf die Brüste. »Bleib, wo du bist. Ich komme raus.«

Sie wusste, dass ihre Wangen glühten, als sie mit den Händen ihre Brust bedeckend hinaus in Luciens Blickfeld trat.

»Anscheinend hast du einen BH erwischt, an dem etwas fehlt«, sagte sie und bemühte sich um einen lockeren Tonfall.

»Nimm die Hände runter.«

Sophie schloss für eine Sekunde die Augen. *Konnte sie das?* Es war lächerlich. Er hatte ja schon alles gesehen. Warum fühlte sie sich so viel entblößter, wenn sie diese hübschen Wäschefragmente trug?

Lucien lehnte sich auf der Liege zurück, ein Bein über das andere gelegt, die Hände hinter dem Kopf.

»Hände runter, Prinzessin.«

Sophie zählte im Kopf bis drei, dann ließ sie die Hände sinken, sich genauestens ihres Spiegelbilds in dem riesigen, vergoldeten Spiegel bewusst, der an der Wand lehnte, und der Art, wie sich Luciens Haltung verändert hatte, als sie sich enthüllt hatte. Er sah lange nicht mehr so entspannt aus.

Er stand langsam auf und schritt um sie herum, betrachtete sie von allen Seiten, ehe er hinter ihr stehen blieb. Erst herrschte Stille. Dann redete er.

»Du siehst nach absolut geilem Sex aus.«

Seine Hände glitten nach vorn zu ihren Brüsten, um ihre hervorstehenden Brustspitzen zu necken, während er ihren Nacken küsste. »Nach verdammt geilem Sex.«

Seine Hände wanderten auf ihr herum und dann nach unten, um ihre Pobacken zu umfassen.

»Lass mich als Nächstes das Korsett sehen.«

Er küsste ihre Schulter und drängte sie Richtung Paravent.

Sophie schlüpfte wieder dahinter und lehnte für eine Sekunde ihren Kopf an den kühlen Spiegel. Das hier war eine jener Erfahrungen, die man nur ein Mal im Leben machte. Sie war so weit von ihrem Alltag entfernt, dass sie sie im Gedächtnis behalten musste, weil sie sich nicht wiederholen würde.

Das Korsett, das Lucien ausgesucht hatte, war brüskierend reizvoll. Mit passendem, in der Taille hoch geschnittenem, auberginefarbenem Satinslip, der ihre Kurven nachzeichnete, machte jeder Haken, den Sophie von der Mitte des schweren Seidenkorsetts bis hinunter in seine Öse hakte, ihre Figur statuenhafter. Das Fünfzigerjahrestarlett, das sie im Spiegel erblickte, erkannte sie kaum wieder. Auch Luciens anerkennendes Pfeifen sagte ihr, dass ihm gefiel, was er sah, als sie um den Paravent herumkam.

»Sieh mal einer an«, flüsterte er, als er mit den Händen über die straffe Seide fuhr und sie erzittern ließ. Er umfing ihre eingeschnürte Taille, und Sophie fuhr sich über die Lippen, unglaublich erregt von der Lust, die aus seinem blauäugigen Blick sprühte.

Neckend fuhr sie ihm mit einer Hand über die Brust. »Gefällt's dir?«

Er riss sie an sich und ließ seinen Körper ihr genau zeigen, wie er es fand. Sein Kuss war alles andere als jugendfrei, während seine Hände rastlos über ihren in Seide gehüllten Körper wanderten.

»Es würde mir gefallen, dir das auszuziehen«, murmelte er und unterbrach den Kuss.

Allmählich begann Sophie sich an ihrer Macht zu weiden. Sie fuhr mit der Hand über seine Erektion und behielt sie einen Moment lang dort. So fiel es ihr leichter, sich zu fassen.

»Ich bin gleich wieder da.«

Das dritte Outfit, das Lucien ausgewählt hatte, wirkte auf dem Bügel am sittsamsten.

Eine Art Kleid. Schlichte, an die Körperform angepasste, schwarze spinnwebzarte Spitze, aber an einer Seite bis ganz oben hin geschlitzt. Schmale, in Samt eingenähte Stäbchen verliefen der Länge des Kleides nach und gaben ihm Struktur, und eingearbeitete BH-Bügel mit Balconettekörbchen und Strapse ordneten das Outfit eindeutig eher der Abteilung Schlafzimmer zu als einem Nachtclub.

Der zu schnürende Rücken war ein Zwei-Mann-Job ... und Lucien war der einzige Mann, der zur Hand war.

Sophie trat hinter dem Paravent hervor und drehte ihm sofort den Rücken zu.

»Hilfst du mir mal?«

»Beim Anziehen oder beim Ausziehen?«

Sophie versuchte, nicht zu zucken, als seine Finger die Schnüre berührten und zogen, bis das ohnehin schon enge Kleid sich wie eine zweite Haut um ihren Körper legte. Mit jedem kleinen Zug schloss sie die Augen und war sich bewusst, wie ihre Taille zusammengeschnürt wurde und sich ihre Brüste vorwölbten. Lucien band die schmalen Samtschleifen an ihrem unteren Rücken und drehte Sophie dann in seinen Armen zu sich herum, um das Ergebnis seiner Handarbeit zu betrachten.

Das Kleid fühlte sich toll an. Seine raffinierte, komplizierte Machart bedeckte ihren Körper in beinahe respektabler Weise, wobei sexy immer noch groß geschrieben war.

Lucien streckte die Hand aus und ließ langsam einen Finger an ihrem Hals hinunterwandern, bis zwischen ihre hohen Brüste.

»Perfekt.«

Er zog sie dicht an seinen Körper und fuhr mit der Hand in ihr Haar, als er seinen Kopf zu ihrem hinunterbeugte. Sie hatte es hart und erotisch erwartet, doch es war langsam, köstlich und noch erotischer. Luciens Mund berührte ihre Wange, fuhr ihren Kiefer entlang, bevor er sich endlich auf ihren Mund legte.

Seine Lippen waren warm und weich, und sein Daumen streichelte ihre Wange, während seine Zunge ihre berührte. Es war ein Kuss, der ihr das Gefühl vermitteln sollte, verehrt zu werden, und Sophies ganzer Körper kribbelte vor Erwartung nach einer Fortsetzung.

»Behalte das an.«

Sophie widersprach nicht. Sie fühlte sich sexy in ihrem eigenen hübschen Kleid, aber sündig in diesem. Sie wollte es anbehalten, allein weil sie sich darauf freute, wie Lucien es ihr später ausziehen würde.

»Können wir jetzt wieder in die Wohnung zurückgehen?« Sophies Finger spielten mit dem obersten Knopf von Luciens schwarzem Hemd.

Er neigte den Kopf zu ihrer Schulter vor, hakte einen Finger unter den Träger und schob ihn beiseite, um Platz für seinen Mund zu machen. »Noch nicht. Wir müssen erst die Konkurrenz testen.«

»Konkurrenz?«

Lucien rückte den Träger wieder zurecht und nahm ihr Kinn zwischen die Finger.

»Wir gehen nach nebenan.«

Sophie runzelte die Stirn und versuchte, seinen Worten einen Sinn zu entnehmen, als die Verkäuferin in der Tür erschien. Lucien gab ihr in schnell gesprochenem Französisch Anweisungen, dann legte er Sophie die Hand auf den Ellenbogen, um sie zu einer anderen Tür hinten im Umkleidebereich zu führen. Sophie warf einen bekümmerten Blick auf ihr Lieblingskleid.

»Keine Sorge. Alles wird in Papier eingewickelt, in Kartons verpackt und noch vor uns in der Wohnung sein.«

Lucien drückte einen Summer neben der Tür.

»Bleib dicht bei mir.«

»Lucien, was bedeutet das?« Sophie hatte das Gefühl, dass, egal, wie seine Antwort lautete, sie nicht beruhigend sein würde.

»Hab ich doch gesagt. Meine Konkurrenz. Das hier ist einer der besten Erwachsenenclubs in Paris, und ich will, dass das Gateway besser wird.«

Mit wachsender Panik blickte Sophie auf ihr kaum vorhandenes Spitzenkleid hinunter. »Hättest du ihn dir nicht einfach im Internet ansehen können?«

Er lächelte wölfisch. »Er gehört zu den Orten, die man persönlich erleben muss.«

»Hiermit kann ich da nicht hineingehen«, sagte Sophie und zerrte vergebens an dem kurzen Spitzenrock in dem Versuch, ihn ein paar Zentimeter länger werden zu lassen.

»Vertrau mir. Du wirst mehr anhaben als die meisten Frauen da drinnen.«

Die Vorstellung beruhigte Sophie nicht besonders.

»Ich will da nicht rein, ehrlich nicht. Bitte, lass uns zurückgehen.«

Da beugte Lucien sich vor zu ihr, und seine Finger legten sich leicht um ihre Oberarme.

»Sophie, du bist bei mir. Da drinnen wird nichts passieren, was du nicht willst.«

»Ich gehe nicht in Sexclubs.« Sie überdachte ihre Aussage. »Nicht ... so. Nicht als ... Kundin.«

»Du kannst dir immer noch vorstellen, dass es Arbeit ist, wenn du dich dann besser fühlst. Mach dir im Kopf Notizen.«

Sophie zitterte innerlich. *Oder vielleicht auch äußerlich?*

Lucien fuhr ihr mit dem Daumen über die Lippen. »Du siehst aus wie eine Göttin.«

Jede Fähigkeit zu weiterem Widerspruch wurde ihr durch die aufsteigende Panik geraubt, denn in diesem Moment flog die Tür von der anderen Seite auf.

15

Vorsichtig blickte Sophie sich um und hielt sich an Luciens Hand fest, während dieser sich gelassen mit einem Türsteher in Anzug unterhielt. Sie schienen in einer Art Boudoir zu sein: Kirschroter Samt von einer Wand zur anderen und goldenes Brokatdekor verliehen dem Raum einen theatralischen Glanz aus alten Zeiten. Er war kleiner, als sie erwartet hatte, andererseits war ihre erste persönliche Erfahrung mit einem Erwachsenenclub das Gateway in London gewesen, ein Bauwerk aus schwarzem Glas und urbanem Glanz und Glitzer. Dieser Ort war wesentlich intimer.

Der Empfangsbereich schien eine Erweiterung der Wäscheboutique auf der anderen Seite der Tür zu sein. Sophie ließ die Augen über die Glaskästen und Regale wandern. Sie waren mit Gegenständen in Edelsteinfarben gefüllt, die sich bei näherem Hinsehen als eine verführerische Auswahl an hübsch ausgestelltem Sexspielzeug entpuppten. Einiges davon erkannte sie: Liebeskugeln in der Größe von Riesenbonbons, Bottiche mit frisch angerührtem Schokoladenaufstrich aus weißer, Milch- oder dunkler Schokolade, elegante Phallusskulpturen … eine Schatzgrube nur für Erwachsene, die Sophies Sinne erfreute und ihre angespannten Nerven beruhigte. Sie blieb stehen, um sich eine exquisite Auslage bonbonfarbener Eier genauer anzusehen, die sich in filigranen Körben türmten. Lucien nahm ein blassrosa Ei aus der Auslage und betrachtete es kritisch.

»Hübsch«, sagte Sophie, nicht ganz sicher, wozu es gut war.

Lucien nahm Blickkontakt zu der Verkäuferin auf und überreichte ihr im Tausch für das Ei ein paar Geldscheine, dann wandte er sich wieder an Sophie und präsentierte es ihr mit einem Lächeln.

»Frohe Ostern.«

»Es ist nicht Ostern.« Sophie drehte es in ihren Händen. »Ich schätze, ich sollte es nicht essen?«

Lucien warf einen Hilfe suchenden Blick an die Decke und steckte sich das Ei in die Tasche, dann zog er sie an der Hand zu einem mit einem Vorhang verhängten Eingang.

Ein hübsches Mädchen in einem winzigen roten Samtkleid, mit scharlachroten Lippen und glänzendem, in klassische Wellen gelegtem Haar trat vor, um den Vorhang beiseitezuziehen.

»Einen schönen Abend«, murmelte sie auf Englisch mit starkem Akzent, als sie den Kopf auf die Seite legte, um sie einzulassen. Sophie entging nicht, dass die Augen des Mädchens eine Sekunde länger an Lucien hängen blieben, als sie es als professionell angesehen hätte, andererseits, wer wusste schon, was unter Umständen wie diesen professionell überhaupt hieß? Außerdem, wer konnte es ihr verübeln? Sophie gewöhnte sich allmählich an die Tatsache, dass Lucien die Blicke von Frauen auf sich zog, egal, wo er hinging. Es waren nicht nur seine Größe oder sein gutes Wikingeraussehen oder seine breiten Schultern. Der Mann verströmte Lust aus jeder Pore: Er strahlte ein sexuelles Charisma mit einer solchen Frequenz aus, das ihn keine Frau ignorieren konnte. Die Augen der Türsteherin wurden von der Hand angezogen, die Lucien jetzt lässig auf Sophies

Hinterteil legte, und sie warf dann Sophie einen unmissverständlichen Blick puren Neids zu, als sie an ihr vorbeigingen.

Sophie war froh über Luciens besitzergreifenden Arm um ihre Taille, als sie den Club betraten. Wenn der Wäsche- und der Spielzeugladen ihr schon verlockend erschienen waren, war ihre Wirkung gar nichts gegen den zutiefst kitschigen Glanz des Clubs selbst. Kristallleuchter troffen von den Nachthimmeldecken, und die mit kirschrotem Samt ausgeschlagenen Wände sorgten dafür, dass sich selbst Mauerblümchen komfortabel entspannen konnten. Und es gab tatsächlich ein paar Mauerblümchen, aber diese Mädchen wirkten völlig zufrieden in ihrer Unterwäsche aus Seide und Satin. Champagnerflöten zierten ihre manikürten Hände.

Das ganze Lokal hatte den Anschein eines verschwenderischen Nostalgietheaters mit seinen breiten, vergoldeten Treppen und intimen Sitzen, den geschwungenen, gepolsterten Zweisitzern, auf denen Seidenkissen in hellen Edelsteintönen verstreut lagen und die die Tanzfläche umgaben. Dicke, elfenbeinfarbene Kerzen flackerten in Wandleuchtern und warfen überall sinnliche Schatten. Es war ein schöner Ort, bevölkert mit schönen Menschen. Es gab Pärchen, die, wie Sophie überrascht feststellte, ihr Nachtmahl in diskret beleuchteten Nischen genossen. Fasziniert registrierte sie alles. Es war unmöglich, sich nicht verführt, entspannt, gleichrangig zu fühlen: Lucien hatte dafür gesorgt, dass sie sich mit ihrer Garderobe perfekt aufgehoben fühlte.

»Und?«, fragte er, als er sie zur Bar führte.

»Ich wusste gar nicht, dass es solche Läden gibt«, flüsterte Sophie mit einem leichten Kopfschütteln. »Es ist fabelhaft.«

Lucien reichte ihr ein Glas Champagner und lehnte sich an einen Barhocker.

»Ich würde es harte Konkurrenz nennen.«

Sophie hob die Augenbrauen, unsicher, wie sie es ausdrücken sollte, dass sie sich hier wohler fühlte als in dem Knight Inc. Club, den sie in London besucht hatte. War das illoyal von ihr? »Es ist ganz anders als im Gateway«, wagte sie sich vor.

»Wir sind in Paris, Sophie. Die Leute suchen hier etwas anderes.«

»Es gefällt mir.«

Lucien sah sie mit hochgezogenen Augenbrauen an. »Sagt das Mädchen, das noch vor zehn Minuten nicht einmal hier eintreten wollte.«

Dem konnte Sophie nichts entgegensetzen. »Die Boutique direkt anzuschließen ist eine clevere Idee. So dürfte es mehr Frauen anziehen, meinst du nicht?«

Lucien nickte. »Dieses Lokal wird von Frauen geführt, für Frauen. Männer haben nicht oberste Priorität.«

Jetzt, da Lucien es ausgesprochen hatte, verstand Sophie, warum sie sich hier wohler fühlte. Es strahlte Weiblichkeit aus und hatte eher eine sinnliche als eine sexuelle Note.

»Es ist viel entspannter hier, als ich erwartet hätte«, gab Sophie zu.

Der Champagner war eisgekühlt und köstlich, und Luciens Finger wärmten ihre, als er ihre Hand nahm und sie weiterzog.

»Na, dann wollen wir uns jetzt mal entspannen, ja?«

Lucien steuerte auf einen abgelegenen Zweisitzer zu,

zog Sophie mit sich auf die Polster und nickte kurz der in Schwarz gehüllten Kellnerin zu, die ein oder zwei Sekunden später ihren Sektkühler an den Tisch brachte.

Sophie blickte sich nach ihren unmittelbaren Sitznachbarn um, während Lucien ihre Gläser füllte. Eine kurvenreiche Brünette in Strapsen und Seidenstrümpfen hatte sich in den Schoß ihres Begleiters gerollt und flüsterte ihm, die Arme um seinen Hals geschlungen, etwas ins Ohr. Sophie bemerkte, wie der Mann beiläufig ihre vollen Brüste unter dem BH streichelte, während er ihr zuhörte, die andere Hand massierte ihren Oberschenkel. Die Frau sah vollkommen entspannt aus, so als wäre sie komplett angezogen, anstatt in atemberaubende schwarze und rubinrote Unterwäsche gekleidet zu sein, die an einem Ort wie dem Crazy Horse nicht hervorgestochen wäre. Ein weiterer Blick in die Umgebung zeigte, dass die anderen Pärchen sich ebenso behaglich fühlten. Manche küssten sich. Manche berührten sich ein bisschen. Manche berührten sich mehr. Es schien keine Regeln zu geben, keine Beschränkungen und keinen Druck. Ungetrübte, gemächliche Lust in der Form, wie sie jeder für sich selbst wählte.

Eine Rothaarige mit rauchiger Stimme, die Jessica Rabbit in nichts nachstand, saß auf dem Deckel eines prachtvollen Klaviers. Ihr erotisch klingender Gesang begleitete den Pianisten, der ein Dinnerjacket trug. Hier und da tanzten Pärchen, eng miteinander verschlungen.

Luciens Arm kam um die Rückenlehne des Sitzes herum, seine Finger waren ein warmer, sanfter Druck in Sophies Nacken.

Es war sehr, sehr lange her, dass Sophie mit einem Mann getanzt hatte.

»Sollen wir?«, sagte sie und deutete mit dem Kopf auf den hölzernen Tanzboden.

Lucien sah leicht perplex aus. »Forderst du mich etwa zum Tanz auf?«

Seine Reaktion entlockte ihren Lippen ein Lächeln. »Ja.«

Er runzelte die Stirn, klopfte nachdenklich mit den Fingern auf den Tisch, dann stand er auf und streckte förmlich die Hand aus.

»Darf ich um diesen Tanz bitten, Ms Black?«

16

Lucien zog Sophie in seine Arme. Er war seiner Natur nach nicht so sehr für langsames Tanzen. Obwohl er nie bewusst darüber nachgedacht hatte, sagten ihm Passivität und Mattigkeit nicht zu. Er war ein Mann der Tat. Wo sollte er seine Hände hintun? Er wusste zwar genau, wo er sie hintun wollte, und in Anbetracht ihrer Umgebung wusste er, dass sich niemand daran stören würde, aber er hatte das unbestimmte Gefühl, dass Sophie selbst es stören könnte. *Sie wollte also einen langsamen Tanz?* Na gut. Er hielt sie, einen Arm um ihre in Spitze gehüllte Taille, den anderen zwischen ihnen beiden, über seinem Herzen, seine Hand mit Sophies schlanken Fingern verschränkt.

Sie blickte zu ihm auf, die Glut ihres Lächelns immer noch auf den Lippen und leichte Spuren von Angestrengtheit in ihren sinnlich geschminkten Augen. Sie war eine der am wenigsten provokant gekleideten Frauen in diesem Club und doch in seinen Augen die bei Weitem erotischste. Ihr zerzaustes blondes Haar und ihr dunkles Augen-Make-up verliehen ihr den Waif-Look der Sechziger. Er hatte das Kleid vorgeschlagen, weil er dachte, dass es ihr ein wenig Sicherheit in diesem ungewohnten Umfeld bieten würde, aber er hatte nicht bedacht, wie es aussehen würde, wenn es sie umhüllte. Sie war darin ein schamloser Vamp, und ihre aufreizenden Kurven wurden durch die schwarze Spitze kaum gebändigt. Jedes langsame Schwanken ihres Körpers gegen seinen ließ ihn mehr die Kontrolle verlieren.

»So habe ich schon lange nicht mehr mit jemandem getanzt«, murmelte sie, als er seine Stirn an ihre legte.

»Nicht einmal mit deinem Lump von Ehemann?« Lucien passte seine Stimme ihrem Klang an, aber die Verachtung darin ließ sich nicht verbergen. Es gefiel ihm, dass Sophie seine Bezeichnung nicht korrigierte.

»Nur bei unserer Hochzeit.«

Er drückte sie noch ein bisschen enger an sich. Er hatte seit über zehn Jahren mit keiner Frau mehr getanzt, aber er hatte auch niemanden mit falschen Liebesversprechungen hinters Licht geführt. Und um ehrlich zu sein ... war es ein ziemlich gutes Gefühl, als Sophie die Augen schloss und ihre Wange an seine Brust legte. Sie legte den Arm um seine Schultern, ihre Fingerspitzen spielten mit dem Haar in seinem Nacken.

Der saubere Apfelduft ihres Shampoos umwehte ihn, als er ihr mit dem Mund über den Scheitel streifte, ihr Mund berührte zart seinen Hals, und sie seufzte.

Es war das Seufzen, das ihm den Rest gab. Sie klang nach Sex, sie fühlte sich wie Sex an, und sie waren in einem Sexclub.

Er hatte beschlossen, sie zu nichts zu drängen, aber es klang wie das Seufzen von jemandem, der zu etwas gedrängt werden wollte, zumindest ein bisschen. Also ließ er seine Hand über ihr in Spitze gehülltes Hinterteil wandern, und ihm war nur allzu bewusst, dass sie unter dem Kleid nackt war.

Wieder seufzte sie, und ihre Finger spielten mit den Knöpfen seines Hemds.

Er legte seine Hand über ihren Busen und hielt seine Liebkosung gerade noch im Bereich des Schicklichen.

Er wollte, dass sie ihre Hände auf seinen schmerzenden Penis legte.

Sophies warme Finger strichen über seinen Rücken, zogen ihn an sich, bis zwischen ihnen keine Luft mehr war, und Lucien ließ seine Hand hinunter zwischen ihre Körper und zu ihren Brüsten wandern. Aus dem Bereich des Schicklichen hinaus.

Unter seinem Daumen reifte ihre Knospe, und ihre Finger schlüpften wieder in sein Haar, als sie die Augen aufschlug und den Kopf hob.

Sie war bereit. Sie ließ es ihn mit ihrem dunklen, schweren Blick wissen und mit einem kaum wahrnehmbaren Entgegenstrecken ihres Körpers, als er ihre Brüste streichelte.

»Ich glaube, ich liebe diesen Ort«, flüsterte sie verträumt.

»Und ich liebe an diesem Ort das, was er bei dir bewirkt«, entgegnete er an ihren Lippen.

»Du hast wieder das Wort mit L benutzt.«

»Stimmt. Und ich liebe auch, dass du unter diesem Kleid nackt bist.« Er drängte seine Hüfte gegen sie, seine Erektion lag hart an ihrem Unterbauch.

Sophies Zungenspitze fuhr über seine Lippen, und er nahm ihre Einladung gerne an. Die langsame Musik des späten Abends umspülte sie, ein stetiger Rhythmus, um sich dazu zu bewegen, um sich dazu zu küssen. Ihr Mund war warm und halb geöffnet, und ihre Arme hielten ihn eng umschlungen, während er ihr Hinterteil massierte. Großer Gott, sie fühlte sich unglaublich an. Er wollte ihren Rock hochschieben und seine Hände mit ihrem nackten Körper füllen.

Sie hauchte seinen Namen, als er ihre Brustwarze drückte, und hielt ihn nicht auf, als er den BH ihres Kleides gerade so viel herunterzog, um ihm Zugang zu gewähren, um sie zu streicheln, ohne sie vor den anderen Tänzern zu entblößen. Sie biss ihm in die Lippe und stöhnte.

»Oh Gott, Lucien.«

»Schsch.« Er zog sie an sich und küsste ihr Ohr. »Ich liebe deine Brüste immer noch.«

»Schon zwei Tage hintereinander«, sagte Sophie, mit leicht schwankender Stimme. Sie fand es schwer, sich auf das Sprechen zu konzentrieren. »Du läufst Gefahr, Gewohnheiten zu entwickeln.«

»Und du läufst Gefahr, gleich hier auf dieser Tanzfläche genommen zu werden.«

Er spürte, wie sich ihre Lippen an seinem Mund zu einem Lächeln formten.

»Dann sollten wir uns wohl lieber hinsetzen.«

Sophie ließ sich wieder auf dem Zweisitzer nieder und setzte sich ein wenig schräg hin, um sich Lucien zuwenden zu können, ein Bein unter sich angewinkelt. Noch nie hatte sie ein so berauschendes Gefühl sexueller Erregung verspürt.

Im Londoner Gateway-Club war sie erregt gewesen, aber Schuldgefühle hatten ihre Empfindungen getrübt. Hier, in diesem katzenhaften, raffinierten Boudoir, fühlte sie sich befreit und sexy und absolut erwachsen.

Sie wusste, dass ihre geöffneten Beine eine Einladung waren.

Luciens Blick fiel mit einem winzigen Hochziehen der Augenbrauen auf ihren Schritt, und als er seinen Körper ihrem wandte, bewirkten die weichen Polster des Sitzes, dass sie sich sowohl willentlich als auch gezwungenermaßen nahe kamen. Lucien legte Sophie die Hand auf den Oberschenkel. Sie warf einen Blick über seine Schulter und sah, dass das Pärchen, das vorhin noch herumgefummelt hatte, jetzt hemmungslos die letzte Grenze überschritten hatte. Die Brünette lag ausgestreckt auf dem Sessel, die Rückenmuskeln ihres Partners glänzten vor Schweiß, während er vor ihr kniete und kraftvoll seine Hüften vor und zurück bewegte.

Schamlos vor Lust beugte Sophie sich vor, streifte mit ihrem Mund über Luciens und öffnete gleichzeitig ihre Beine noch ein wenig mehr. Er deutete ihre offenkundige Einladung genau richtig und streichelte die Innenseite ihrer Oberschenkel unter ihrem Kleid, seine Finger waren nur einen Hauch von ihrem Lustzentrum entfernt.

»Wie weit bist du bereit zu gehen, Prinzessin?«, murmelte er in ihr Haar und fuhr dann langsam mit einem Finger über die gesamte Länge ihres Geschlechts.

Sophie erschauderte vor Lust und wandte ihm ihr Gesicht zu, um wieder seinen Mund zu fordern.

»Noch weiter?«, fragte er und wanderte wieder hinunter. Vor Erwartung kaum in der Lage zu atmen, schlang Sophie ihre Arme um seinen Hals, ihre Finger massierten seine Kopfhaut, ihre Zunge fuhr erhitzt über seine.

»Ja«, flüsterte sie.

»Ich liebe die Sophie, die Ja sagt.« Lucien teilte sie mit seinen Fingern. »Himmel. Du fühlst dich verdammt sexy an«, flüsterte er, während er seine Finger über ihre Öffnung gleiten ließ. »Noch mehr?«

»Noch viel mehr.«

Luciens langsames Stöhnen der Anerkennung grollte in ihren Mund, als er zwei Finger tief in sie schob.

»So viel?«

Sophie nickte, bewegte sich auf seiner Hand vor und zurück und wollte, dass er noch weiter ging.

»Fühlst du dich mutig genug, Prinzessin?« Lucien legte auch die andere Hand zwischen ihre Beine, und mit einer raschen, entschlossenen Bewegung schob er das Spitzenkleid hinauf. Der Weg war frei.

Bis zu diesem Punkt hatte Sophie sich einreden können, dass ihre Handlungen heimlich geschahen. Aber jetzt nicht mehr. Lucien hatte nun mit Absicht ihre Intimitäten für jeden bloßgestellt, dem es in den Sinn kam, herzusehen. Sophie blickte auf seine Hände zwischen ihren Beinen und stellte fest, dass die Situation sie nicht versteinern ließ, sondern erregte. Und zwar heftig.

Sein Zeigefinger umkreiste ihre Klitoris.

»Du bist so viel heißer, als du denkst«, sagte er und biss in den Ballen ihres Daumens, als er über seine Lippen fuhr. »Du hast ja gar keine Ahnung, wie sehr ich dich hier und jetzt nehmen will.«

Er hatte ihre eigenen Gedanken ausgesprochen. Seine Finger waren magisch, aber sie wollte seinen Schwanz.

»Dann tu es.«

Die Worte waren ausgesprochen und hingen in der Luft, und sein ganzer Körper erstarrte für einen Moment, abgesehen vom Reiben seines Daumens an ihrem Kitzler.

»Sophie ...« Er schien zu zögern, nicht glauben zu können, was sie da gerade gesagt hatte, also griff sie nach unten und öffnete zur Bestätigung seine Hose. Sein Penis sprang aus seinem Gefängnis, gierig und prall, und Sophie konnte nicht anders, als die Finger um ihn zu legen.

Lucien rückte ein Stück weiter in die Mitte des Sitzes und spreizte die Oberschenkel. »Setz dich auf mich.«

Sie schwang das Bein über ihn, die Hände auf der Rückenlehne, um Halt zu finden, dann griff sie nach unten und brachte die Spitze seines Penis in Position.

»Bis zum Äußersten, Lucien.« Euphorie raste wie Stromschnellen durch ihren Körper, als sie bekräftigend in sein Ohr hauchte. »Ich will bis zum Äußersten gehen.«

Luciens Augen glänzten vor Verlangen, als er seine Hände auf ihre Hüften legte und sie auf sich niederdrückte und dort festhielt. Gepfählt. Sie hob die Augen und sah, dass er sie mit einem Ausdruck fast gequälter Lust auf seinem beschatteten Gesicht beobachtete.

Sophie schob ihre Knie vorwärts, bis sie auf beiden Seiten seiner Hüften die Rückenlehne berührten, und seine Hände wanderten um sie herum, um unter dem hochgeschobenen Spitzenrock ihren Po zu umfassen.

Hinter ihnen erwachte ein Rubens'sches Gemälde zum Leben. Die Brünette, mittlerweile auf den Knien, befriedigte ihren Adonis. An der Bar saß eine nackte Frau auf einem Hocker, Venus, die sich mit dem Rücken an ihren Liebhaber lehnte, der ihren Körper befingerte. Überall gab es Pärchen in verschiedenen Stadien der Intimität, eingeschlossen in ihren eigenen hedonistischen Welten, die Erotik durch die Anwesenheit anderer um sie herum um das Zehnfache gesteigert.

Und Lucien Knight. Unter ihr, in ihr, überall um sie herum. Sophie begann sich zu bewegen, ließ sich von seinen Händen führen, ließ beider erotische Lust sich Stoß für Stoß aufbauen bis an die Grenze. Die Musik umschwirrte sie, ein stetiger Herzschlag, der das sexuelle Tempo vorgab, während die dämmerigen Lichter und der Kerzenschein Kurven hervorhoben und Körper konturierten. Sophie rieb sich auf Lucien, und ihr Körper bebte, und dann beugte sie sich vor zu ihm und küsste ihn bei seinem zuckenden, heftigen Höhepunkt.

Er fuhr mit beiden Händen in ihr Haar und löste ihren Mund von seinem, als sein Körper sich beruhigte. »Sophie Black. Du haust mich wirklich um.«

17

Sophie streckte den Arm aus und tastete in dem riesigen Bett nach Luciens Körper. *Kissen. Unbezahlbar kostbare Laken. Aber das war alles. Hm.* Sie machte die Augen auf und blinzelte ins Morgenlicht, als sie sich aufsetzte. Luciens Seite des Bettes war zerwühlt und eindeutig leer.

Sie ließ sich zurück in die Kissen fallen und lag eine Weile still, ließ den neuen Tag und die Ereignisse der vergangenen Nacht auf sich wirken.

Die Wäscheboutique. Der Spielzeugladen. Der Sexclub.

Ein rascher Blick unter die Bettdecke bestätigte, dass sie nackt war, und Erinnerungen an eine Nacht, verschlungen mit Luciens ebenfalls nacktem Körper sickerten in ihr Bewusstsein. Es war nach drei Uhr morgens gewesen, als sie wieder in das Penthouse zurückgekehrt waren, und sie hatte ihn ohne zu zögern eingeladen, in ihrem Bett zu schlafen ... weil sie ihn sich wirklich dort wünschte. Ihre einzige klare Erinnerung war die an Lucien, als er ihr das Kleid aufschnürte und seinen großen, warmen Körper um ihren schlang, von der Schulter bis zur Hüfte, sein Bein über ihrem, seine Arme, die ihren Körper umklammerten. Irgendwann war sie aufgewacht und hatte festgestellt, dass sie sich zu ihm umgedreht hatte, so dicht an seinem Gesicht lag, dass sie seinen leichten, gleichmäßigen Atem an ihrer Wange spüren konnte, während er schlief. Als sie die Augen wieder schloss, hatte sie von beeindruckenden Berglandschaften, eisigen, gläsernen Fjords geträumt ... und von unbezähmbaren einsamen Wölfen.

Wo war er? Sophie lag reglos da und wartete auf vertraute Geräusche. Kein laufendes Wasser im Bad. Keine Schritte nackter Füße auf dem Marmorfußboden. Kein tiefes Brummeln der Morgennachrichten im Fernsehen oder Klappern einer Kaffeetasse auf ihrer Untertasse. Überhaupt nichts. Selbst von ihrem begrenzten Blickwinkel im Schlafzimmer aus spürte Sophie, dass Lucien überhaupt nicht da war. Leichte Panik ließ sie sich aufsetzen und nach ihrem Bademantel greifen, und da entdeckte sie auf dem Nachttisch ein Stück Papier, das irgendwo angelehnt war.

Gott, hatte er sie mit nichts als einer Nachricht in Paris zurückgelassen?

Sie ließ den Bademantel fallen, nahm den Brief und erkannte, woran er lehnte. Bonbonrosa und glatt, abgesehen von einer dünnen Schnur mit winzigen Perlen an der Unterseite. Das Ei. Gestern Nacht war es in Zellophan gehüllt gewesen, ausgepackt fühlte es sich jetzt kühl an, als sie es in die Hand nahm. Sie entfaltete den Zettel und las Luciens selbstbewusstes Gekritzel.

Guten Morgen Prinzessin,
  Drei Dinge.
  Die letzte Nacht war unglaublich.
  Der Wagen holt dich um zwölf ab. Meeting zum Mittagessen.
  Schmier das Ei ein und versenke es in dir. Komm ja nicht ohne mich.
  L x

Sophie wollte ihren Augen nicht trauen, als sie den dritten Punkt auf Luciens Liste las, und sie ließ den Zettel aufs Bett fallen, um sich das Ei noch einmal anzusehen. *Was war wohl sein Geheimnis?* Sie schüttelte es leicht und rechnete fast damit, dass es auseinanderbrach und etwas weniger Eiartiges zum Vorschein kam, oder dass es zumindest klingelte oder irgendetwas anderes war als nur ein unschuldiges, glänzendes, rosa Bonbonei. *Schmier es ein.* Erst jetzt bemerkte sie das kleine Fläschchen mit dem vertrauten Knight Inc. Logo auf dem Nachttisch. Lucien war wirklich gut ausgerüstet, wenn es um Sex ging.

Erwartete er etwa, dass sie das Ei trug, wenn sie sich mit ihm traf? *Bestimmt nicht.* Aber während sich der Widerstand noch in ihrem Geist formte, wusste sie, dass er vergeblich war.

Verwirrt griff Sophie nach ihrem Telefon, um nach der Uhrzeit zu sehen, und stöhnte. Es war schon fast zehn – wo war der Morgen geblieben? Wie konnte sie so tief und fest schlafen, inmitten dieser ganzen Aufregungen? Sie warf die Decke zurück, schwang die Beine aus dem Bett und tippte auf das blinkende Nachrichtensymbol, während sie die Füße in die weißen Frotteepantoffeln steckte.

Kein Höschen. Vergiss das Ei nicht. ICH WERDE ES MERKEN.

Wenig später schlug Sophie auf dem Rücksitz der Limousine die Beine übereinander und warf einen schuldbewussten Blick auf die Glastrennwand. Auf keinen Fall konnte der Fahrer wissen, dass sie unter ihrem sittsamen, malvenfarbenen Wollkleid keine Unterhose trug, oder dass das glatte

Oval des Eies in ihrem Körper steckte, und doch fühlte sie sich, als trüge sie ein Neonschild um den Hals. *Ich schlafe mit dem Chef.*

Würde sie buchstäblich alles tun, was Lucien von ihr verlangte?

Der Gedanke kam plötzlich angeflattert, und Sophie ließ ihn sich eine Sekunde niederlassen, während sie ihn abwägte. Nein, vielleicht nicht absolut alles, aber sie konnte sich keine Situation vorstellen, in der sie Nein zu ihm sagen würde, denn er schien ihre Grenzen zu kennen. Oder etwa nicht? Hatte er damit gerechnet, dass sie sich ihm vergangene Nacht im Club so schamlos hingeben würde? Denn für Sophie selbst war es ein Riesenschock gewesen. In einem Knight Inc. Club zu Hause in London wäre das niemals passiert. Aber irgendetwas an dem Ort von letzter Nacht hatte sie frei gemacht, vielleicht, innerhalb der Grenzen seiner verführerischen, samtbeschlagenen Wände sein zu können, wer immer sie sein wollte. Und jetzt, im kühlen, unbestechlichen Tageslicht, stellte sie fest, dass sie nicht ein Fünkchen Reue empfand. Es hatte ihr gefallen, sie gereizt. Und als sie auf dem Rücksitz der Limousine darüber nachdachte, reizte sie es noch immer. Sie drückte ihr Hinterteil in den Sitz, war sich angenehm der Anwesenheit des Eies in ihr bewusst, und das alles wurde noch verstärkt durch das heimliche Wissen, dass sie unter ihrem Rock nackt war.

Der Wagen hielt vor einem nobel aussehenden Restaurant. Sophie stieg aus und lächelte den Chauffeur nervös an, als er ihr die Tür aufhielt, dann trat sie unter das schwarze Vordach des Restaurants. Äußerst präzise manikürte Lorbeerbäume standen auf dem Bürgersteig Spalier, und in den vergoldeten Metallrahmen um die Fenster spiegelten sich die vorbeifahrenden Autos.

Der elegant gekleidete Oberkellner erschien, sobald Sophie durch die Tür getreten war, und hielt sich so gerade, als hätte er einen Stock verschluckt. In dem Moment, als sie ihm Luciens Namen nannte, wich sein zuvor blasierter Gesichtsausdruck einem ehrfürchtigen Blick.

»Mr Knight erwartet Sie, Madame«, murmelte er und bedeutete ihr diskret, ihm in den Speiseraum zu folgen.

Jenseits der aufwendigen Diele weitete sich der Raum zu einem großen festlichen Speisesaal mit einer hohen, mit Stuck verzierten Decke, der alles hatte, was Sophie sich in ihrer wildesten Fantasie über ein Pariser Restaurant nur hätte ausmalen können. Er schimmerte von dem blendenden Weiß der gestärkten Tischtücher und steifen Schürzen der Bediensteten und dem Funkeln des schweren Silberbestecks. Glamouröse Gäste, so makellos wie ihre Umgebung, speisten hier zu Mittag. Und mitten unter ihnen – Lucien Knight.

Sophie entdeckte ihn ein oder zwei Sekunden, ehe er sie sah. Er war in ein Gespräch mit zwei Herren vertieft, aber es war nicht zu übersehen, dass sich seine Miene erhellte, als er sie erblickte. Er entschuldigte sich und stand auf, um sie zu begrüßen, als sie näher kam.

»Gentlemen, das ist Sophie Black, meine Assistentin.«

Zwei Paar ähnlicher dunkler Augen wandten sich ihr mit höflichem Interesse zu, eines jünger, eines wesentlich älter.

»Sophie, das sind Elron ... und Peter Carmichael.«

»Sehr erfreut, Ihre Bekanntschaft zu machen.« Das hoffte Sophie zumindest. Sie warf Lucien einen scharfen Blick zu. *Was für ein Spiel spielte er?*

Beide Herren bedachten sie mit einem kräftigen Händedruck, als sie sich zur Begrüßung erhoben, dann schob Lucien Sophie einen Stuhl hin und wartete, bis sie Platz genommen hatte.

Aus den übereinstimmenden Augen und Nachnamen schloss Sophie, dass die beiden offenbar Vater und Sohn waren.

»Elron und Peter gehört eines der größten Unternehmen für Sexspielzeug in den Staaten, wie du dich wahrscheinlich erinnerst, Sophie. Sie produzieren einige Knight Inc. Produkte in unserem Namen.«

Sophie nickte, und die Zahnräder des Begreifens setzten sich in Bewegung, als sie den vertrauten Namen Carmichael wiedererkannte, jetzt, da Lucien ihn in einen geschäftlichen Zusammenhang gestellt hatte. Es war ein Firmenname, den sie schon oft gelesen hatte.

»Freut mich, Sie beide persönlich kennenzulernen.« Sie lächelte aufrichtig, als ein Kellner mit ihren Horsd'oeuvres erschien.

Lucien beugte sich zu ihr, als die Teller vor sie gestellt wurden. »Ich habe schon für dich bestellt. Es stand keine Pizza auf der Speisekarte, tut mir leid.«

Sie warf ihm einen vernichtenden Blick zu und konnte sehen, dass er sich ins Fäustchen lachte. Nervös folgte sie seinem Blick auf ihre Teller. Sie konnte den kulinarischen Göttern nur danken, dass er keine Schnecken bestellt hatte, denn sie war nicht Julia Roberts, und bei ihrem Glück war mit Sicherheit kein flinker Kellner zur Stelle, der die verirrten kleinen Häuschen auffangen würde. Wesentlich wahrscheinlicher war, dass sie eine der exquisiten, bunten und eindeutig sehr alten Fensterscheiben treffen würde.

Der Lachs auf ihrem Teller war eher ein Kunstwerk als eine Vorspeise, ein köstlicher, korallenrosa Fächer, umgeben von nilgrünem Schaum. Beim ersten Kosten explodierten die Aromen in Sophies Mund: die rauchige Eiche des Lachses, die Frische von Gurkenwürfelchen und ein unerwarteter Gaumenkitzel von Meerrettich aus dem Schaum. Der Kellner tauchte abermals auf mit dem gewählten Wein, der speziell zu dem Gang ausgesucht worden war, und nach einer Überprüfung konnte Sophie nur staunen, wie perfekt beides miteinander harmonierte.

Sie trug selbst auch zu dem Gespräch bei, als sie mit den Carmichaels ein wenig über Paris plauderten, und stellte fest, dass sie sich mehr und mehr entspannte und den schönen Speisesaal mit seinen hohen, mit Fresken bemalten Decken bewunderte. Die hohen Aussichtsfenster gaben den Blick auf eine prachtvolle Parklandschaft frei und ließen Tageslicht in den Raum fluten und von den Kristallkronleuchtern zurückwerfen.

Der zweite Gang reihte sich nahtlos an den ersten, ein farbenfroher Teller pochierter Hühnereier auf Ibérico-Schinken mit hellgrünem Püree aus Brunnenkresse.

»Eier und Speck Pariser Art«, scherzte Elron mit seinem lässigen kalifornischen Akzent.

»Sieht köstlich aus«, murmelte sie, als sie den Dotter mit ihrer Gabel aufbrach und zusah, wie das leuchtende Eigelb in das kräftige Grün des Pürees floss. Der Duft des nobelsten Frühstücks aller Zeiten strömte in ihre Nase, und ihr Blick begegnete Luciens, als sie die erste Kostprobe zum Mund führte. Er prostete ihr mit der winzigen Andeutung eines Augenzwinkerns zu.

Und dann fiel Sophie die Gabel aus den Fingern. Die an-

deren blickten leicht überrascht hoch, als sie geräuschvoll auf ihren Teller fiel.
Das Ei vibrierte, und zwar nicht das auf ihrem Teller.
Verblüfft und vorsichtig nahm sie ihre Gabel schnell wieder in die Hand, lächelte und hoffte, dass sie keine Brunnenkresse zwischen den Zähnen hatte und – oh Gott – dass sie nicht hörten, wie es in ihrem Schritt summte. Zu spät wurde ihr klar, dass sie letzte Nacht so damit beschäftigt gewesen war, die Schönheit des Eies zu bewundern, dass sie die Fernbedienung nicht bemerkt hatte, die Lucien nun irgendwo an seinem Körper versteckt haben musste.

Sanfte Klaviertöne untermalten das Gemurmel und leise Klirren von Silber auf Porzellan. Alles war so kultiviert. Bis auf eines.

Sie konnte Lucien nicht ansehen.

»Entschuldigung. Wie ungeschickt von mir«, sagte sie und verdrehte die Augen. Ihre Wangen glühten.

»Stimmt mit deinem Ei etwas nicht, Sophie?«, fragte Lucien, das Gesicht eine Maske höflicher Sorge.

Sie räusperte sich und griff, statt ihm sofort zu antworten, nach ihrem Weinglas, aus Angst vor dem, was sie tatsächlich sagen könnte.

»Nein, nein, es ist sehr gut«, sagte sie nach einem stärkenden Schluck Wein, verdutzt darüber, als sie nur ein Quietschen hervorbrachte, als hätte sie Helium eingeatmet.

»Gut?« Er runzelte die Stirn, eindeutig nicht zufrieden mit ihrer farblosen Wortwahl. Die Vibrationen des Eies wurden intensiver.

Himmel. Sie räusperte sich verzweifelt und blickte Peter Carmichael an in der Hoffnung, dass er ein Gespräch über irgendetwas außer Eiern begann. Ihr Körper pochte.

»Lucien hat mir erzählt, dass Sie neu in der Unterhaltungsindustrie für Erwachsene sind, Sophie. Ich hoffe, Sie finden es nicht zu schockierend.«

Okay, das half ihr auch nicht weiter. »Tja, es wird nie langweilig«, brachte sie hervor und wünschte, sie könnte mehr sagen, fand es aber schwer, ihr Gehirn und ihren Mund zu betätigen, denn Lucien hatte das Ei auf Pulsieren eingestellt.

Sie bekam keinen Bissen mehr herunter, und ihre Wangen mussten röter sein als reife Tomaten. Die Carmichaels hatten doch sicher bemerkt, dass etwas nicht stimmte. Aber ihre Unterhaltung setzte sich fort, floss um sie herum, als wäre alles völlig normal.

Wie konnte das sein? Ihr Geschlecht war nackt und bloß und wurde von ihrem Liebhaber innerlich massiert, während er ein Gespräch über den steigenden Umsatz von Sexspielzeug infolge der kürzlichen Explosion erotischer Geschichten auf dem Unterhaltungsmarkt für Erwachsene führte. Sie kämpfte mit jedem bisschen Selbstbeherrschung, das sie besaß, gegen die Empfindungen in ihrem Inneren, rang um Beherrschung, konzentrierte sich mit aller Kraft auf ihre Gedanken und Äußerungen. Sie warf einen Blick auf Luciens Pokerface. Nichts war dort zu sehen, nichts, das sie anflehen konnte.

Die Teller wurden abgeräumt und Sophie konnte sich erleichtert zurücklehnen, als Lucien seine Dienste einstellte, während der Kellner den Tisch umkreiste, um ihre Gläser nachzufüllen. Sie schaffte sogar ein paar Minuten beeindruckend geistreicher Unterhaltung mit den Gästen, als der Hauptgang gebracht wurde. Sophies erster Gedanke war Erleichterung darüber, dass sich auf ihrem Teller keine Eier befanden. Sie blickte von ihrem göttlich aussehenden rosa Lamm zu Luciens schneeweißem Fisch. Er lag auf einem Bett blassgrüner Babylauchstangen, mit einer Beilage nicht eines, nicht zweier, sondern dreier ganzer, kleiner, gekochter Wachteleier.

Sie schluckte schmerzhaft und sah ihn an, voller Panik, als der Weinkellner vorübergehend die Aufmerksamkeit der Carmichaels auf sich zog.

»Lucien, bitte nicht«, zischte sie lächelnd durch zusammengebissene Zähne, und als Antwort spießte er eines der Eier auf und führte es an seine Lippen.

»Was soll ich nicht, Prinzessin?«, fragte er, so leise, dass nur Sophie es hören konnte. »Das?« Er erweckte das Liebesei wieder zum Leben und hielt ihrem Blick stand. *Wo war die Fernbedienung?* Die Carmichaels würden es sofort wissen, wenn sie sie sahen. Sie hatten das blöde Ding vermutlich hergestellt.

Mist, Mist, Mist. Jedes Nervenende in ihrem Körper sprang darauf an, und es kostete Sophie unsägliche Kraft, nicht zusammenzuzucken oder zu stöhnen und jeglichen Anflug von Emotion von ihrem Gesicht zu verbannen.

»Oder das?« Lucien warf einen Blick auf die Carmichaels, um sich zu vergewissern, dass sie immer noch abgelenkt waren, dann leckte er die Spitze des Eies. »Hast du es genossen, dir heute Morgen das Ei reinzustecken, Sophie? Ich habe die Vorstellung genossen, wie du es tust.« Er ließ die Lippen ganz über das Ei gleiten und verschlang es mit einem zufriedenen Schlucken. »Schmeckt gut. Ich wette, du würdest sogar noch besser schmecken, wenn ich jetzt unter diesem Tisch auf die Knie gehen würde.« Er stieß die Gabel in ein zweites Ei hinein und verschärfte dann die Vibrationen in Sophies Körper. Sie konnte sich nicht sicher sein, dass sie nicht wimmerte.

»Ich könnte dich auffressen.«

Er schaltete das Liebesei gerade auf höchste Stufe, als der Kellner sich entfernte und sich die Carmichaels ihnen wieder zuwandten.

»Wo waren wir?« Elron nahm lächelnd sein Besteck wieder auf.

Selbst in dieser nie da gewesenen Situation war sich Sophie ziemlich sicher, dass »Ich war kurz vor dem Orgasmus, während mein Chef lüstern an Eiern saugte« keine angemessene Antwort war.

»Wir wollten gerade eine Münze werfen«, sagte Lucien mit einem Lächeln. »Notre Dame oder Louvre? Sophie kann sich nicht entscheiden, was sie sich heute Nachmittag lieber ansehen möchte. Da sie zum ersten Mal in Paris ist, ist es eine Ehre und eine Pflicht für mich, ihr ein wenig freizugeben.«

Peter Carmichael schluckte den Köder, und Sophie nickte sich durch die Vorzüge jeder Sehenswürdigkeit, während sie gedankenverloren in ihrem Lamm herumstocherte und ihr Bestes versuchte, nicht zu reagieren, als Lucien den Rhythmus des Eies änderte. Es war die köstlichste Folter. *Pulsieren. Vibrieren. Welle. Pulsieren. Vibrieren. Welle.* Sie wollte auf ihrem Stuhl hin- und herrutschen. Sie wollte laut nach Luft schnappen. Sie wollte Lucien.

Als die Teller schließlich abgeräumt wurden, stellte er die Vibrationen ein, und Sophie blickte sich nach einem möglichen Fluchtweg zu den Damentoiletten um. Lucien begegnete ihrem Blick und schüttelte langsam den Kopf, ein eindeutiger Hinweis darauf, dass er über ihren Plan Bescheid wusste und ihn missbilligte. Er konnte die Verruchtheit seines Lächelns nicht verbergen.

»Als Nächstes kommt das Dessert, Sophie. Es gehört zu meinen Favoriten.«

»Ach ja?«

»Ganz sicher«, Lucien nickte freundlich, als zwei Kellner mit dem Dessertwein und den dazugehörigen abschließenden Gängen an ihren Tisch traten.

Wie schlimm konnte ein einfacher Pudding sein? Sophie wagte kaum, ihre Nachspeise zu betrachten.

Sehr schlimm, wie sich herausstellte.

Frische Feigen lümmelten träge auf ihrem Teller. Halbiert waren es zum Heulen skandalöse Zurschaustellungen glänzenden rosa weiblichen Fleisches, feucht von Honigtropfen, mit dunklen Säften, die in ihrer Mitte zusammenflossen. Ihre aufgespreizten Häute waren offenbar der Herausforderung, ihren rosigen Nektar zu bewahren, nicht gewachsen, und ihr süßer, verführerischer Duft war eine Andeutung des köstlichsten Parfüms.

Kurz, es war der unanständigste Nachtisch, den Sophie je zu Gesicht bekommen hatte. Und, wie vorauszusehen war, wählte Lucien den Augenblick, als sie ihn mit der Gabel berührte, um die Vibrationen in ihrem Körper neu zu entfachen. Sie schloss für einen kurzen Moment die Augen.

Was zu viel war, war zu viel. Sophie legte ihr Besteck nieder und griff stattdessen nach ihrem Wein. Sie musste Herrin dieser Situation werden, und das erforderte, dass sie sich einen gehörigen Schluck Mut antrank.

Als Waffe wählte sie ihren Löffel und blickte mit einem hellen Lachen auf den Nachtisch. »Das sieht fast zu hübsch aus zum Essen.« Nur für Lucien gedacht, fuhr sie sich mit der Zungenspitze über die Lippen. Es entging ihm nicht. Er kniff ein wenig die Augen zusammen, und seine Finger drückten den Knopf, um die intimen Vibrationen des Eies zu erhöhen.

Sophie spürte, wie sich ihre Bauchmuskeln zusammenzogen, und tauchte ihren Löffel in eine der glänzenden Feigen, ehe sie das rosa Fleisch zwischen ihre Lippen gleiten ließ. Sie musste ihren Genuss nicht spielen. Es war himmlisch.

»Oh Gott, sind die süß und saftig«, murmelte sie und leckte, zu Lucien hingewandt, den Löffel ab, während Peter und Elron, eindeutig Puddingfans, in ihre Desserts vertieft waren.

Seine graublauen Augen loderten auf, und Sophie schwelgte in der Befriedigung, wieder die Oberhand zu haben. Jedenfalls im Moment.

Lucien gelangte bei der Fernbedienung des Eies zur Kernschmelze. *Welle, Pulsieren, Vibrieren. Welle, Pulsieren, Vibrieren. Schneller, tiefer, härter.*

Sophie hatte sich unter Kontrolle. Gerade so. Sie löffelte das rosa Fleisch einer weiteren Feige, ohne den Blickkontakt zu Lucien zu unterbrechen, als sie sie langsam in den Mund nahm. Das hier war weit mehr als ein Nachtisch. Es war eine Schlacht der Willenskraft.

Elron schwärmte von der perfekten Verschmelzung von Wein und Dessert, während sie sich das samtige Fleisch auf der Zunge zergehen ließ. Sie schaffte es, höflich zustimmend zu nicken, während sie sich gerade noch zurückhalten konnte, mit den Fäusten auf den Tisch zu hämmern und lautstark an Ort und Stelle zum Orgasmus zu kommen.

Was war das? Ein Test, wie viele Anspielungen auf Liebeskomödien man in eine Verabredung zum Mittagessen packen konnte?

Sophie hoffte nur, dass niemand sagte: »Ich will genau das, was sie hatte.« Denn niemand bekam Lucien, außer ihr.

»Ein gastronomischer Triumph.« Peter Carmichael rieb sich seinen vollen Magen. »Kaffee?«

»Klingt ausgezeichnet«, sagte Lucien, und Sophie hätte ihn am liebsten mit ihrem Brotmesser erstochen.

»Aber ich fürchte, die Herren werden ihn wohl ohne Sophie und mich einnehmen müssen.« Er sah auf seine Uhr. »Wir haben noch andere Dinge zu erledigen.«

18

Lucien zerrte Sophie beinahe in den Fond der Limousine, als sie hinaus auf den Bürgersteig getreten waren.

»Du Luder.« Sein Mund war dicht an ihrem Ohr. Seine Hände waren überall. Er beugte sich vor, um die Sichtschutzscheibe zu schließen, und eine Sekunde später hatte er sie auf seinen Schoß gezogen und ihr den Rock hochgeschoben.

»Das will ich schon, seit du das Restaurant betreten hast.«

Sophie konnte das Stöhnen nun nicht mehr zurückhalten, als er das Ei wieder zum Leben erweckte, denn sie saß rittlings über seiner Erektion.

»Mir scheint, Sie haben Ihr Dessert ein bisschen zu sehr genossen, Ms Black«, murmelte er, während er ihren Mund zu seinem herabzog, sein Hemd aus der Hose riss und seinen Gürtel löste.

Sophie zog zischend die Luft ein, als Lucien versuchsweise an der Schnur mit den winzigen Perlen zog, die zu dem Ei führte.

»Deinem Gesichtsausdruck entnehme ich, dass dir dein Ostergeschenk gefällt?«

Er steigerte die Vibrationen und fuhr mit dem Ballen seines Daumens ihre Klitoris hinauf und hinunter, kleine, gezielte Bewegungen, die sie ganz verrückt machten.

»Besser als Schokolade«, brachte sie hervor, und er stöhnte auf, als ihre Finger seinen Schwanz umfassten. Himmel, er war so bereit, und sie war ganz nass, als er sich die Perlenschnur um die Finger wickelte und das immer noch vibrierende Ei langsam aus ihr herauszog.

Luciens heiße, forschende Zunge fuhr in ihrem Mund umher, während er sie auf seinen Schwanz setzte.

»Gott sei Dank«, stöhnte sie, als er sich in ihr vergrub und sie dann auf sich drückte, Hüfte auf Hüfte.

Sein frech grinsender Mund presste sich auf ihre Lippen. »So besser?«

»Viel besser.« Sophie knöpfte sein Hemd auf und strich mit den Händen über die harten, warmen Muskeln seiner Brust. Als Antwort bewegte er leicht die Hüften und stöhnte, als er mit langsamen, befriedigenden Bewegungen in sie stieß.

Luciens Hand schob sich zwischen sie beide, die andere presste er auf ihren Mund, als sie vor Schreck quietschte, während das vibrierende Ei in seiner Hand an ihrer Klitoris surrte.

»Schsch«, lachte er leise und hielt sie fest, weil er genau wusste, dass sie innerhalb der nächsten Sekunden schnell und heftig kommen würde.

Er schlang die Arme um sie und drückte ihren Körper mit aller Kraft an seine nackte Brust, das vibrierende Ei zwischen ihre Körper geklemmt. Er stieß noch ein-, zwei-, dreimal zu, ehe ihr Körper sich bog, steif war von der Intensität der Erlösung, verstärkt durch die Tatsache, dass Luciens Körper sich gleichzeitig jäh aufbäumte.

Wenige Atemzüge später brach er die Vibrationen des Eies ab und bedeckte ihren Mund mit den langsamen, beglückten Küssen eines sexuell befriedigten Mannes.

Ein paar Stunden später stand Sophie vor der Mona Lisa und fragte sich, was dem Modell durch den Kopf gegangen sein musste. Der vollendet wiedergegebene, vieldeutige Ausdruck ihres Gesichtes und das rätselhafte Lächeln deuteten darauf hin, dass sie etwas wusste, was dem Rest der Welt verborgen war. *Vielleicht war Leonardo Da Vinci ja nackt gewesen, als er sie gemalt hatte.*

Sophie fing sich wieder und wunderte sich über den Weg, den ihre Gedanken gerade eingeschlagen hatten. Wenn sie mit jemand anderem als Lucien hierhergekommen wäre, hätte sie das Gemälde zweifellos aus einem eher nüchternen Blickwinkel bewundert. Mit ihm zusammen zu sein schien ihre Schichten der Seriosität auf ein Minimum zu reduzieren und sie ihren Höhlen bewohnenden Vorfahren fünf Schritte näher zu bringen.

War das eine bessere Art zu leben? Kurzfristig gesehen machte sie auf jeden Fall mehr Spaß. Aber für Lucien war sie nicht kurzfristig. Sie war sein Leben. Sophie war sich nicht sicher, welches die bessere Weltsicht war. Dann verlor sie komplett den Faden, als Lucien die Hand um ihre Hüfte legte und ihren Nacken küsste.

»Genug gesehen?«

Sie seufzte glücklich und drehte sich um. »Ich glaube schon. Danke, dass du mich hierher gebracht hast. Ich hatte nicht ernsthaft erwartet, dass du mir die Sehenswürdigkeiten zeigst.«

Sie hatte gedacht, Lucien mache nur Small Talk mit den Carmichaels, als er sie nach den bedeutendsten Bauwerken gefragt hatte, aber sie hatte sich geirrt. Als sie nach ihrer erotischen Umklammerung in der Limousine ihre Kleider wieder gerichtet und sich gefasst hatten, waren sie bei Notre

Dame ausgestiegen. Nach einer gemächlichen Begehung hatten sie sich zu zwei starken französischen Kaffees in ein Straßencafé gesetzt und die letzten beiden Stunden damit verbracht, durch den Louvre zu schlendern.

Lucien hatte sich als bemerkenswert kundiger Fremdenführer erwiesen, wie Sophie es nicht erwartet hatte. Er würzte die Tour mit interessanten Ereignissen aus der Geschichte und Anekdoten. Sie bezweifelte sehr, dass viele andere Pariser Reiseführer sie darüber informiert hätten, dass die traditionelle Champagnerschale angeblich den Brüsten Marie Antoinettes nachempfunden war.

»Mit dir mache ich gern blau«, sagte er nun und führte sie aus dem Museum und an der großen, scharfkantigen Glaspyramide vorbei, die so fabelhaft anders war als der große Palast um sie herum.

Wenn ihr Chauffeur ahnte, was in der Abgeschiedenheit hinter seiner Trennscheibe geschehen war, nachdem sie das Restaurant verlassen hatten, ließ er es sich nicht anmerken, als er Sophie die Tür aufhielt, um sie einsteigen zu lassen. Lucien nahm neben ihr Platz, und als sich der Wagen in den Verkehr einfädelte, lehnte Sophie sich erschöpft an ihn. Er legte den Arm um ihre Schultern und streichelte ihr Haar.

»Müde, Prinzessin?«

Seine Finger legten sich auf ihren Nacken, ein langsamer, fester, massierender Druck, der sie den Kopf genussvoll auf seinen Arm legen ließ.

»Total erledigt.«

»Dann willst du heute Abend nicht in den Club?«

Sophies Füße schmerzten vom Sightseeing, und ihr Körper schmerzte – zugegebenermaßen angenehm – von dem Sexmarathon der letzten vierundzwanzig Stunden.

»Könnten wir vielleicht einfach zu Hause bleiben?«

Lucien runzelte die Stirn. »Wenn uns Paris zu Füßen liegt?«

Sophie rollte den Kopf zur Seite, um ihn anzusehen. »Wir können es uns vom Balkon aus ansehen.«

Er hatte immer noch die Augenbrauen zusammengezogen.

»Was ist denn?« Sophie hob den Kopf und sah ihn prüfend an.

Er zuckte mit den Achseln. »Ich will nur nicht, dass du einen falschen Eindruck bekommst.«

Sie lachte leise. »Zu Hause bleiben ist dir zu häuslich?«

Luciens Mund verzog sich seitlich. »Gemütliche Abende zu Hause mag ich nicht.«

»Lucien, hiermit bescheinige ich dir, dass du der am wenigsten gemütliche Mann bist, dem ich je begegnet bin, okay? Ich bin einfach nur kaputt.« Es kam ihr auch in den Sinn, dass ein Abend zu Hause in dem unglaublichen Penthouse wohl kaum dasselbe war, wie sich bei einer Seifenoper im Fernsehen auf ein Sofa in irgendeinem Vorort hinzulümmeln.

Er sah ihr ein paar Sekunden lang ins Gesicht und seufzte dann.

»Na schön. Wir bleiben zu Hause. Wir können ja auf dem Balkon essen.«

Ein Dinner zu zweit auf dem Balkon mit Blick auf den Eiffelturm war der Inbegriff aller romantischen Vorstellungen, aber Sophie sah davon ab, es zu erwähnen. Es klang mehr als himmlisch, und sie wusste, wenn sie etwas sagte, würde er wahrscheinlich etwas wesentlich Ermüdenderes, Verdorbenes als Alternative vorschlagen.

»Können wir auch einen Film schauen?« Sie forderte ihr Glück heraus, nur so zum Spaß.

»Nur, wenn es ein Porno ist.«

»*Ein Offizier und Gentleman?*«

»*Emmanuelle?*«

Sophie lächelte und schloss die Augen, als sie ihren Kopf wieder auf seinen Arm legte.

»Treffen wir uns in der Mitte. *Neuneinhalb Wochen.*«

Lucien klickte auf Senden. Die Dankes-E-Mail, die er gerade verfasst hatte, ging an Louis Duval, einem seiner ältesten und engsten Freunde. Als Mann, der durch die harte Schule des Lebens gegangen war, hatte Louis in Lucien in dem Moment, als er zu einem Vorstellungsgespräch als Barmann in einem seiner Erwachsenenclubs in der französischen Hauptstadt aufgetaucht war, einen Seelenverwandten gefunden. Der Ältere hatte den verwandten Geist in dem jungen Norweger gespürt und sich Zeit genommen, seinem Schützling auf dem Weg vom Barmann zum Geschäftsmann ein Mentor zu sein. In den Jahren, die seitdem vergangen waren, waren sie gute Freunde geblieben, und jetzt wohnten Lucien und Sophie als Louis' Gäste in seinem Penthouse. Louis selbst war den Winter über in Übersee in seiner Residenz auf Barbados – er war ein Mann, der gern der Sonne folgte.

Lucien blickte von seinem Laptop auf, abgelenkt durch Sophie, die aus dem Schlafzimmer kam und frisch, duftend und rosig vom Bad durch den Raum tappte.

»Das Abendessen ist gleich da«, sagte er und inhalierte ihren Duft, als sie an dem antiken Sekretär vorbeikam. »Ich bin fast fertig.«

»Kann ich dir irgendwie helfen?« Beinahe schuldbewusst erinnerte sie sich ihrer Pflichten als Assistentin und beugte sich über seine Schulter.

»Ja.« Müßig zupfte er am Gürtel ihres Bademantels. »Zieh das aus oder geh aus meiner Reichweite, damit ich das fertig machen kann.«

Ihre Schuldgefühle waren also unnötig. Zumindest, was das Geschäftliche anging. Sophie beugte sich vor und küsste ihn, ihr offener Mund lag für kurze Sekunden warm und einladend auf seinem, bevor sie sich aufrichtete. »Dann gehe ich wohl mal und sehe mir den Film an.«

Im Weggehen gab er ihr einen Klaps auf den Po, als Rache dafür, dass sie ihn allein am Schreibtisch zurückließ, wo er versuchte, trotz seines nun anschwellenden Penis klar zu denken.

Er atmete tief durch und richtete seine Gedanken auf die Arbeit, aber er hörte Sophie über irgendeine britische Comedy lachen, die sie im Fernsehen gefunden hatte, und ertappte sich dabei, dass er es sein wollte, mit dem sie lachte.

Er konnte immer noch ihr Schaumbad riechen und sah sie in dem Spiegel, der vor ihm über dem Schreibtisch hing. Sie hatte sich am Ende des Sofas zusammengerollt, trocknete mit den Händen ihre frisch gewaschenen Haare, und das gedämpfte Licht des Fernsehers warf Schattierungen von blassem Blau und Silber auf ihr lächelndes Gesicht.

Es brachte nichts. Seine Konzentration war wie weggeblasen. Er warf seinen Stift hin, klappte den Laptop zu und stand auf.

»Du lenkst mich ab.« Mit verschränkten Armen lehnte er sich an den Türrahmen.

»Tut mir leid.« Sie klopfte auf das Sofa. »Komm und guck ein bisschen mit, bis das Essen kommt.«

Er hielt kurz inne, wollte schon ablehnen, aber seine Beine hatten andere Absichten und trugen ihn zu ihr hinüber. Als er sich hinsetzte, legte sie sich der Länge lang auf das Sofa und den Kopf in seinen Schoß. *Okay, das hatte er nicht erwartet.*

»Sag, dass das keine Liebesschnulze ist.« Er kämmte ihr mit den Fingern durch das Haar, das sich wie feuchte Seide anfühlte.

Sie verdrehte die Augen. »Keine Panik. Gleich kommt das Essen und rettet dich vor der Romantik.«

»Mir würde noch etwas anderes einfallen, um sich die Zeit zu vertreiben«, sagte er, aber sie hielt die Hand auf, die er ihr gerade in den Bademantel schieben wollte, und legte sie stattdessen an die Wange. Warm streiften ihre Lippen darüber, er umfing ihr Gesicht, und sie schloss die Augen.

Es tröstete ihn, sie heiter und gelassen zu sehen, endlich einmal richtig entspannt. Er hatte die ganze Zeit gewusst, dass er zwischen ihnen eine Alles-oder-nichts-Situation erzwingen würde, wenn er sie mit nach Paris nahm, hatte aber darauf gesetzt, dass es das wert sein würde, denn sie im Büro tagein, tagaus um sich zu haben, ohne sie berühren zu dürfen, war wirklich eher hinderlich als hilfreich. In diesen letzten paar Tagen hatte sie der anderen Sophie Black endlich wieder erlaubt, zum Spielen herauszukommen, und schon wirkte sie wie eine erfülltere Frau. War das Erblühen ihrer Wangen das anhaltende Ergebnis der Zeit, die sie im dampferfüllten Badezimmer verbracht hatte, oder mehr? Sie schlug die Augen auf und blickte zu ihm auf, ein Funkeln, wo noch vor Kurzem nur Betrübnis gewesen war.

Ja. Er hatte sich richtig entschieden. Paris tat Sophie Black gut, und hier war sein Preis. *Aber tat Sophie Black ihm gut?*

19

»Von diesem Anblick kann ich niemals genug bekommen.«

Sophie stand auf dem Balkon des Penthouse, die Hände auf das schmiedeeiserne Geländer gestützt, und blickte über ein Paris im Mondenschein.

Blasse, blau-graue Gebäude, übersät mit winzigen diamantenen Lichtern hinter den Fenstern, der Eiffelturm eine glitzernde Lichtsäule, die über sie herrschte.

Lucien trat zu ihr hinaus. Unter schimmernden Silberglocken war gerade das Abendessen hereingebracht worden und wartete nun auf dem Esstisch auf dem Balkon auf sie.

»Du siehst sehr schön aus.«

Sophie nahm sein leises Kompliment auf, froh, dass er sich die Mühe gemacht hatte, ihre Anstrengungen zu bemerken. Sie konnte nicht genau sagen, warum es ihr wichtig gewesen war, sich für das Abendessen zurechtzumachen. Sie hätte auch in ihrem Bademantel bleiben und dekadent aussehen können. Es war ja nicht gerade ein Date, und doch hatte sie sich mit der Wahl ihrer Kleidung Zeit genommen. Am Ende hatte sie sich wieder für ihr geliebtes neues Kleid entschieden. Es war eine Schande, dass sie es gestern Nacht nur kurz auf dem Weg in den Club getragen hatte: Es hatte mehr verdient. Ein Dinner mit Blick auf das Panorama von Paris war genau das Richtige. Streng genommen war das Kleid ohne Unterwäsche besser, dennoch hatte sie der Verlockung der seidenen Wäsche, die ebenfalls gestern Nacht noch von der Boutique geliefert worden war, nicht widerstehen können.

Als sie in den kleinen, schwarzen Slip gestiegen war und den Viertelschalen-BH im Rücken geschlossen hatte, hatte sie sich aufgerichtet und versucht zu sehen, was Lucien sah, wenn er sie betrachtete. Sie hatte sich das Haar locker hochgesteckt und ein wenig Make-up aufgetragen und, um den richtigen Effekt zu erzielen, Highheels angezogen, und war dann einen Schritt zurückgetreten, um das Ergebnis zu begutachten.

An der Unterwäsche war so wenig dran, und doch wirkte dieses Bisschen so viel stärker als jede andere Wäsche, die Sophie je besessen hatte. Aufgrund des Schnitts des Höschens erschien ihre Taille etwas tiefer, ihre Beine einen Hauch länger. Auch der BH war außergewöhnlich. Wie konnte ein so knappes Ding eine so perfekte Unterstützung sein? Ihre Brüste hoben sich wie blasser Marmor mit rosa Spitzen, anregend enthüllt. Es war Sexunterwäsche, und Sophie wollte sie für Lucien tragen. An diesem Abend war sie seine Pariser Kurtisane.

Er hatte sich auch für sie in Schale geworfen, mit seinem üblichen unbeirrbaren Instinkt. Sein weißes Hemd schmiegte sich an genau die richtigen Stellen seines Körpers und betonte die Breite seiner Schultern und seinen sichtbaren Bizeps eher, als beides zu verbergen. Natürlich trug er keine Krawatte, und die Ärmel waren hochgekrempelt – der typisch coole Lucien, und verdammt sexy. Seine schmale, dunkelgraue Hose ließ es in Sophies Fingern jucken, ihm über den Hintern zu streichen. Er war schön, egal, was er trug, aber so war er atemberaubend. Vor allem und umso mehr, weil er sich die Mühe extra für sie gemacht hatte. *Obwohl es kein Date war.*

Er trat neben sie und legte ihr den Arm um die Taille.

»Warum so ernst?«, fragte er und umfing mit der anderen Hand ihre.

Sophie kaute auf ihren Lippen, unsicher, wie sie die Gedanken in Worte fassen sollte, die ihr durch den Kopf gegangen waren, ehe er sich zu ihr gesellt hatte. »Das hier ...«, sie zeigte auf den Balkon, auf die üppig bepflanzten Blumenkästen und den elegant gedeckten Tisch. »Dieser Blick ...«, sie sah auf Paris hinunter und dann wieder Lucien an. »Und wir. Es ist romantisch, ob dir das nun gefällt oder nicht.«

Sie wagte nicht, ihn anzusehen.

»Ich sehe da keine Romantik. Sondern Erotik.« Sein Tonfall war locker, als er mit den Fingern ihren Arm hinunterstrich. »Ich sehe zwei Menschen, die das Beste aus einem Augenblick machen.« Mit der anderen Hand massierte er ihre Taille. »Ich sehe eine Frau mit Kurven an genau den richtigen Stellen, und einen Mann, der zu Abend essen und sie dann so schnell wie möglich aus ihrem Kleid bekommen möchte.«

Sophie lachte und schüttelte etwas wehmütig den Kopf. Er hatte auf alles eine schnelle Antwort, aber trotzdem sagte ihr irgendetwas, dass er sich in seinem Kopf nicht immer auf dieser oberflächlichen Ebene bewegte. Sein Mund sagte das eine, aber sein Körper etwas anderes. Seine Worte sagten *Ich will dich jetzt*, aber immer wieder sagte sein Körper *Ich werde dich immer verehren.*

Oder war das der typische Fehler einer Frau, die sich über eine Enttäuschung hinwegtröstete, indem sie ihren neuen Liebhaber durch eine rosarote Brille sah? Lucien hatte sicherlich nie etwas gesagt, um sie in die Irre zu führen oder dazu zu verleiten, ihn sich als festen Freund vorzustellen.

Fester Freund. Allein der Ausdruck wirkte in diesem Zusammenhang fremd. Lucien Knight war niemandes fester Freund. Er war ein feuriger Liebhaber.

Und im Moment war er ein großer, schöner Mann, der beschlossen hatte, dass es Zeit zum Essen war. Er schob ihr zum Hinsetzen den Stuhl hin und streckte dann die Hand nach den Kerzen im silbernen Tischleuchter aus. Eine Sekunde lang schwebten seine Finger über den Dochten.

»Ich hoffe, du verstehst es nicht falsch, wenn ich sie anzünde.«

Sophie zögerte einen Herzschlag lang mit der Antwort. »Wie sollte ich ein Candle-Light-Dinner denn sonst verstehen?«

»Ich mache sie an, weil es dunkel ist und weil sie da sind.« Er entzündete die Kerzen und setzte sich ihr gegenüber. »Aber es lässt sich nicht leugnen, dass du bei diesem Licht noch sinnlicher und begehrenswerter aussiehst.«

Na schön. Sie würde mitspielen. »Du auch.«

Luciens selbstbewusste Miene flackerte für einen Sekundenbruchteil wie die Flammen, gerade lange genug, damit Sophie beobachten konnte, dass er eher daran gewöhnt war, Komplimente zu verteilen, als sie selbst zu bekommen. *Oder vielleicht fühlte er sich auch nur bei ihren Komplimenten unwohl.*

Mit leichtem Stirnrunzeln hob sie die silberne Kuppel von ihrem Teller, dankbar für die Ablenkung durch das Essen, um ihre irritierenden Gedanken beiseiteschieben zu können.

Und es war eine Ablenkung. Ein dickes, englisch gebratenes Filetsteak, zart wie Butter, und dazu goldene Pommes frites und Salat.

»Diesmal keine Eier?«, fragte sie mit großen, unschuldigen Augen.

»Hättest du gern welche?«

Gut gekontert. Sie warf ihm einen tadelnden Blick zu. »Du warst heute nicht ganz bei der Sache. Die Carmichaels haben sich sicher gefragt, was los war.«

»Es war Produktforschung.«

»Ach, und ich war das Versuchskaninchen?«

Er hielt mitten im Schneiden seines Steaks inne und sah sie mit amüsiert funkelnden Augen an.

»Mich täuschst du nicht. Du hast es geliebt, Sophie Black.«

Sophie erwog, es abzustreiten ... aber wem wollte sie etwas vormachen? Es hatte sie tatsächlich extrem erotisiert zu wissen, dass Lucien die Kontrolle über ihren Körper hatte, und mit ihm die Intimität eines Sexgeheimnisses an einem öffentlichen Ort zu teilen.

»Na gut. Vielleicht habe ich es ein bisschen geliebt. Und du?«

»Versuchst du, mich wieder dazu zu bringen, das Wort mit L zu sagen, Sophie?«, fragte er. »Denn wenn das so ist, dann, verdammt, ja! Ich habe es geliebt.« Lucien goss Wein in Sophies Glas und dann in sein eigenes. »Ich habe es geliebt, dich in meiner Gewalt zu haben. Ich habe es geliebt, dir dabei zuzusehen, wie du verzweifelt zu verbergen versucht hast, wie verdammt erregt du warst.« Er nahm sein

Weinglas und trank daraus, und lüstern verdunkelten sich seine Augen. »Und ich habe es geliebt, zu wissen, dass du unter diesem Kleid nackt warst. Ich hatte deinetwegen fast während des ganzen Essens einen Steifen.«

Er stellte sein Glas wieder hin. »Also. Genug Liebe für dich? Oder willst du noch mehr?«

Gegen ihren Willen war Sophie belustigt. »Vermutlich ist das für dich genug Liebe für einen Abend. Sonst läufst du noch Gefahr, echte Gefühle zu entwickeln.«

»Keine Chance«, grinste er und wandte sich wieder seinem Glas zu. »Aber, nur fürs Protokoll, deine Brüste liebe ich noch immer.«

»Iss einfach dein Abendessen.«

Als er leise lachte und auf seinen Teller hinuntersah, traf Sophie ein unerwarteter Schlag direkt ins Herz. Vom Kerzenschein golden überzogen, wirkten sein lockeres Lächeln und Lachen wie etwas sehr Seltenes und Schönes. Eine innere Unruhe ließ das köstliche Essen plötzlich ungenießbar erscheinen. Ihre Gefühle für Lucien verwirrten sie über alle Maßen. Es klang alles so einfach. Keine Bindungen, keine Emotionen, kein gebrochenes Herz. Wie hatte er es nur geschafft, ihren Geist und ihren Körper so komplett zu vereinnahmen? Und wie hatte er es angestellt, dass sie kaum einen Gedanken an irgendjemand anderen verschwendet hatte, seit sie hier angekommen waren? Der Mann verzauberte sie.

»Genug?« Er legte sein Besteck nieder und deutete auf ihr halb aufgegessenes Steak.

Sophie nickte und blickte zum wolkenbedeckten Himmel hoch. Ein paar Regentropfen benetzten ihre Wangen, und sie fröstelte ein bisschen. Es war mit einem Mal frisch geworden, und weder das Essen noch der wohltemperierte Rotwein kamen dagegen an.

Lucien nahm die Gläser. »Wie es aussieht, wird das Spiel wegen Regen abgebrochen. Gehen wir hinein.«

20

Dass er den Sessel wählte statt des Sofas, erregte Sophies Neugier, und so tat sie es ihm gleich und nahm im gegenüberliegenden Sessel Platz. Seine Entscheidung, den Wein gegen eine Flasche Tequila und zwei Schnapsgläser zu tauschen, war genauso verwirrend. Als er ein Kartenspiel auf den Tisch legte, war sie völlig verblüfft.

»Karten und Tequila. Jetzt hast du mich überrascht.«

»Gut.« Er goss Tequila in die Schnapsgläser und schob ihr eines hin. »Spielen wir Strip-Poker.«

Sophie nahm ihr Glas und leerte es. Sie begriff, was er beabsichtigte. Es war ein Vorspiel zu Sex, aber als die klare Flüssigkeit in ihrer Kehle brannte, stellte sie fest, dass sie ihre eigenen Spielzüge machen wollte.

»Wenn wir Tequila zu dem Spiel trinken, dann nur mit ›Wahrheit oder Pflicht‹.«

Lucien spülte seinen Tequila hinunter und füllte ihre Gläser erneut auf. »Schön. Aber ich werde lügen, und du wirst es bereuen.«

Obwohl Sophie den starken Verdacht hatte, dass das stimmte, war die Vorstellung einer unbeschränkten Vollmacht, Lucien Fragen stellen zu können, zu verlockend, um sie sich entgehen zu lassen.

»Ich spiele dein Spiel mit, wenn du bei meinem mitspielst.« Sie verschränkte die Arme vor der Brust und legte herausfordernd den Kopf schief.

Lucien lehnte sich in seinem Sessel zurück und betrachtete sie mit dem Schnapsglas in der Hand. Mit seinem weißen Oberhemd und im gedimmten Schein der Lampe im Raum sah er aus, als gehöre er in einen Nachtclub, bereit, bei einer Flasche Whisky jemanden zu verführen.

Einhundert Prozent Schwierigkeiten und über alle Maße sexy.

»Na schön.« Er beugte sich vor und teilte die Karten aus.

»Ich kann mich nicht mehr an die Regeln erinnern«, sagte sie, als sie sie aufnahm. Ihre Erfahrung mit Strip-Poker war nicht viel mehr als eine weiterentwickelte Form von Mau-Mau, bei der eher der Lustgewinn im Mittelpunkt stand als eine bestimmte Strategie.

»Gut. Dann wirst du verdammt schnell nackt sein.«

Lucien blickte in seine Karten und überlegte. Die Verwirrung musste ihr vom Gesicht abzulesen sein, als er sie wieder ansah. »Okay, okay.« In seinen Augen funkelte es. »Vereinfachen wir das.« Er sammelte die Karten wieder ein und teilte jedem nur eine Karte aus. »Die niedrigste Karte verliert. Asse zählen am meisten.«

Sophie nickte und drehte ihre Karte um. Eine Sieben. Vielleicht ...

Er drehte eine Karte in seiner Hand um, damit sie sie sehen konnte. Eine Neun. Er zog eine Augenbraue hoch und genoss seinen Stich.

»Das ist wahrscheinlich der Zeitpunkt, an dem du dir wünschst, mehr anzuhaben, Prinzessin.«

Sie warf ihre Sieben auf den Tisch. Seine Augen huschten über die Karte, dann wieder über ihre Beine hoch zu ihrem Gesicht.

Sophie streifte einen Schuh ab.

»Beide. Sie zählen als ein Punkt.«

»Nach wessen Regeln?«

»Nach meinen Regeln.«

Sie seufzte dramatisch, zog auch den anderen Schuh aus und stellte sie beide ordentlich neben ihren Sessel. Lucien nahm ihre Karte zurück und mischte gekonnt neu, wobei die Karten durch seine Finger schwirrten.

Sophie hob die Hand, um ihn aufzuhalten, als er sich vorbeugte, um das nächste Paar auszuteilen.

»Erst ›Wahrheit oder Pflicht‹. Du hast es versprochen.«

Er verdrehte die Augen, nahm sein Schnapsglas, leerte es und knallte es auf den Tisch. »Mist.«

Sophie räusperte sich, ihr eigenes Glas war immer noch voll. *Was wollte sie als Erstes wissen?* Er war eine einzige lange Liste von Widersprüchen und unbeantworteten Fragen. Das hier konnte die ganze Nacht dauern, also beschloss sie, nicht um den heißen Brei herumzureden.

»Okay.« Sie blickte ihn ruhig an. »Wie viele Frauen hast du geliebt?«

Er zögerte keine Sekunde. »Eine.«

Zu spät wurde Sophie klar, dass sie den Fehler gemacht hatte, eine Frage zu stellen, die sie mit einer noch größeren, unbeantworteten zurückließ. Die Vorstellung, dass Lucien eine andere geliebt hatte, fand sie verstörend. *Wie dumm. Das nächste Mal würde sie besser nachdenken.*

»Trink aus.« Er goss sich selbst ein und dann ihr, nachdem sie ihres geleert hatte.

Der Regen peitschte an die Scheiben und auf ihren verlassenen Tisch draußen, was Sophie das unpassende Gefühl gab, sie seien auf einem Campingausflug nach drinnen verbannt, weil das Wetter umgeschlagen war.

»Kann ich dir jetzt eine Frage stellen?« Er mischte die Karten wieder mit lässiger Hand.

»Wenn du willst.«

Luciens Augen wanderten langsam über Sophies Gesicht. »Wie oft hast du dir gewünscht, du wärst mit deinem Lump von Ehemann hier statt mit mir?«

»Keinmal.« Das Wort war in Nullkommanichts draußen, eine Reaktion aus dem Bauch heraus, die Sophie selbst mehr schockierte als Lucien. »Kein einziges Mal«, sagte sie, diesmal ruhiger. Sie hatte an Dan gedacht, das war unvermeidlich. Sie hatte sich verbittert gefragt, wo er war und was er machte, aber dass sie sich gewünscht hätte, ihn hier in Paris an ihrer Seite zu haben, anstelle von Lucien? Nein. Nicht ein einziges Mal.

»Stört dich das?«, forschte Lucien geschickt.

»Du darfst keine zweite Frage stellen«, sagte sie, hauptsächlich, weil sie sich darum drücken wollte, sie zu beantworten.

Lucien hob kurz die Augenbrauen und beugte sich dann vor, um zwei Karten auszuteilen.

Sophie griff nach ihrer. Herz-Zehn. Unwillkürlich zogen sich ihre Mundwinkel nach oben. Jetzt, da sie die Runde wahrscheinlich gewinnen würde, genoss sie das Spiel. Sie zeigte Lucien die Karte, der philosophisch nickte und seine Kreuz-Drei auf den Tisch fallen ließ.

»Irgendeine Präferenz?«, fragte er und deutete mit Nonchalance auf seine Kleidung.

»Du wählst.«

Er überlegte ein wenig und begann dann sein Hemd aufzuknöpfen.

Sophie spülte ihren Tequila herunter. *Klar, dass er gleich aufs Ganze geht.* Er beobachtete ihr Gesicht, als er den letzten Knopf öffnete, das Hemd von den Schultern streifte und zu Boden fallen ließ.

Er lehnte sich in den Sessel zurück und schien sich in seinem halb angezogenen Zustand absolut wohl zu fühlen.

»Ist es wieder Zeit für die Befragung?«

»Nenn es Befragung, ich nenne es Unterhaltung.«

»Dann lassen wir das Ganze und gehen zu dem Teil mit dem Sex über.«

»Sehr witzig.« Sophie kaute auf ihrer Unterlippe. »Warum bist du so strikt gegen die Ehe?«

Luciens Miene gab eigentlich gar nichts preis, aber Sophie entging nicht, dass er die Armlehnen des Sessels fester umklammerte.

Er zuckte die Schultern. »Ich nehme ›Pflicht‹.«

Sophie überlegte. Damit hatte sie nicht gerechnet, und sie bezweifelte stark, dass sie sich mit ihrer beschränkten Vorstellungskraft etwas ausdenken konnte, was außerhalb von Luciens Sicherheitszone lag, zumindest ganz bestimmt nichts Sexuelles. Der Tequila half ihr auch nicht, sie konnte nicht mehr klar denken.

»Ähm... Sing mir etwas vor!«, sagte sie kichernd.

Er lachte. »Mach dich nicht lächerlich.«

Sophie erkannte vergnügt, dass sie unabsichtlich etwas getroffen hatte, das ihm tatsächlich unangenehm war.

»Ich singe nicht. Weder für dich noch für sonst jemanden.«

»Nicht einmal unter der Dusche?«

»Willst du mit mir daruntergehen, um es zu überprüfen?«

Sophie ließ ihn nicht vom Haken. »›Wahrheit oder Pflicht‹. Du wählst.«

Er ließ seine breiten Schultern kreisen und senkte den Blick.

»Liebe ist eine vorübergehende Geisteskrankheit, die durch Heirat heilbar ist, heißt es. Sie verkorkst die Menschen.«

»Also glaubst du doch an die Liebe?«

»Nur, was deine Brüste angeht. Und das waren zwei Fragen. Zieh dein Kleid aus, zur Strafe.«

Es war eine unbefriedigende Antwort, aber sie hatte keine Chance zu widersprechen, als er ihre Aufmerksamkeit mit seiner erotischen Forderung geschickt ablenkte.

»Du kannst keine neuen Regeln erfinden.«

Träge hob er die Augenbrauen und schob ihr dann eine Karte über den Tisch zu.

Sophie sah ihn beklommen an, dann nahm sie sie und drehte sie rasch um.

»Ha!« Sie zeigte auf die Kreuz-Dame und dann auf Lucien. »Ha!«

Er drehte den Karo-König um und lehnte sich mit vor der nackten Brust verschränkten Armen zurück.

»Kleid. Ausziehen. Jetzt.«

Sophies Problem lag in ihrer Unterwäsche. Die Vorstellung, das Spiel nur mit dem unanständigen Viertelschalen-BH und dem kaum vorhandenen Höschen fortzusetzen, ließ sie schon wieder nach ihrem Tequila greifen.

War sie mutig genug? Ihre einzige Alternative war, das Handtuch zu werfen, und das schien nach Luciens Regeln ausgeschlossen zu sein. Außerdem wollte sie ihm weiter Fragen stellen. Und was noch hinzukam: Sie musste sich eingestehen, dass ein Teil von ihr das Kleid ausziehen und ihn schauen lassen wollte. Ein Schauer der Erregung durchfuhr ihren Körper bei dem Gedanken.

Schweigend sah er zu, wie sie ihre Möglichkeiten abwägte, mit immer noch verschränkten Armen und einem Blick unnachgiebiger Erwartung.

Das Kleid musste weg. Sie stand auf und wurde an ihr erstes Mal mit Lucien im Gateway-Club in London erinnert. Damals hatte er sie allerdings gebeten, ihr Kleid auszuziehen, statt es ihr zu befehlen.

Sie griff nach dem seitlichen Reißverschluss und zog ihn hinunter, dann schüttelte sie das Kleid ab, und es landete als Hauch von einem Nichts auf dem Boden. Jetzt hatte sie genau zwei Möglichkeiten. Sich schnell wieder hinzusetzen oder schamlos dort stehen zu bleiben und ihn ihren Anblick voll auskosten zu lassen.

»Sophie, Sophie, Sophie.«

Luciens tiefes, anerkennendes Stöhnen gab den Ausschlag.

Sophie versuchte es mit der universellen Modelpose, eine Hand in die Hüfte gestützt, ein Knie leicht gebeugt, und Lucien nickte leicht.

»Verdammt heiß.«

Er stand auf und ging langsam auf sie zu, und sie hielt vor Erwartung den Atem an.

»Etwas stimmt hier noch nicht ganz«, sagte er, nah genug, um sie überall zu berühren, wo er wollte. Ihre Brustwarzen wurden in seiner Nähe zu Perlen, und seine Zungenspitze benetzte seine Lippen, als er hinsah.

»Setz dich hin.«

Ihre Augen folgten seinen, als er mit dem Kopf auf den

Sessel deutete. Überrascht und unsicher tat Sophie, wie ihr geheißen, und Lucien nahm den Platz hinter ihr auf der Lehne ein.

»Es sind deine Haare«, murmelte er und legte die Hände auf ihren Nacken, seine Daumen fuhren über ihre Wirbelsäule. »Ich will sie offen.« Sie hob ihre Arme, um es zu lösen, aber er hielt sie fest und legte sie wieder zurück in ihren Schoß. »Lass mich.«

Sophie schloss die Augen, als seine Hände in ihr Haar griffen, langsam die Haarnadeln entfernten, eine nach der anderen. Es war ein Akt der Zärtlichkeit, so unangebracht auf der Bühne ihrer Sexspiele, dass sich in ihrem Hals ein Kloß bildete. Auch das hatte sie in ihrer Ehe vermisst. Glühender Sex war schön und gut, aber sie hätte für immer mit Dans Missionarsstellung leben können, wenn er auch nur einen Bruchteil der Sensibilität an den Tag gelegt hätte, die Lucien gerade bewies.

Sie hörte das Klirren der Haarnadeln auf Glas, spürte dann die Stärke und Wärme von Luciens Fingern in ihrem Haar, es zerzausten, befreiten, liebkosten. Er erhob sich von der Sessellehne und ließ sich zwischen ihren Beinen auf die Knie nieder, lehnte sich ein wenig zurück, um sein Werk zu begutachten. Seine Augen wanderten über ihr Haar, ihr Gesicht, dann etwas tiefer zu ihren entblößten Brüsten.

»Jetzt bist du perfekt.«

Er senkte seinen Kopf erst zu einer Brustwarze, dann zur anderen. Ein unendlich leichter Kuss, das unendlich kurze Herumwirbeln seiner Zunge, bevor er sein Gesicht zu ihrem hob und ihren Mund küsste. Seine Hände glitten in das Haar, das er gerade gelöst hatte, und sein Kuss schmeckte nach Tequila, nach Zärtlichkeit und Verlangen.

Er hatte es wieder getan. Sie mit seinen Widersprüchen überrumpelt: Gerade eben noch der lüsterne Wikinger, war er Sekunden später ihr romantischer Held. Er küsste sie, bis sie nicht mehr geradeaus denken konnte, bis ihre Arme sich von ganz allein um ihn schlangen, bis alle Gedanken ihren Kopf verlassen hatten, außer dem einen, wie sehr sie ihn wollte.

Und dann hörte er auf und kehrte zu seinem eigenen Sessel zurück. »Ich glaube, ich bin dran, dir eine Frage zu stellen«, sagte er.

Sie schluckte und vermisste bereits jetzt seine Berührung.

»Erzähl mir deine wildeste sexuelle Fantasie.«

Mist. Vor Lucien war ihre wildeste Fantasie Sex gewesen, der länger als zehn Minuten dauerte und garantierte, dass sie zum Orgasmus kam, bevor Dan fertig war und von ihr herunterrollte.

Und seit Lucien erschien die Vorstellung von Fantasien absurd, weil er eine einzige, große, lebende Fantasie war und sie Sachen denken und tun ließ, die völlig über alles, was ihre behütete Vorstellungskraft sich ausmalen konnte, hinausgingen.

»Ganz ehrlich?«, fragte sie verlegen. »Ich habe keine.«

Lucien sah sie ungläubig an. »Jeder hat Fantasien, Prinzessin.«

Sophie schüttelte den Kopf. »Wir führen beide ein sehr unterschiedliches Leben, Lucien.«

»Und das bedeutet?«

»Das bedeutet, dass mein Leben, bevor ich dir begegnet bin, sich um den Wocheneinkauf, das Fernsehprogramm und das Putzen des Bads gedreht hat. Ich war die Ehefrau von jemandem, der erwartete, dass das Essen pünktlich auf dem Tisch stand und dass er saubere Klamotten im Schrank hatte. Ich habe Gebäudeerweiterungsberichte für einen notgeilen Chef getippt und die Weihnachtsgeschenke für seine Frau ausgesucht. Die einzigen Fantasien, die ich hatte, waren, dass jemand anders mir mein Essen kocht und morgens kein Wecker klingelt.«

Huch. Wo kam das alles auf einmal her? Und wie absolut unpassend, wenn man ihren Bekleidungsstatus bedachte.

»Und da fragst du mich noch, warum ich gegen die Ehe bin?« Lucien hob die Augenbrauen.

Sophie schnaufte leise. Sie war ihm ins offene Messer gelaufen.

»Wie auch immer, das ist meine wahrheitsgemäße Antwort.«

Er schüttelte den Kopf, wahrscheinlich schockiert über ihre hinterwäldlerische Stumpfsinnigkeit.

»Daran müssen wir arbeiten, Ms Black. Kommen Sie rüber zu mir, damit ich Ihnen den BH ausziehen kann.«

»Noch hast du die Runde nicht gewonnen.«

Er rollte die Augen zur Decke und teilte dann zwei Karten aus, drehte erst ihre und dann seine eigene um, und seine Miene verfinsterte sich, als sie erfreut auflachte. Tequila war das beste Getränk der Welt. Obwohl sie so gut wie unbekleidet dasaß, war sie noch in der Lage, sich über einen Sieg zu freuen.

»Sie haben verloren, Mr Knight.«

Mit einem entschieden gelangweilten Blick ließ er die Schultern kreisen. »Ich werde es ganz kurz machen.«

Er stand auf und öffnete seine Hose und zog sie aus wie alles andere, außer seiner schwarzen Calvin Klein.

Großer Gott. Wenn er sich je als männliches Model versuchen wollte, würden sich die Agenturen auf der Straße um ihn prügeln. Ein Foto von ihm, wie er jetzt war, und die Frauen würden sich um einfach alles reißen, was er verkaufte.

Er setzte sich wieder hin und sah sie erwartungsvoll an.

»Kommst du jetzt her?«

»Du kannst mir erst den BH ausziehen, wenn ich verliere.«

»Komm hierher.«

»Aber ich habe meine Frage noch nicht gestellt.«

»Sophie ...« Luciens Stimme senkte sich zu einem warnenden Grollen, viel zu sexy, um ihm zu widerstehen, und Sophie ging zu ihm und ließ sich von ihm seitwärts auf den Schoß ziehen.

Er war warm und fest, und seine Erektion drückte sich angenehm an ihr Hinterteil, als sie sich an seiner Brust zusammenrollte und es sich bequem machte.

Lucien fuhr mit einem Finger unter einen von Sophies BH-Trägern. »Fast ein bisschen schade, den auszuziehen.« Er streifte erst einen Träger hinunter und dann den anderen. »Er gefällt mir.« Seine Hände bewegten sich um ihren Körper herum, um den Clip zu öffnen, und Sophie war Fairplay plötzlich völlig egal. Sich von ihm aus ihrer Unterwäsche schälen zu lassen, war unglaublich heiß.

Sie blickten beide hinab, als er ihre Brüste in seine Hände nahm und mit den Ballen seiner Daumen ihre Spitzen umkreiste.

»Ich bin jetzt bereit für deine Frage.« Er blickte ihr in die Augen, sich zweifellos voll und ganz bewusst darüber, dass die Wahrscheinlichkeit verschwindend gering war, dass sie in der Lage sein würde, in diesem Moment auch nur einen einzigen zusammenhängenden Satz zustande zu bringen. Sie suchte verzweifelt in ihrem vor lauter Lust trägen Gehirn herum, weil sie ihm unbedingt das Gegenteil beweisen wollte.

»Warum hast du keine Haustiere?«, fiepte sie und stöhnte im nächsten Augenblick auf. *Wo in Gottes Namen kam dieser Gedanke her, und wie in aller Welt hatte er ihr über die Lippen kommen können?* Trotzdem fuhr sie unbeirrt fort. »Du weißt schon ... einen Hund oder eine Katze ... oder vielleicht einen Goldfisch?«

Er rollte ihre Brustwarzen zwischen seinen Daumen und Zeigefingern. »Sehe ich aus wie die Art von Männern, die Zeit für Haustiere haben, Sophie?«

Sie antwortete nicht, mit rosa Wangen und sich des Irrsinns außerordentlich bewusst, mit ihm eine Unterhaltung über Haustiere zu führen, während sie auf seiner tobenden Erektion saß.

»Ich hatte einen Hund, als ich klein war. Einen Husky.«

Seine leise gesprochenen Worte ließen die Stimmung augenblicklich umschwenken. Vor ihrem geistigen Auge konnte Sophie deutlich das kleine, blonde Kind über unberührten, arktischen Schnee rennen sehen, an seiner Seite sein silbriger, wolfsartiger Begleiter. Es war ein fröhliches Bild, und doch war es das Gefühl, das damit einherging, irgendwie nicht, und Luciens Gesicht sagte ihr, dass seine Erinnerungen auch keine glücklichen waren.

Sie berührte seine Wange und senkte ihren Kopf, und er nahm die Ablenkung ohne nachzudenken an. Seine Zunge glitt in ihren Mund und schürte die Hitze von zärtlich zu feurig. Gierige Küsse und offene Münder, während seine Arme sich wie ein Schraubstock um ihren Körper schlossen und sie gefangen hielten. Sophie konnte spüren, wie seine Schwellung härter wurde.

»Darf ich dich jetzt vögeln?« Seine Finger wanderten zwischen ihre Beine und streichelten sie durch dünne Seide hindurch. »Lass mich dich vögeln.«

Sophie konnte die Not in seiner Stimme hören, ebenso wie das Begehren, und es brachte sie noch mehr als sonst zum Schmelzen. Sie stand auf und streifte ihre Unterhose ab. Als er dasselbe tat, dachte sie einen kurzen Moment nach, dann legte sie ein Kissen auf den Sitz, um leicht erhöht zu sitzen, ehe sie sich auf den niedrigen Sessel setzte und ihre Beine spreizte.

»Setz dich.« Sie klopfte auf das samtene Sitzkissen zwischen ihren Schenkeln, und er sah sie einen Moment fragend an. »Bitte.«

Lucien fragte nicht, und sie war dankbar. Sie wollte ihm etwas schenken, ihn trösten, ihre Frage zurücknehmen, die so unliebsame Erinnerungen hervorgerufen hatte.

Er lehnte sich mit einem Seufzen an sie. Das zusätzliche Kissen hatte ihr Hinterteil hoch genug angehoben, dass die Linie ihrer Schultern höher war als seine, und er massierte ihre Fußknöchel, als sie ihre Beine um ihn schlang.

Sophie schwelgte an seiner breiten Brust, ließ ihre Finger auf der Festigkeit seiner Brustwarze verweilen, bis er seufzte, gefangen irgendwo zwischen entspannt und erregt, als er seinen Kopf an ihre Schulter lehnte.

»Fühlt sich gut an, Prinzessin«, murmelte er, und in der Erwartung, dass ihre Hände tiefer wanderten, bewegten sich seine Hüften bereits ein bisschen auf und ab.

Sophie streifte mit dem Mund sein Ohr. »Vielleicht ist das meine sexuelle Fantasie«, sagte sie und ließ ihre Hände ihn genießen. »Ein Wikinger-Sexgott zu meiner freien Verfügung.«

»Soll ich mich vielleicht in Pelz hüllen und dich an den Haaren hinter mir herschleifen?«, murmelte er, und Sophie küsste den Winkel seines trägen Lächelns, das über seine Lippen huschte. *Die Vorstellung war nicht annähernd so abschreckend wie sie wahrscheinlich gedacht war.*

Sie verlagerte das Gewicht ein wenig auf eine Seite, um sich mit der Hand leichteren Zugang zu seinem Glied zu verschaffen, strich mit den Fingern über seine Oberschenkel und ließ ihn warten.

»Zeig mir, wie du es gern hast«, flüsterte sie schließlich, ihre Zähne an seinem Nacken, während sie ihre Hand um seine Erektion legte. »Zeig's mir.«

Er stöhnte voller Zustimmung, ein kehliger Laut aus tiefster Kehle, als seine Hand sich über ihre an seinem Schaft schloss und er begann, sie zu bewegen.

»So?«, fragte sie, nicht, dass es nötig gewesen wäre. Seine Lust war deutlich an seiner flachen Atmung und seinem Kauen auf der Lippe zu erkennen.

Sein Griff um ihren war fest, fester als sie es mit einer Hand hätte sein können, und dadurch umso erotischer. Sie beobachtete sein Gesicht, das konzentrierte Stirnrunzeln über seinen geschlossenen Augen, die Art, wie seine Lippen sich teilten, während seine Hand mit ihrer auf und ab strich, in gleichmäßigen Stößen seinen Rhythmus findend. Seine Brust hob und senkte sich heftig, den stakkatohaften Trommelschlag seines Herzens spürte sie deutlich unter ihrer Hand.

»Lucien …« Sie raunte seinen Namen als Ermutigung, sich zu nehmen, was er brauchte. Er war kurz davor zu kommen, das verrieten ihr sein flaches lustvolles Schnaufen und die festen, ruckartigen Handbewegungen.

Sein Penis glitzerte unter ihren gleitenden Händen, unglaublich steif und prall.

»Oh, Sophie ... Sophie ...« Lucien schnappte nach Luft. »Hör nicht auf ...«

Er ließ seine Hand los und vertraute ihr den Abschluss dessen an, was sie gemeinsam begonnen hatten.

In den letzten paar Monaten hatte Lucien Sophie so viele erotische Erinnerungen geschenkt, aber diese, ihn so völlig ergeben in ihren Armen zu halten, übertraf sie alle. Er stieß ihren Namen hervor, als er in starken, wilden Schüben kam, sein Körper zuckend vor Lust, sein Gesicht ein Bild beinahe schmerzhafter Anstrengung. Ihm dabei zuzusehen, wie er die Beherrschung verlor, war zutiefst intim, und jedes Schütteln seines Körpers warf ihn zwischen ihre gespreizten Beine zurück. Sie war offen und unglaublich erregt, als er sein Gesicht ihrem zuwandte.

»Ich schätze, ich habe das Spiel gewonnen«, sagte er ein bisschen heiser und reckte sich, um sie zu küssen und eine langsame, gründliche Erkundung ihres Mundes vorzunehmen. Sophies Finger berührten die Nässe auf seinem Bauch.

»Ich weiß nicht. Mein Ergebnis war auch nicht schlecht«, sagte sie.

»Hmm.« Lucien rutschte ein bisschen nach hinten, um seinen Arm in den warmen Zwischenraum ihrer Körper zu schieben. Seine zielsicheren Finger suchten ihre Klitoris, während seine Zunge über ihre leckte, konzentrierte kleine Stüber auf ihre ohnehin schon heiße Haut. Sophies Körper brannte, immer noch um seinen Oberkörper geschlungen, als er zwei Finger in sie steckte.

»So verdammt sexy ...«, flüsterte er. »Hier, Sophie?« Er massierte in schnellen, kleinen Kreisen.

Sophie öffnete ihre Beine noch weiter und ließ die Stirn an seine Schulter fallen. *Ja, da. Ja, mehr. Ja, immer.* Das vertraute, unaufhaltsame Kitzeln ihres Orgasmus begann unter seinen Fingern, ließ sie japsen und sich an ihm reiben.

»Erwischt, Prinzessin. Erwischt.«

21

Lucien hielt sein Gesicht in den kräftigen Strahl der heißen Dusche, die Augen geschlossen, die Gedanken bei dem Mädchen, das ein paar Meter entfernt im Schlafzimmer schlief. Er grübelte vor sich hin. Für gewöhnlich fielen ihm Lösungen für Probleme im Leben und im Geschäft in den Schoß, aber dieses erwies sich als widerspenstig. Sie würden am kommenden Abend zurück nach London fliegen, zurück in die Normalität. *Wie zum Teufel sollte er damit umgehen?*

Er wollte nicht wieder dazu zurückkehren, Mr Knight, Sophies Chef, zu sein. Er wollte, dass sie ihn weiterhin beim Vornamen nannte, ihn weiterhin küsste und ihn weiterhin in sie hineinließ.

Er kreiste mit den Schultern, die Erinnerung an Sophies Hände auf seinem Penis, während er seinen Körper wusch. Himmel, er brauchte nur an sie zu denken, und schon bekam er einen Steifen. Wie konnte jemand so Zartes und Sanftes ihn so vollständig auf diesem Sessel festhalten, wie sie es getan hatte? An ihre warmen, geschmeidigen Glieder geschmiegt, hatte Lucien etwas gefunden, für das er keinen Namen hatte. Viele Frauen hatten ihn in der Vergangenheit mit ihren hübschen Mündern und geübten Händen zum Orgasmus gebracht. Aber bei Sophie ... war es nicht nur das Körperliche, das ihn anzog.

Sie waren Kollegen, aber es ging nicht nur um das Berufliche.

Sie waren Freunde, gewissermaßen, aber es war nicht bloß Freundschaft.

Sie hatte ihn eben völlig fertiggemacht. Ihre Hand unter seiner, ihre Lust, die sie aus seiner Lust zog, ein Geben, ohne gleichzeitig nehmen zu wollen. Sie war gut und großzügig und heilsam. Und sie verwirrte ihn immer wieder aufs Neue. *Seit wann fühlte er sich zu so etwas wie heilsam hingezogen?*

Ihre Verbundenheit ging weit über körperliche Nähe hinaus.

Sie ging ihm unter die Haut.

Und kam seinem Herzen immer näher.

Er wusste es nur noch nicht, denn niemand hatte bisher den Weg dort hineingefunden.

Lucien brachte vor Sophies kleinem Häuschen den Aston Martin zum Stehen und stellte den Motor ab, um die Nachbarn nicht aufzuwecken.

Ihr letzter Tag in Paris war glücklicherweise arbeitsreich gewesen, mit all seinen Besprechungen, Anrufen und Verhandlungen und mit der Unterstützung Sophies, die wieder einmal ihren Wert als findige Assistentin bewiesen hatte, als sie von einem Termin zum anderen gehetzt waren und ihre Schreibtischarbeit abgeschlossen hatten. Selbst ihr Flug nach Hause war durch Gespräche mit den Carmichaels bestimmt gewesen, die zu Besprechungen nach London unterwegs waren.

Endlich allein in der Stille des Autos, waren sie in nachdenkliches Schweigen gefallen. Sophie brach es zuerst, während sie aus dem Fenster auf ihre eigene Haustür starrte.

»Und was passiert jetzt?«

Ihr Gesichtsausdruck war so verhangen wie der Himmel über ihnen. Lucien benötigte keine nähere Ausführung ihrer Frage, denn er hatte mit ihr gerechnet.

»Wir machen weiter wie vorher.«

Sie schwieg einen Herzschlag lang. »Du meinst, ›was in Paris passiert, bleibt in Paris‹ und so weiter?«

Nein. Er hatte sie nach ihrem Ausflug nach Norwegen hier auf dieser Türschwelle zurückgelassen. Das würde er nicht noch einmal tun.

»Es kommt nicht darauf an, wo auf der Welt wir uns befinden, Sophie. Wir hatten auch schon in London Sex, weißt du noch? In meinem Club. In meinem Haus.« Er warf einen Blick auf Sophies Haus. »Auch in deinem, wenn du so willst.«

Sie schüttelte den Kopf, das Gesicht von ihm abgewandt. *Sieh mich an.*

»Ich bin noch nicht fertig mit dir«, sagte er. »Da draußen wartet noch unglaublich viel auf uns, wenn wir möchten. Bist du denn fertig mit mir?«

Noch immer sagte sie nichts und sah ihn nicht an. Er war sich nicht sicher, ob er nicht gerade alles zerstörte, oder ob die Worte, die aus seinem Mund kamen, die Gedanken widerspiegelten, die in seinem Kopf vor sich gingen, aber die Wahrheit war, dass er keine besseren Worte hatte. Er hatte Sophie nichts zu bieten, wenn es um Versprechen oder Verpflichtungen ging, und es gab keine niedlichen Schildchen, die man an das heften konnte, was zwischen ihnen war.

Freunde mit gewissen Vorzügen? Der Euphemismus brachte ihn zum Lächeln.

Sie waren Liebende, nur eben ohne die Liebe.

Es ging um Sex. Atemberaubenden, fantastischen Sex, den er noch nicht bereit war aufzugeben. Ein Zusammenkommen. Oder auch zusammen kommen.

»Komm einfach am Montag zur Arbeit, Sophie. Nicht wieder weglaufen, einverstanden?«

Endlich sah sie ihn an, die großen, blauen Augen überschattet von der späten Stunde.

»Ich werde da sein.«

Erleichterung durchflutete seinen Körper, als sie ihre Hand ausstreckte und sie ihm auf die Brust legte.

Er bedeckte sie kurz mit seiner eigenen und zog sie dann an sich.

Sophies Lippen öffneten sich ihm, eine Einladung, zu verweilen und zu genießen. Lucien seufzte zufrieden, als er ihre Kurven an seinem Körper spürte, soweit das im begrenzten Raum des Wagens möglich war.

»Bist du sicher, dass ich nicht mit hineinkommen soll?«, murmelte er an ihrem Mund. Sie schmeckte köstlich, und er wollte sie in seinem Mund und in seinen Händen behalten. Jedes Mal, wenn er sie berührte, tat sie das, ließ ihn nach immer mehr von dem Gefühl lechzen, das ihre Nähe ihm gab.

Sie zog sanft den Kopf zurück. »Nicht heute Nacht, einverstanden?«

Er seufzte und fuhr sich mit der Hand durchs Haar, als die Enttäuschung ihn traf. Dann schüttelte er leise lachend den Kopf. *Verflixte Sophie Black.* Sie ließ ihn sich benehmen wie ein übereifriger Teenager, der seine Tanzstundenpartnerin nach Hause brachte.

»Ich zähle bis drei. Wenn du dann nicht aus meinem Auto gestiegen bist, nehme ich dich auf dem Rasen vor deinem Haus.«

»Dann hätten die Nachbarn wenigstens wieder etwas zum Tratschen.« Die Leichtigkeit von Sophies Tonfall war beruhigend. Sie würde am Montag da sein, und das musste ihm jetzt erst einmal reichen.

»Eins«, brummte er.

Ein amüsiertes Zucken umspielte ihre Lippen, und eine Sekunde später lehnte sie sich vor und küsste ihn kurz, verweilte gerade lang genug, dass ihre Zunge seine berühren konnte.

»Gute Nacht, Lucien.«

Er schluckte schwer. »Zwei.«

Sophie streckte die Hand aus und strich ihm über das Gesicht. »Danke für Paris. Ich liebe es.«

Er hätte am liebsten »drei« gesagt und ihre Nachbarn geweckt, als Strafe für ihre Frechheit, doch die Zärtlichkeit ihrer Worte und ihrer Hände wischten das Wort von seinen Lippen. Er drückte ihr einen Kuss auf die Handfläche.

»Gute Nacht, Prinzessin.«

Er sah ihr nach und schüttelte den Kopf, als sie sich auf der Türschwelle umdrehte und ihm einen Handkuss zuwarf.

»Drei«, murmelte er voller Bedauern, dann drehte er den Zündschlüssel um.

Im Haus lehnte Sophie sich gegen die Tür, horchte auf das Geräusch von Luciens Wagen und merkte zu spät, dass sie ihren Koffer hinten im Aston vergessen hatte.

Sie legte sich die Finger an die Lippen, schloss die Augen und lächelte, als sie sich an seinen Kuss dort erinnerte.

Alles andere als müde, jetzt, da sie allein war, wollte Sophie den Anrufbeantworter abhören, eher aus Gewohnheit als aus Notwendigkeit. Doch kein blinkendes, rotes

Licht. Keine Nachrichten. Dan zog weiter, genauso wie sie.

Sie schloss die Tür ab und dachte über eine nächtliche Tasse Tee nach, aber die Verlockung des Bettes obsiegte. Sie hätte Lucien heute nicht hereinbitten können, und nicht nur, weil das ihr eheliches Zuhause war. Er hatte sie ausgelaugt. Sie brauchte Schlaf.

Sie knöpfte sich die Bluse auf, während sie nach oben ging, blieb an der Tür zum Badezimmer stehen und versuchte die Energie aufzubringen, noch zu duschen, als sie aus ihren Klamotten stieg. Vergeblich. Sie war todmüde, und ihre gemütliche Bettdecke war zu nah, um ihr widerstehen zu können. Sie brauchte kein Licht, um in das vertraute Schlafzimmer zu finden, und sank mit einem erschöpften Seufzer ins Bett.

Dann erstarrte sie.

In ihrem Bett lag jemand.

22

Dieser jemand streckte die Hand nach ihrem nackten Körper aus, und für ein paar kurze, orientierungslose Sekunden fragte Sophie sich, wie Lucien plötzlich hier in ihr Bett gekommen war.

Aber die Brust, die sie neben sich fühlte, war etwas weniger breit, und die Hände, die ihren Rücken hinunterstrichen, etwas weicher. Schmerzhaft vertraut, und doch völlig fehl am Platz.

»Hallo, Soph.«

Sie setzte sich auf, zerrte sich die Bettdecke über den Körper und schlug auf den Schalter der Lampe.

»Was zum Teufel hast du hier zu suchen?«

Dan setzte sich ebenfalls in ihrem ehemals gemeinsamen Bett auf und blickte sie an. Offensichtlich hatte er geschlafen. Sein Haar war auf die Art zerzaust, die sie einmal liebenswert gefunden hatte. Wenn sie ihn nun mit unvoreingenommenem Blick ansah, entdeckte Sophie weniger Liebenswertes darin als früher. Andererseits maß sie ihn auch an dem unfairen Maßstab eines Lucien. Es gab nicht viele Männer, die bei diesem Vergleich besser abschnitten.

»Ich bin nach Hause gekommen.«

»Was?« Sie verdrehte die Augen und musste sie sich reiben. Halluzinierte sie schon vor Müdigkeit? Schlief und träumte sie?

»Ich dachte, das hier ist für dich nicht mehr dein Zuhause«, brachte sie schließlich hervor.

Er wirkte vorwurfsvoll. »Ich wollte ja gar nicht gehen. Ich bin nur gegangen, weil du es mir gesagt hast.«

»Das hast du dir selbst zuzuschreiben. Du wolltest mich für zu Hause und Maria für unterwegs. Wie unbequem für dich, dass ich es herausgefunden habe.« Sie konnte das Zittern in ihrer Stimme nicht unterdrücken, ob es nun von Verletztheit, Wut oder Überraschung herrührte.

»Na ja, deine Weste ist bei der ganzen Sache ja auch nicht blütenweiß, oder?« Dans Tonfall war defensiv.

Sophie seufzte schwer und griff nach ihrem Bademantel am Ende des Bettes. Sie hatte weder die Nerven noch die Courage für diesen Streit. Dan hatte recht, teilweise. Ihre Affäre mit Lucien – ja, Schönreden hatte keinen Sinn, es war eine Affäre – ließ sich nicht durch seine Untreue rechtfertigen.

»Ich gehe ins Bad. Ich will, dass du weg bist, wenn ich zurückkomme.«

»Sophie. Du hörst mir nicht zu. Ich habe Maria verlassen. Ich will nur dich.«

Dan stieg aus dem Bett und folgte ihr auf dem Weg zur Tür. Völlig ungeniert über seine Nacktheit stand er vor ihr, um seine Gründe vorzubringen.

»Mit ihr zu leben war schrecklich. Alles war falsch.« Er trat näher, und Sophie ertappte sich dabei, dass ihre Augen über seinen Körper schweiften. Die Narbe der Fußballverletzung an seiner rechten Hüfte, die sie öfter geküsst hatte, als sie zählen konnte. Das Rosa seiner Brustwarzen. *Die von Lucien waren braun.*

»Sie riecht falsch. Sie fühlt sich falsch an. Sie ist eben einfach nicht du, Soph.« Er griff nach ihrer Hand, um sie an sich zu ziehen, vor lauter Emotionalität versagte ihm die Stimme. »Du fehlst mir so sehr.«

Er sagte alle richtigen Worte, und es klang, als meinte er sie auch ehrlich.

»Das mit diesem Typ ist mir egal. Ich weiß, du hast es nur getan, um mir eins auszuwischen. Ich mache dir deswegen keinen Vorwurf.«

Hatte sie es getan, um ihm eins auszuwischen? Wenn, dann nicht bewusst. Die Wahrheit war, dass es unter allen Umständen schwer gewesen wäre, Lucien zu widerstehen.

»Du machst mir keinen Vorwurf?« Sie sah ihn mit zusammengekniffenen Augen an. »Tut mir leid, dass ich von mir nicht dasselbe behaupten kann, Dan. Du warst jahrelang mit Maria zusammen.«

»Es ist vorbei, versprochen. Ich habe ihr gesagt, dass ich dich noch liebe.«

»Verstehe.« Sophie blickte ihn prüfend an. »Und ich soll dich jetzt mit offenen Armen wieder aufnehmen?«

Er blickte auf ihre Hände hinunter und versuchte, sie näher zu sich hinzuziehen, aber sie machte einen Schritt nach hinten.

»Nicht.« Sie befreite ihre Hand. »So geht das nicht, Dan. Du kannst nicht einfach wieder hier hereinspazieren, dich in mein Bett legen und erwarten, dass ich dir verzeihe.«

»Ich weiß. Ich weiß.« Er rieb mit der Hand über die schwarzen Stoppeln seines Kinns. »Ich weiß das, Sophie.« Er sah zutiefst geknickt aus, und seine Nacktheit machte ihn verwundbar. »Bitte, lass mich bleiben. Wenigstens heute Nacht?«

Resigniert ließ Sophie die Schultern fallen. Es war spät, und draußen war es kalt. »Eine Nacht, Dan.« Sie trat beiseite. »Aber nicht hier. Im Gästezimmer.«

Dan lag in den kalten Laken des Gästebettes und starrte die Decke an.

Es war nicht ganz die Heimkehr, die er sich erhofft hatte, aber vielleicht war es noch zu früh.

Sophie würde ihn zurücknehmen. Sie liebte ihn noch, das konnte er sehen. Er liebte sie noch. Es würde Zeit brauchen, aber sie würde sich besinnen.

Er boxte in das Kopfkissen, als er sich herumdrehte, war sich allzu bewusst, dass Sophie so nah, im Zimmer nebenan, war, und wünschte sich, seinen Platz im Bett neben ihr wieder einzunehmen, da, wo er hingehörte.

Vielleicht nicht heute Nacht, wahrscheinlich auch nicht morgen. Aber schon bald und für den Rest ihres Lebens.

Auf der anderen Seite der Wand lag Sophie ebenso wach und ruhelos.

Dan war zurück. Hier, in ihrem Haus, in ihrer beider Haus. Ihrer beider Zuhause? Das war eine unausgesprochene Frage. Sie tastete mit der Hand hinüber auf die andere Seite des Bettes, aber seine Körperwärme hatte sich verflüchtigt. Das Laken war kalt.

Sie zog ihren Arm zurück in die Wärme ihrer eigenen Seite und seufzte schwer.

Er war zu Hause. *War das hier noch sein Zuhause?* Sein Name stand noch unter der Hypothek, und seine Sachen standen noch in den Zimmern. *Glaubte er etwa, er habe ein Recht, hier zu sein?*

Er schien sich eben ziemlich wie zu Hause gefühlt zu haben, wenn man bedachte, dass er sich nackt ausgezogen hatte, in ihr Bett gestiegen und dann eingeschlafen war, als wäre nichts gewesen.

Sie schloss die Augen, aber schlafen konnte sie noch lange nicht. Es war etwas geschehen, das sich nicht einfach beiseiteschieben ließ.

Ein paar Meilen entfernt warf Lucien ein Holzscheit auf die Glut und setzte sich wieder hin, in der Hand ein Glas tief bernsteinfarbenen Malzwhiskys.

Er machte sich Sorgen. Dieses Gefühl war ihm nicht vertraut, und es gefiel ihm nicht.

Er machte sich Sorgen darüber, dass Sophie einen falschen Eindruck bekommen hätte und dass er ihr letztendlich wehtun würde.

Und er machte sich Sorgen darüber, dass sie, auf sich allein gestellt, die Sache in ihrem Kopf unnötig verkomplizieren und am Montag nicht zur Arbeit erscheinen würde.

Aber die größten Sorgen machte er sich darüber, dass er sie schon jetzt wahnsinnig vermisste.

23

Sophie fuhr aus dem Schlaf hoch. Jemand war unten im Haus, sie konnte es hören. Als sie blinzelnd im grellen Morgenlicht auf den Wecker sah, fielen ihr gleich mehrere Dinge wieder ein. Sie war nicht mehr mit Lucien zusammen. Sie hatte kaum geschlafen, obwohl es schon nach neun war.

Und Dan war hier.

Sie ließ sich wieder in die Kissen fallen und stieß einen tiefen Seufzer aus. Sie konnte ihn unten in der Küche hantieren hören, die vertrauten Geräusche des Wasserkessels und des Radios, wie der Boiler rauschte, als er das warme Wasser anstellte.

Was sollte sie bloß tun?

Dass Dan nach Hause kommen würde, war das Letzte, was sie erwartet hatte. Sie hatte angefangen, endlich zu akzeptieren, dass er einen anderen Weg eingeschlagen hatte, dass er mit Maria zusammen war. Sie hatte eine Menge Energie investiert, ihm zu grollen, und sie grollte ihm immer noch, jetzt, da er zurückgekommen war. Er konnte nicht hierbleiben. Sie brauchte eine Dusche, und dann musste sie ihren Ehemann zum zweiten Mal hinauswerfen.

»Ich hab dir dein Lieblingsfrühstück gemacht«, sagte Dan, als Sophie wenig später in die Küche kam, in einer Jeans und mit einem Hauch von Make-up als Rüstung. Er brachte einen Stapel Waffeln mit Speck an den Tisch, goss mit einer theatralischen Geste Walnusssirup darüber und blickte dann mit einem Ausdruck hoffnungsvoller Erwartung zu ihr auf.

Eigentlich war es nicht ihr Lieblingsfrühstück, sondern seins, sie hatte es nur oft ihm zuliebe gemacht, aber sie hatte keine Lust, ihn zu korrigieren.

Also nickte sie und nahm am Tisch Platz. Es war ihr Platz. Dan saß näher am Fenster, sie an der Tür. Sie nahmen ihre gewohnten Plätze ein, als wären die Vorkommnisse der letzten Monate nicht geschehen.

»Kaffee?« Dan drückte den Kaffeebereiter hinunter.

»Danke.« Sie hielt ihm ihre Tasse hin.

Eigentlich drehte sich Sophie bei dem Gedanken an Essen der Magen um, aber Kaffee half vielleicht, sie wach genug zu machen, damit sie eine Entscheidung treffen konnte, wie sie mit der Situation umgehen sollte.

Dan goss ihnen beiden ein, ganz der vorbildliche Ehemann, der versuchte, seine Vergehen wiedergutzumachen. Es würde einen ganzen Ozean voller Kaffee brauchen, um für sein Verhalten zu sühnen, und sie brachte nur ein verkniffenes Lächeln zustande, als sie sich von ihm Milch einschenken ließ.

Sie sah zu, wie er sich den Teller belud, dann tat sie sich aus Pflichtgefühl selbst ein bisschen auf und nahm Messer und Gabel in die Hand.

Als sie Dan zusah, wie er sich das Essen in den Mund schaufelte, überkam sie ein Anfall von Bitterkeit. *Was machte er da? Und was in aller Welt machte sie da?*

Sie legte ihr Besteck wieder hin, ohne ihr Frühstück angerührt zu haben.

Er begegnete ihrem Blick, als er seine Tasse anhob.

»Ich weiß, dass das schwer ist, Soph.«

»Ach, wirklich?« Sophie griff nach ihrem Kaffee und versuchte, ihre zitternde Stimme zu festigen. »Dafür verhältst du dich aber, als wäre das ein Wochenende wie jedes andere.«

Sie schlürfte ihren brühheißen Kaffee, froh, dass sie die geheuchelte Freundlichkeit durchbrochen hatte. »Was tun wir hier, Dan? Was machst du hier?«

»Mit meiner Frau frühstücken?«

»Was du noch letzte Woche mit deiner Geliebten getan hast.« Sophie sah zu, wie sich Dans Gesichtsausdruck von hoffnungsvoll munter zu vorsichtig und defensiv änderte. Behutsam legte er seine Gabel hin und betrachtete sie ruhig.

»Ja, habe ich. Und jeden Moment habe ich mir gewünscht, ich wäre bei dir.« Er rieb sich mit der Hand über die Stirn. »Ich hab es gründlich verbockt, Soph. Ich gebe es zu.«

Sie sah ihn skeptisch an. »Drei Jahre ist eine ziemlich lange Zeit, Dan. Und jetzt merkst du, dass du es verbockt hast. Drei Jahre, Dan. Vielleicht sogar noch länger.« Sophie starrte ihn an. »Das heißt, du warst mit ihr zusammen, als wir auf Menorca waren. Und im Sommer davor, als wir auf Kreta waren. Hast du sie vermisst?« Sie rang um einen gemäßigten Ton. »Was hast du gemacht? Dich weggeschlichen und sie angerufen, als ich unter der Dusche war?«

»Sophie, nein ...« Dan sah besiegt aus und klang auch so. »Wie oft soll ich noch sagen, dass es mir leidtut?«

Sie lachte bitter. »Was tut dir leid? Die Affäre oder dass du erwischt worden bist?«

»Ich weiß nicht, was ich sagen soll, um die Situation zu verbessern«, sagte Dan kleinlaut.

»Du kannst mir sagen, warum.« In dem Moment, als die Worte ihre Lippen verlassen hatten, fürchtete Sophie sich vor seiner Antwort. Lucien hatte ihr lang und breit erklärt, wie Männergehirne seiner Meinung nach funktionierten, und darauf beharrt, dass Dan sich aus völlig eigenem Antrieb für eine Affäre entschieden hatte, nicht weil sie irgendwie versagt hatte. Aber jetzt, hier in dieser kleinen Küche, umkreisten sie Krähen des Selbstzweifels.

Dan schüttelte den Kopf, den Blick starr auf den Tisch gerichtet. »Ich wünschte, ich wüsste, warum«, sagte er endlich.

Auf keinen Fall. Auf keinen Fall reichte das.

»Das ist alles? Keine Erklärung, kein triftiger Grund?«

Dan zuckte mit den Achseln und schnaubte verbittert. »Was willst du denn hören, Soph?« Enttäuschung und Ärger ließen ihn schroff werden. »Dass sie aufregend war? Dass ich verrückt nach ihr war? Dass sie gut im Bett war? Ja, natürlich waren es erst einmal all diese Sachen.«

Seine Worte trafen sie hart, einerseits, weil sie nicht wollte, dass er diese Dinge für eine andere empfand, und andererseits, weil sie diese Dinge für jemand anderen empfand.

»Es war nicht deine Schuld. Du hast nichts falsch gemacht.« Dans Stimme versagte. »Maria ... hatte Lust auf mich.« Er hob die Schultern, sein Gesicht war tief unglücklich. »Ich schätze, ich fühlte mich geschmeichelt.«

Seine Aufrichtigkeit dämpfte Sophies Wut, aber sie schnitt ihr auch tief ins Herz.

»Du warst die Liebe meines Lebens, Dan.«

»Das bist du für mich immer noch.«

Sie starrten sich gegenseitig mit brennenden Augen über den Küchentisch hinweg an. An diesem Tisch hatten sie zu-

sammen gelacht, und sie hatten an diesem Tisch gestritten, aber es war das erste Mal, dass sie hier zusammen weinten.
Stille, wortlose Tränen, die Bände sprachen.

Sophie ging wieder ins Bett. Der Kopf tat ihr weh aus Schlafmangel, und das Herz tat ihr weh, weil ihre Ehe in tausend Stücke gesprungen war. Und dieses Mal schlief sie. Den tiefen, traumlosen Schlaf der Erschöpften und durch den Kampf Geschwächten.

Unten räumte Dan das nicht gegessene Frühstück weg und legte sich dann auf das Sofa, die Augen auf den Fernseher gerichtet, aber den Kopf voll vom eben geführten Gespräch mit Sophie.
Er hatte es so satt, sich schuldig zu fühlen. Drei heimliche Jahre mit Schuldgefühlen, das ständige Verbergen seiner Affäre und jetzt der Super-GAU, der Zusammenbruch des Lebens mit der einzigen Frau, die ihm etwas bedeutete. Wenn er Sophie nur ansah, fühlte er sich wie der größte Haufen Mist der Welt, und als er gestern ihre Beziehung schließlich beendet hatte, war Maria ein Häuflein Elend gewesen. Hatte sie wirklich erwartet, dass er auf die Nachricht ihrer Schwangerschaft mit etwas anderem als Entsetzen reagierte? Für ihn bekräftigte das nur, wie sehr er alles verdorben hatte.
Irgendwann in diesem ganzen Chaos war ihm plötzlich klar geworden, dass er seine Frau liebte und dass er für seine Ehe kämpfen würde, komme was wolle.
Und wenn das bedeutete, gegen Lucien Knight kämpfen zu müssen, dann würde er selbst das tun.

24

Es war dunkel, als Sophie aufwachte. Gedämpfte Geräusche unten im Haus verrieten ihr, dass Dan immer noch da war: der Senderwechsel des Fernsehens mitten in den Anfangstakten einer vertrauten Titelmelodie, das Klappern einer Tasse auf dem Wohnzimmertisch. Sie war nicht überrascht.

In der Küche machte sie zwei Schalen Tomatensuppe warm, eher aus schlichtem Überlebensinstinkt als aus Hunger. Sie mussten etwas essen, und sie mussten miteinander reden.

Dan setzte sich auf dem Sofa auf, als sie ihm die Schale reichte, und sie aßen in lustloser Stille. Er räumte die Schalen in die Küche und kehrte ein paar Minuten später mit einer frisch geöffneten Flasche Rotwein und zwei Gläsern zurück.

Sophie sah ihm aus der sicheren Entfernung ihres Sessels zu, bemerkte die vertraute Art, mit der sich sein Körper bewegte, wie sein Haar vom Liegen in alle Richtungen abstand, die blasse Haut unter den dunklen Stoppeln und die Schatten um seine Augen. Er sah aus, wie sie sich fühlte – erschöpft und als ob er den Wein, den er gerade in die Gläser gegossen hatte, dringend nötig hätte.

»Ich weiß, dass du mir wahrscheinlich nicht glauben wirst, Soph, aber es tut mir wirklich sehr leid.« Er starrte in sein Weinglas. »Alles tut mir leid. Dass ich ein beschissener Ehemann bin. Maria. Dass ich dir wehgetan habe.«

Sophie nahm einen großen Schluck und ließ seine Worte über sich hinwegrauschen. Er meinte es ernst, das bezweifelte sie nicht. Sie spürte, dass dies eines von jenen Gesprächen sein würde, die auf die eine oder andere Art ihr Leben bestimmen würden.

»Ich dachte, ich kenne dich in- und auswendig, Dan. Ich dachte, wir wollen dasselbe. Dieses Haus. Kinder, irgendwann.« Sie sprach ruhig, sanft, während er sie mit seinen großen, braunen Augen sorgenvoll ansah. »Weißt du, was ich wirklich nicht verstehe? Vor drei Jahren war ich der Meinung, dass wir absolut glücklich seien. Und doch hast du ... du weißt schon ... mit Maria.« *Sag es.* »Geschlafen. Warst mit ihr zusammen.« Sie runzelte die Stirn. »Was habe ich nicht mitbekommen? Was habe ich so komplett falsch verstanden?«

Dan schüttelte elend den Kopf, rieb sich mit der Hand über seine Stoppeln.

»Soph, du hast gar nichts falsch verstanden. Ich war nicht unglücklich. Ich habe auch nicht nach einer anderen gesucht. Maria war einfach ... wir haben etwas getrunken, sie ... sie hat mich geküsst, und eins führte zum anderen«, beendete er eilig den Satz.

Sophie nickte. »Und du, du hast einfach so zum Spaß mitgemacht? War es das? Ein bisschen Spaß?« Ein bitterer Unterton schlich sich in ihre Stimme ein.

Dan kippte fast den ganzen Inhalt seines Glases hinunter. »Für eine Weile. Ich habe keine Erklärung. Ich war ein Idiot. Ich habe einen Fehler gemacht.«

»Und du hast diesen Fehler weiterhin gemacht, drei Jahre lang.« *Vorsicht. Reiß dich zusammen.*

Dans Mund verzog sich. »Ich bin nicht stolz darauf.«

»Aber du hast es auch nicht beendet.«

»Ich habe es jetzt beendet«, konterte er und füllte ihre Gläser nach. »Soph, ich werde hier sitzen und alles akzeptieren, was du mir an den Kopf wirfst. Ich habe es verdient.«

Sie sah ihn an, erfüllt von Ärger. »All meine großen Träume im Leben haben sich um dich herum abgespielt. Deine Frau zu sein. Kinder von dir zu bekommen.«

»Das können wir immer noch.« Dan erhob sich vom Sofa, um vor ihr zu knien, die Hände auf ihren Beinen, nackter Schmerz in seinen Augen. »Wir können das doch immer noch tun.«

So viele Jahre hatte Sophie in diese Augen geblickt. Als er ihr den Antrag gemacht hatte, auf Knien in einem windgepeitschten Park an ihrem Geburtstag. Vor dem Altar bei ihrer Hochzeit. Und jetzt, hier, vor ihr kniend und sie um Verzeihung bittend.

»Ich liebe dich, Sophie.« Er senkte den Kopf und küsste ihre Finger, seufzte tief, umfing ihre Hände. »Ich habe dich immer geliebt.«

Sophies Entschlossenheit, nicht zu weinen, löste sich in Wohlgefallen auf. Dan. Ihr Mann. Der Mann, den sie immer lieben wollte. Sie weinte um ihn, um ihre verlorene Liebe und um die Familie, die sie hätten sein können. Er richtete sich ein wenig auf und umarmte sie fest. Immer wieder murmelte er Entschuldigungen in ihr Haar hinein, Worte der Liebe und der Reue.

Sophie atmete ihn ein, den Duft seines vertrauten Körpers. Seine warmen, um sie geschlungenen Arme, eine Umarmung, in der sie in all den Jahren so viel Trost gefunden hatte. Seine Wange lag an ihrer, und dann drehte er den Kopf und streifte langsam ihre Lippen mit seinen.

Auf die Spitze getriebene Emotionen luden seinen Kuss

mit einer Million Volt auf, und für ein paar Sekunden verschmolz Sophie mit ihm. Dan stöhnte und zog sie näher zu sich hin, ließ seine Hände ihren Rücken hinunterwandern bei dem Versuch, den Kuss zu vertiefen. Seine Zunge rutschte gegen ihre Zähne, und Sophie zuckte zusammen und zog ihren Kopf zurück.

Er hatte ihre Loyalität verloren und ihre Liebe. Ihn zu küssen, fühlte sich wie Verrat an. Er zog sich von ihrem Mund zurück, und seine Augen öffneten sich langsam.

»Zu früh«, murmelte er. »Ich weiß, tut mir leid.«

Sophie drückte sanft gegen seine Brust, um Abstand zwischen ihn und sich zu bringen, und rutschte tiefer in ihren Sessel hinein. »Das ist es nicht.« Sie presste sich die Finger auf die Lippen und nahm die langsam in ihr aufsteigende Erkenntnis an. »Das ist es nicht.«

Dan sank zurück auf seine Fersen und verschränkte die Arme vor der Brust, während er sie beobachtete.

»Ist es seinetwegen?«, fragte er schließlich mit leiser, vorsichtiger Stimme.

Sosehr Dan sie auch verletzt hatte, Sophie empfand kein Vergnügen dabei, ihn ihrerseits zu verletzen. Sie nickte, eine winzige Bewegung, und hob dann die Schultern und versuchte die richtigen Worte zu finden, um es zu erklären. »Ja. Aber es sind auch noch andere Dinge.« Sie machte eine Pause. »Ich habe mich verändert, Dan. Mein ganzes Leben hat sich so sehr verändert, und …« Sie hielt inne, denn sie wusste, dass ihre nächsten Worte der Todesstoß für ihre Ehe waren. »Und ich will die Uhr nicht mehr zurückdrehen.«

Dans schmerzgeplagte Augen ließen ihr Gesicht nicht los. »Ich habe es wirklich gründlich vermasselt, oder?«

Sophie ließ den Kopf in ihre Hände fallen, als er aufstand,

und für eine ganze Weile blieb sie so. Sie hörte, wie er lange an der Wohnzimmertür zögerte, bevor er sich abwandte, seine langsamen Schritte ihn aus dem Haus trugen, die Tür mit einem traurigen Klicken hinter ihm ins Schloss fiel.

In den frühen Morgenstunden drehte Sophie sich im Bett in die Umarmung zweier sie aufnehmender Arme, die Wärme seines nackten Körpers an ihrem weckte sie langsam aus dem Schlaf. *Oder träumte sie? Liebkosten die zärtlichen Lippen wirklich ihre Brustwarze, oder bildete sie sich die Hände, die langsam über ihren Körper wanderten, nur ein?* Als er sein Bein zwischen ihre Beine schob und behutsam ihren Körper mit seinem Gewicht bedeckte, seufzte Sophie tief, ganz und gar durchtränkt von ihm. Sie öffnete ihre Schenkel und ließ ihn herein. *Komm zu mir. Komm mit mir. Komm in mir.* Er senkte seinen Kopf über sie und küsste sie, ein langsames Sichverstricken ihrer Zungen, als er seine ganze Länge in ihren Körper drängte, die ultimative, köstlichste aller Intimitäten, als seine Hüfte sich mit ihrer verband.

Er füllte ihren Körper aus und ihren Geist, und als er sich langsam, unerwartet in ihr bewegte, packte ein Durcheinander von Emotionen durch den Nebel des Schlafs hindurch ihr Herz. Roh und schmerzhaft sexy, er schlief mit ihrem Kopf ebenso wie mit ihrem Körper. Er ließ sie Sterne sehen, er machte sie schön. Sophie schlang ihre Gliedmaßen um ihn, eine Muschelschale an einem Felsbrocken, die langsam zerrieben wird, seine Hände in ihrem Haar, seine Zunge in ihrem Mund, sein Körper auf ihrem, in ihrem. Er überwältigte sie. Es war die Art von Sex, die Ehemänner mit ihren Frauen haben sollten, und hier in ihrem Ehebett kam Sophie unter dem Mann, den sie liebte.

Lucien zog sich leise an, die Augen auf die Schlafende gerichtet, die ihm gerade gesagt hatte, dass sie ihn liebte. Er war zu ihr gekommen, weil er es keine Nacht mehr ohne sie aushielt, und sie hatte ihn ohne zu fragen in ihrem Bett und ihren Armen willkommen geheißen. Er verstand die Empfindungen nicht, die ihn unentrinnbar zu Sophie hinzogen, oder warum es ihn beruhigte, in ihrer Nähe zu sein, und am wenigsten, warum in aller Welt ihn diese drei kleinen Worte, die sie in sein Ohr gehaucht hatte, so unerwartet und heftig und tief in ihr hatten kommen lassen.

Sophie rekelte sich, immer noch nicht ganz wach, aber glückselig, ohne zu wissen, warum.

Einzelne Puzzleteile der Erinnerung tauchten langsam wieder auf, um zusammengesetzt zu werden. Dan war hier gewesen, aber er war nicht der Grund für den süßen Schmerz in ihrem Körper. Sie war allein ins Bett gegangen, und in ihrem Kopf hatte sich alles gedreht vor Kummer und einem guten Teil einer Flasche Wein. Sie war sich sicher gewesen, nicht schlafen zu können, doch das hatte sie wohl, denn sie hatte von Lucien geträumt.

Er war hier gewesen ... er hatte sie da berührt. Sophies Finger bewegten sich über ihre Brüste und tiefer zu der warmen Stelle zwischen ihren Schenkeln, die immer noch wund von ihm war.

Lucien. Er war zu ihr gekommen. Sie war sich dessen so sicher, wie sie sich jetzt sicher war, alleine zu sein. Kein Traum konnte so lebhaft sein, kein Gefühl so intensiv, außer wenn es echt war. Oder?

Als sie sich mit dem Gesicht zum Wecker drehte, fiel ihr

Blick auf den Schlüssel, den er daneben liegen gelassen hatte. Ihr eigener Hausschlüssel. Karas Schlüssel.

Lucien war tatsächlich hier gewesen, er hatte sie geliebt, als sie es wirklich brauchte, und dann war er wieder verschwunden.

Nur, dass er zu früh gegangen war.

Sie brauchte ihn noch immer.

25

Lucien sah hoch, als Sophie am Montagmorgen das Büro betrat, und der unwiderstehliche Drang, die neue Woche damit zu beginnen, die Tür hinter ihr abzuschließen und sie aufs Sofa zu zerren, traf ihn unvermittelt wie ein Schlag in den Solarplexus. Sie hatte sich das Haar ordentlich aus dem Gesicht gekämmt, und als sie ihren kirschroten Mantel an den Haken hängte, ergriff er die Gelegenheit, mit seinen hungrigen Augen über ihr dunkelgraues Kleid zu wandern. Wie konnte ein schlichtes Kleid so sexy wirken wie Reizwäsche, nur weil es sich an Sophies Kurven schmiegte? Und er war sich nicht sicher, aber war das die verräterische Erhebung des Clips eines Strumpfhalters, der sich unter dem weichen Stoff abzeichnete? Seine Augen streiften über die Schwellung ihrer Hüfte und die Rundung ihrer Brüste, als sie sich zu ihm umdrehte, die Traumsekretärin eines jeden Mannes.

»Guten Morgen, Mr Knight.«

Diese kontrollierte Person war Welten entfernt von der zarten, verletzlichen Frau, die er am Samstagabend in den Armen gehalten hatte. Es war, als wäre nichts passiert. Sie ging hinter ihm vorbei, und er neigte den Kopf, und ihr Duft ließ ihn die Augen schließen, als sie in ihrem Büro verschwand.

Mist. Das war unmöglich.

Er hatte ihre Worte in seinem Kopf hin- und hergedreht, seit er sie schlafend zurückgelassen hatte.

Sie hatte gesagt, dass sie ihn liebte. *War ihr überhaupt klar gewesen, dass sie es gesagt hatte und zu wem?* Sie hatten in ihrem Bett gelegen, und sie war dabei gewesen, in den Schlaf hinüberzugleiten.

Sie hatte nicht seinen Namen gesagt. *Hatte sie angenommen, es wäre ihr Lump von einem Ehemann gewesen?*

Diese Vorstellung hatte ihn letzte Nacht vor Ärger sein Cognacglas gegen die Wand schleudern lassen. Aber dann kam ihm der Gedanke, dass sie ganz genau gewusst hatte, mit wem sie sprach, und dass das mit einer ganzen Reihe von Problemen verbunden war. *Sie konnte ihn nicht lieben.* Er hatte es ihr doch von Anfang an klargemacht. *Sie konnte ihn nicht lieben.* Er hatte schon früh die Karten auf den Tisch gelegt. *Sie konnte ihn nicht lieben.*

Er ließ seinen Stift fallen und marschierte in ihr Büro.

Sophie reagierte absichtlich nicht sofort, als Lucien hereinkam. Sie stand mit dem Rücken zu ihm am Aktenschrank, den sie langsam zumachte, ehe sie sich umdrehte und ihn auf dem Stuhl gegenüber ihrem Schreibtisch sitzen sah. Er wirkte angespannt, ungewöhnlich nervös. Das sollte er auch sein – sich mitten in der Nacht in das Schlafzimmer anderer Frauen zu schleichen!

Sie näherte sich dem Schreibtisch und fand sich neben ihm auf der Armlehne sitzend wieder anstatt auf ihrem eigenen Platz.

»Schönes Wochenende gehabt?«, fragte sie und fuhr sich mit der Zungenspitze über die Lippen.

Er schluckte hörbar und nickte dann, eine kleine, knappe Bewegung, die mit einem kaum wahrnehmbaren Heben seiner Augenbrauen einherging.

Sie hatte keine Ahnung, was sie da machte, außer, dass sie versuchte, ihm eine Reaktion zu entlocken.

Sie hatte den ganzen gestrigen Tag über ihn nachgedacht und versucht, sich an der Erinnerung an jede glückselige Sekunde seines nächtlichen Besuchs in ihrem Bett festzuklammern. Er war so anders gewesen. So nah. So liebend. Aber sie kannte ihn mittlerweile gut genug, um zu verstehen, dass er sich bloßgestellt, seine eigenen emotionalen Regeln gebrochen hatte. Sie kannte ihn auch gut genug, um sich sicher zu sein, dass er sich dafür vermutlich am liebsten geohrfeigt hätte.

Seinen Schutzschild herunterzunehmen war etwas, das Lucien nicht tat, aber, du meine Güte, die Intensität, mit der sie sich für eine Weile mit ihm hinter diesen Schutz gestohlen hatte, hatte sich in ihr Herz eingebrannt.

Sie wollte wieder dorthin zurück.

»Gibt es etwas Bestimmtes, das ich heute für Sie tun soll, Mr Knight?«

Luciens Augen wurden von ihren Beinen angezogen, als sie sie übereinanderschlug, im vollen Bewusstsein dessen, dass er einen Blick auf den Rand ihres Strumpfes erhaschen würde. Sie hatte sich heute früh nur für ihn angezogen, Körper und Geist glühten in dem Wissen, dass sie ihn wiedersehen würde.

»Sophie ...«

»Oh, kleinen Moment.« Sie lehnte sich quer über ihren Schreibtisch, um nach ihrem Stift zu greifen, eine langsame, komplette Dehnung, die den Saum ihres Rockes ein Stück hochrutschen ließ und ihr Kleid über ihren Brüsten stramm zog.

Lucien räusperte sich. Als sie ihn wieder ansah, war er

nicht mehr defensiv, zurückhaltend, in ihrer Hand. Seine Augen hatten den unmissverständlichen Raubtierblick zurückerlangt, und sie wusste, sie hatte ihn da, wo sie ihn haben wollte.

Er griff nach ihr und zog sie um den Tisch herum, bis sie vor ihm stand. »Wegen vorletzter Nacht.« Er seufzte schwer, voller Verlangen, und schob ihr den Rock die Oberschenkel hinauf, bis er beim Anblick ihrer Strumpfhalter zufrieden war.

Sie ließ einen Knopf an seinem Hemd aufspringen und ihre Finger in seinem Nacken verweilen. »Ich dachte, ich hätte dich geträumt.«

Er teilte ihre Knie und strich mit seinen Händen zu ihren Oberschenkeln hinauf, wobei er mit den Daumen über die Clips an ihren Strümpfen fuhr.

»Ich hätte nicht kommen sollen.« Er schnippte beide gleichzeitig auf und rollte mit seinem Stuhl näher zwischen ihre Beine.

»Ich bin froh, dass du es getan hast«, sagte Sophie sanft und beobachtete, wie seine Hände über den Rand ihrer Strümpfe streichelten. »Du warst sehr, sehr heiß.«

Er schob ihren Rock hoch, bis er ihren Slip sehen konnte. »Du bist jetzt gerade sehr, sehr heiß.« Er streichelte das zarte Stück Satin, das ihr Geschlecht bedeckte, und beobachtete ihre Augen. »Erinnerst du dich an alles?«

Gerade in diesem Moment hatte Sophie Mühe, sich an ihren eigenen Namen zu erinnern.

»Ich glaube schon ...« Sein Finger fuhr neckend die Kante des Stoffs entlang, und sie flehte ihn innerlich an, ihn darunter gleiten zu lassen. »Du warst ziemlich bemerkenswert.«

Lucien stand auf und zog sie an sich, seine Hand heiß zwischen ihren Beinen.

»Du hast etwas zu mir gesagt.« Er schob seine Finger in ihren Slip, was ihr den Atem verschlug.

»Ich weiß.« Sie schaffte es, einen weiteren Knopf an seinem Hemd zu öffnen, und senkte den Kopf, um die entblößte Haut zu küssen.

»Sag das nie wieder«, murmelte er an ihrem Ohr und drehte mit seiner Fingerspitze Spiralen um ihre Klitoris. »Denn ich werde es nicht erwidern.«

Sophie hob den Mund von dem schnell schlagenden Puls an seinem Hals, ihre Finger an seinem Gürtel. »Das weiß ich auch.«

Er küsste sie dann, als sie sein Glied befreite und in ihre wartenden Hände aufnahm. Während er sie mit einer Hand im Nacken hielt, schob er mit der anderen ihre Unterwäsche beiseite, um den Weg für sich frei zu machen.

Sophie öffnete die Augen und fand sich seinen gegenüber, weit geöffnet, sturmblau und voller Dinge, die er niemals sagen würde. Er stieß in sie hinein, rasch und drängend, und drückte sie fest an sich. Sein Blick wich nicht einen Millimeter von ihrem, er stellte den Kontakt zu ihr ebenso mit seinen Augen wie mit seinem Körper her.

Er füllte sie aus. Füllte ihren Körper mit seinem, mit jedem Stoß mehr, und er füllte ihre Ohren mit seinen tiefen Atemzügen. Er würde schon sehr bald kommen, dies war kein langsamer, in die Länge gezogener Sex. Es war dringend nötiger und wunderbarer Sex.

Sie spannte sich an und legte den Kopf nach hinten, als ihr eigener Orgasmus sie traf, und Lucien zog sie zu sich, als seine Hüften zuckten.

»Ich liebe dich nicht«, brachte er mühsam hervor und biss sich auf die Lippen.

Sophie schlang ihre Arme um seinen Hals, als sie ihn sanft küsste. »Ich dich auch nicht«, flüsterte sie, hielt ihn fest an sich gedrückt und entlockte ihm mit leichter Hin- und Herbewegung die letzten, verebbenden Wellen der Lust. »Ich liebe dich auch nicht.«

26

Für Sophie gab es ein Problem.

Lucien Knight war nicht bloß ihr Lückenbüßer.

Er war nicht einfach nur der Mann, der es geschafft hatte, dass sie sich schön und begehrenswert fühlte, als sie es am nötigsten brauchte.

Er war nicht nur ihr verkorkster, sensationeller Liebhaber.

Sie steckte in großen Schwierigkeiten, denn sie hatte sich Hals über Kopf verliebt in den einen Mann, der ihr ausdrücklich davon abgeraten hatte.

Für Lucien gab es ein Problem.

Aus der Sache mit Sophie Black kam er nicht mehr heraus.

Jeden Morgen sagte er sich, dass er nicht mehr mit ihr schlafen würde, und dann kam sie in sein Büro hineinspaziert, und sein einziger Gedanke war, wann und wie er ihr wieder näher kommen könnte. Auf ihrem Schreibtisch. Unter seinem Schreibtisch. Auf seinem Stuhl. Er hatte sie in den letzten paar Wochen überall genommen, und er konnte doch nie genug von ihr bekommen.

Er musste es beenden. Er wusste nicht, wie er das anstellen oder wie er zu einem Leben zurückkehren sollte, in dem Sophie nicht mehr vorkam, aber er musste einen Weg finden, und zwar schleunigst, denn sie war zart und verletzlich, und er spürte, dass es für sie allmählich über das Körperliche hinausging.

Das Dumme war, dass er sich auf eine Art und Weise nach ihrem Körper verzehrte, die ihn selbstsüchtig und unvernünftig machte, und das Einzige, das den Hunger stillte, war, in ihr zu sein … aber selbst das reichte nicht. Er wollte ihren Körper, aber er wollte noch viel mehr. Er wollte ihre Stimme hören. Er wollte sie zum Lachen bringen. Er wollte von ihr verlangen, dass sie jeden Tag nach der Arbeit mit ihm nach Hause kam, und jeden Morgen wachte er auf und war hart vor Erwartung, sie zu sehen.

Sie trieb ihn in den Wahnsinn, und es musste etwas geschehen, ehe er etwas Dummes tat oder sagte.

Er hatte ihr keine Versprechungen gemacht und keine Lügen erzählt. Und doch traute er sich selbst nicht über den Weg, ob er ihr nicht noch mehr wehtun würde, als es ihr widerlicher Ehemann getan hatte. Bei der Vorstellung wurde ihm ganz elend. Es war so ziemlich das Mieseste auf der ganzen Welt. Er musste sie beschützen, und den einzigen Weg, das zu tun, sah er darin, seine körperliche Abhängigkeit zu durchbrechen.

Er griff nach seinem Telefon und scrollte durch die Namen, bis er bei Tamara angekommen war.

27

Sophie schloss die Akte, in der sie gerade gelesen hatte, und blickte zu ihrem Computerbildschirm auf, als das Nachrichtenfenster aufpoppte.

Gehe heute Abend früher.

Stirnrunzelnd sah sie auf den Monitor. *Warum hatte er nicht einfach den Kopf hereingesteckt, um ihr das zu sagen?*

›Heißes Date?‹, tippte sie zurück, ein Lächeln auf den Lippen.

Sie hörte, wie sich seine Finger auf der Tastatur bewegten.

So was in der Art.

Ihre Finger rührten sich nicht, als noch mehr Worte auftauchten.

Eine alte Bekanntschaft.

Weiblich? Sie stellte die Frage, obwohl sie wusste, dass sie es nicht sollte.

Die Pause, in der sie auf seine Antwort wartete, zog sich in die Länge.

Ja.

Seine Antwort verschlug ihr den Atem, und sie konnte nicht sofort aufblicken, als er ein paar Sekunden später halb in den Türrahmen trat und sich dagegenlehnte.

»Es ist nur ein Abendessen.«

Sie versuchte, mehr aus seinem Gesicht herauszulesen, aber da war nichts. Er war wie ein verschlossenes Buch.

Sie nickte, räusperte sich und versuchte zu lächeln, um zu verbergen, wie verletzt sie war.

Sie hatte keinerlei Ansprüche auf ihn oder seine Zeit, aber die Vorstellung, dass er mit einer anderen Frau gemeinsam zu Abend aß oder was auch immer tat, versetzte ihr einen tiefen Stich ins Herz.

»Na dann ... schönen Abend.«

Er blickte ihr prüfend ins Gesicht, und eine Sekunde lang schien es, als wollte er noch etwas hinzufügen. Aber er tat es nicht und ging ein paar Minuten später, ohne noch einmal vorbeizuschauen und ihr ebenfalls einen schönen Abend zu wünschen.

Wenn Sophie gehofft hatte, eine Nachricht oder Notiz auf seinem Schreibtisch vorzufinden, als sie eine Weile später ging, wurde sie enttäuscht.

Er war von allen Spuren des Tages leergefegt, so wie Lucien offenbar jede Spur von Sophie aus seinem Gehirn fegen konnte.

War es so einfach? War ihm der Sex mit ihr schließlich langweilig geworden, wie er es von Anfang an behauptet hatte?

Die Vorstellung erfüllte sie mit blankem Entsetzen. *Hatte sie ihn wirklich so falsch verstanden?*

Sie sank auf seinen Stuhl, ihr Mantel war zugeknöpft, aber ihre Beine waren plötzlich zu schwach, um sie nach Hause zu tragen.

Sein Schreibtisch war kühl unter ihrer Wange, als sie ihren Kopf darauf legte, zu erschöpft, um zu weinen.

»Kaffee?«, fragte Tamara, wesentlich später an diesem Abend.

Lucien nickte und folgte ihr aus dem Aston die Stufen zu ihrer Haustür hinauf.

Draußen war es eisig, in Tamaras geschmackvoller Lounge dagegen wunderbar warm. Er zog sein Jackett aus und setzte sich an das eine Ende des Sofas. Wenig später erschien Tamara mit einer Cognacflasche in der Hand statt Kaffeetassen.

»Plan B«, lächelte sie. Ihr dunkles Haar hing in raffinierten Wellen über einer ihrer schön geformten Schultern, als sie sich neben ihn setzte. Er nahm ihr die Flasche aus der Hand und griff stattdessen nach ihrer Taille.

Sie reagierte wie auf ein Stichwort, rutschte näher und schlang die Arme um ihn.

»Schön, dich mal wieder zu sehen, Lucien«, sagte sie. »Es ist viel zu lange her.« Sie hob ihren Kopf, um ihn zu einem Kuss einzuladen.

Sie war eine schöne Frau und er nun mal ein echter Kerl.

Er küsste sie, bemerkte den synthetischen Geschmack ihres Lippenstifts und den schweren Duft ihres Parfüms. Das verzweifelte Verlangen, heißer auf sie zu werden, ließ ihn hart und unsanft ihren Mund erforschen, und Tamara griff nach dem seitlichen Reißverschluss ihres Kleides. Sie stand auf und ließ es fallen und war nackt, bis auf einen Stringtanga und ein kleines, vielsagendes Lächeln.

»Für dich«, flüsterte sie, die Hände leicht an ihren Seiten gespreizt, um anzudeuten, dass er am Zug war.

Ihr schlanker, athletischer Körper hätte Zeitschriftencover in unbegrenzter Zahl schmücken können, aber als Lucien aufstand und sie an sich zog, spürte er nichts von den Dingen, die er eigentlich spüren sollte. Er wollte sie wollen. Er wollte, dass sich ihre kleinen, kecken Brüste in seinen

Händen gut anfühlten, und dass die Art, wie sich ihre Brustwarzen verhärteten, wenn er sie berührte, ihn erregte.

Als sie ihm das Hemd aus der Hose zog, seufzte er schwer und schob sie sanft von sich.

»Hör auf.«

Sie lachte und streckte die Hand aus, um ihn wieder an sich zu ziehen, aber er wich erneut zurück, diesmal energischer.

»Tammy, hör auf.« Lucien hob ihr Kleid auf, reichte es ihr und kam sich vor wie ein Schuft, als sie es sich vor die Brüste hielt, um sich zu bedecken.

Ihre perfekt geschminkten, braunen Augen betrachteten ihn, kühl und abschätzend.

»Was ist los, Lucien? Du hast dich monatelang nicht gemeldet, und jetzt bist du hier ... und dann das?«

Er fuhr sich mit dem Handrücken über den Mund. »Es tut mir leid. Ich hätte dich nicht anrufen sollen.« Er küsste sie auf die Wange und wünschte sich, sie wäre jemand anders. »Tut mir leid.«

Tamara zuckte zart mit den Schultern. »Dann war es das wohl für heute.«

Lucien ließ sie zurück, zerzaust, aber unangerührt. Er war es nicht gewohnt, sich schuldig zu fühlen. Die Empfindung ließ seine Haut vor Abscheu kribbeln und verstärkte nur noch seine Überzeugung, dass er diese Sache mit Sophie unbedingt sofort beenden musste, bevor sie immer weiterging.

Nach einer weiteren schlaflosen Nacht war Sophie zufällig früher als gewöhnlich an ihrem Arbeitsplatz. Auch gut. Dann brauchte sie wenigstens keinen banalen, fröhlichen

Small Talk zu führen, wenn sie an Luciens Schreibtisch vorbeiging, obwohl sie eigentlich stinksauer auf ihn war. Was immer zwischen ihnen war, es verdiente etwas Besseres als eine feige Abfuhr. Sie verdiente etwas Besseres.

Er hatte ihr wehgetan, und das hatte sie von ihm nicht erwartet.

Ihr Körper spannte sich an, als sie hörte, wie sich seine Tür öffnete, seine Schritte, als er sich im Zimmer bewegte und für den Morgen einrichtete. Sie machte ihm immer Kaffee.

Gott, das war schwer. *Wo war die Trennlinie zwischen Arbeitgeber und Liebhaber?*

Sie war immer noch seine Assistentin, auch wenn in der anderen Rolle eine andere sie ersetzt hatte.

Also machte sie ihm Kaffee.

Er sah eindeutig schlecht gelaunt aus, als sie ihn hineinbrachte und auf seinen Tisch stellte, und sein Dank war nur ein Murmeln, ohne aufzublicken. Seine Finger hämmerten mit unnötiger Heftigkeit auf seiner Tastatur herum und killten E-Mails.

So würde es also sein.

Sie war nicht nur in seinem Bett nicht mehr willkommen, sondern auch nirgendwo sonst in seiner Nähe.

Mann. Wenn er das Rampenlicht seines Charmes und Humors ausschaltete, war seine Nähe plötzlich ein kalter und sehr dunkler Ort.

Schwere Verbitterung durchdrang ihren ganzen Körper, und ihre Entschlossenheit verhärtete sich zu einem Panzer. Wenn sie die letzten paar Monate eines gelernt hatte, dann, dass sie kein Mäuschen war und dass jemanden zu lieben, der ihre Liebe nicht erwiderte, keine Rolle in ihrem Leben einnehmen durfte.

Lucien hatte ihr beigebracht, ohne Dan zu leben, und damit hatte er ihr natürlich auch beigebracht, dass sie genauso gut ohne ihn leben konnte.

Sie hatte nur nicht damit gerechnet, dass sie die Lektion so bald wieder brauchen würde.

Langsam nahm Sophie an ihrem Schreibtisch Platz, den Blick starr auf die Tür zu Luciens Büro gerichtet.

Mach doch, was du willst, Lucien Knight. Ich bin darauf vorbereitet.

28

Die Zeit bis zur Mittagspause wollte einfach nicht vergehen. Die Atmosphäre war bedrückend und aufgeladen. Sie machte ihm Espresso. Er leitete ihr E-Mails weiter. Sie klatschte ihm eine komplette Analyseakte auf den Schreibtisch. Er knallte seine Schubladen so fest zu, dass sie entzweizugehen drohten.

Sophie musste unbedingt an die frische Luft, um einen klaren Kopf zu bekommen. Sie wandte sich höflich an Lucien, als sie ihren Mantel vom Ständer in seinem Büro nahm.

»Gibt es irgendetwas, das ich dir von draußen mitbringen kann? Etwas zu essen? Oder ... vielleicht Kondome für dein nächstes Date?« Er warf ihr einen schmutzigen Blick zu, und ihr konnte nicht entgehen, wie sich seine Hände auf dem Schreibtisch zu Fäusten ballten. »Einen Kurs zur Wutbewältigung?«, fügte sie süßlich hinzu. Endlich einmal hatte sie die Oberhand, und das verschaffte ihr eine herbe Befriedigung.

»Treib es nicht zu arg mit mir, Sophie.«

Sie schüttelte den Kopf, und beherrschte Wut ließ ihre Stimme fest bleiben. »Du hast ja ziemlich deutlich zu verstehen gegeben, dass wir genau das nicht mehr miteinander tun werden.«

»Habe ich das?« Beim Aufstehen stieß Lucien seinen Stuhl zurück, die Arme steif, als er mit düsterer Miene die Hände flach auf den Schreibtisch stützte. »Hab ich das? Ich kann mich gar nicht erinnern, dass ich dir dahingehend ein Memo geschickt habe.«

Die Spannung im Raum hatte den Siedepunkt erreicht. Luciens steife Haltung brachte Sophie zum Schweigen. Sie starrte ihn an.

Sie wollte ihm mit den Fäusten auf die Brust hämmern, bis ihr die Arme wehtaten, und sie wollte ihn küssen, bis nichts von all dem mehr eine Rolle spielte, und sie wollte weglaufen und nie wiederkehren.

Was erwartete er denn von ihr? Sollte sie sich etwa über seine neue Geliebte freuen und sich zufrieden geben mit ihrer Rolle als Bürokonkubine?

»Ich will nichts zu essen, weil ich keinen Hunger habe«, sagte er. »Und ich brauche keinen Kurs zur Wutbewältigung, weil Wut im Moment alles ist, was ich habe«, spie er hervor. »Und ich brauche keine Kondome, weil ich anscheinend unfähig bin, irgendwen flachzulegen außer dir.«

Der Unterschied zwischen seinem Tonfall und seinen Worten machte es für Sophie schwer, ihre Bedeutung zu begreifen.

»Lucien...« Sie ließ Mantel und Tasche fallen und wollte auf ihn zugehen, aber er hob abwehrend die Hand, damit sie auf der anderen Seite des Tisches blieb.

»Nicht.«

Sie blieb stehen, unsicher, wie sie mit ihm umgehen sollte, wenn er so war.

»Sie hat sich ausgezogen, Sophie, direkt vor mir. Sie ist verdammt schön, aber sie hat sich falsch angefühlt. Ich habe meine Hände auf ihre Brüste gelegt, und alles, was ich denken konnte, war, mir zu wünschen, es wären deine.«

Er schüttelte den Kopf, das Gesicht ein Bild von verärgerter Betroffenheit. »Sie war nackt, und ich bin gegangen, weil sie nicht du war.«

Sophie zerriss es fast das Herz. Warum musste er ständig gegen seine Emotionen ankämpfen?

»Das ist nicht meine Art«, sagte er und rieb sich mit den Händen übers Gesicht. »Ich will das nicht.«

Sie ging um den Tisch herum, und dieses Mal hielt er sie nicht auf. Er sank in seinem Stuhl zusammen und seufzte schwer.

»Aber ich will das«, flüsterte sie und ging neben seinem Stuhl in die Hocke. »Ich will dich.«

Sie küsste jeden seiner Finger, einen nach dem anderen, und ihre Kehle schmerzte vor Tränen.

Er strich ihr über den Kopf.

»Du darfst mich nicht wollen, Sophie.«

Sie setzte sich auf seinen Schoß. »Ich kann nicht aufhören.«

»Dann gib dir mehr Mühe«, sagte er, aber noch beim Sprechen schlossen sich seine Arme um sie. Seine Hände wanderten ihren Rücken hinauf in ihr Haar, bis seine Daumen die Linie ihres Kiefers nachzeichneten.

Sie spiegelte seine Haltung wider. Ihre Hände umfingen seinen Kopf und zogen ihn dicht zu sich heran. Sein Mund streifte ihre Wangen und fing die Tränen auf, die von ihren geschlossenen Wimpern flossen.

»So ein hübsches Mädchen«, murmelte er, die Lippen auf ihren Augenbrauen. Er strich mit seinen Armen an ihr herunter, um sie an sich zu drücken. Sophie konnte seine harte Hitze unter ihren Oberschenkeln fühlen, spürte jenes langsame Umschlagen von traurig zu erotisch, das seine Spezialität zu sein schien. Damit bekam er sie jedes Mal herum.

Sie neigte leicht ihren Kopf, und sein Mund bedeckte ihren mit erstickender Intimität. Sein Kuss schien sämtliche Luft aus ihrem Körper zu saugen und sie mit ihm zu verschmelzen. Ein einziges, großes Gewirr aus Zungen und heißen Emotionen.

Sie schlang die Arme um ihn und öffnete ihren Mund, ließ ihn ihn ausplündern und seiner bedienen, während sie ihn fest umklammerte, ganz in ihm versunken.

Das hier war ihr einziger Weg hinein. Ihr einziger Weg, um sich mit dem Mann hinter den Barrikaden zu verbinden. Dem Mann, den sie liebte. Dem Mann, der ihre Liebe nicht erwidern konnte.

Er griff in ihr Haar, füllte seine Hände damit, während er sie endlos küsste. Er drückte sanft ihren Kopf nach hinten, als seine Hüfte begann, sich unter ihr auf und ab zu bewegen, langsam und gleichmäßig.

»Geh und besorge dir dein Mittagessen, Prinzessin, bevor ich dich mit Haut und Haaren auffresse.«

»Ich würde lieber hierbleiben.«

Er lachte leise, aber Sophie konnte spüren, wie er sich wieder hinter seine Mauern zurückzog. Er strich ihr den Rock glatt und die Haare hinters Ohr und spendierte ihr ein langsames Gleiten seines Daumens über ihre Unterlippe. »Geh.«

Sie rührte sich nicht. »Können wir später miteinander reden?«

Er runzelte die Stirn, nickte aber. »Ich fahr dich nach Hause.«

Sie rutschte von seinem Schoß hinunter, bereit für ihre Mittagspause, und später, um um ihn zu kämpfen.

29

»Bitte mich nicht herein.«

Sophie begriff, worum Lucien sie bat. Er wollte, dass sie aufhörte, weil er selbst es nicht konnte. Aber den Gefallen würde sie ihm nicht tun. Trotzig wandte sie sich ihm im Dunkeln zu. »Komm doch mit rein.« Es war nach sieben, ein kalter Winterabend und ungemütlich außerhalb Luciens Wagen.

»Wenn ich mit reinkomme, gehe ich erst wieder raus, nachdem ich mit dir geschlafen habe.«

»Ist das eine Drohung oder ein Versprechen?«

»Was wäre dir denn lieber?« Er schüttelte mit einem tiefen, unzufriedenen Lachen den Kopf, eher über seine eigene klischeehafte Antwort als ihre Frage. »Es ist einfach eine Tatsache, Sophie, aber überhaupt keine, auf die ich stolz bin.«

Gott, er machte sie wahnsinnig. »Warum tust du das?«, fragte sie sanft.

»Was?«

»Deine Gefühle leugnen.«

»Warum tust du das?«, konterte er.

Sie sah ihn fest an. »Was? Was mache ich?«

»Die Dinge unnötig verkomplizieren.« Er zuckte mit den Schultern. »Zu viel in die Sachen hineindeuten.«

»Tu ich gar nicht.« Sie legte ihm die Hand auf den Oberschenkel. »Bitte, komm mit rein. Hier ist es zu kalt zum Reden.« Sie blickten beide hinaus in den frostigen Spätnovembertag. »Kaffee. Du auf der einen Seite des Tisches, ich auf der anderen, und ich verspreche dir, ich lasse dich gehen, ohne dass du mit mir geschlafen hast.«

Mit einem resignierten Seufzen öffnete er seinen Sicherheitsgurt.

»Es ist nicht deine Entschlossenheit, um die ich mir Sorgen mache, Sophie.«

In der Küche beschäftigte Sophie sich damit, Kaffee zu kochen, obwohl sie eigentlich nicht unbedingt einen wollte und Lucien vermutlich auch nicht. Er streifte wie ein eingesperrter Löwe in dem kleinen Haus umher, und sie war sich nicht sicher, ob sie richtig mit ihm umgehen konnte, jetzt, da sie ihn hierhatte. Sie hatte ihn hereingebeten, vorgeblich, um mit ihm zu reden, aber in Wahrheit hatte sie die Einladung ausgesprochen, damit sie in seiner Nähe sein konnte, egal, was sie machten.

Sie wollte seine Zeit, seine Aufmerksamkeit und seine Liebe. Zwei von den drei Dingen waren relativ leicht zu bekommen, aber Liebe schien unmöglich. Diesen Begriff hatte er aus seinem Wortschatz gestrichen. Er sagte es nicht gerne, und wenn er es hörte, zuckte er zusammen. Aber sie wollte es sagen, und er sollte es hören, sollte wissen, dass er geliebt wurde, obwohl ihr klar war, dass er mit hoher Wahrscheinlichkeit abweisend reagieren würde.

Die beiden Kaffeebecher in der Hand, überlegte sie es sich anders und bat ihn ins Wohnzimmer. Sie ertrug nicht noch ein Krisentreffen am Küchentisch.

Lucien folgte ihr, und sie nahmen jeder an einem anderen Ende des Sofas Platz.

»Lucien ...«

»Ich will, dass du aufhörst, für mich zu arbeiten.«

Puh. Seine unerwarteten, gelassen gesprochenen Worte trafen sie wie ein Schlag in den Magen.

»Aber ich will nicht aufhören, für dich zu arbeiten«, sagte sie schnell, unfähig, die Panik in ihrer Stimme zu dämpfen.

Er stellte seinen Kaffee unangerührt auf den Tisch und wandte sich wieder an sie.

»Sophie ... es hat einfach seinen Lauf genommen. Diese Sache zwischen uns muss aufhören, aber das wird sie nicht, wenn wir uns weiterhin jeden Tag sehen. Ich kann nicht arbeiten, weder mit dir noch ohne dich, wenn ich die ganze Zeit Sex mit dir haben will.«

»Bist du dabei, mich zu feuern?«

Lucien drückte sich die Handballen in die Augenhöhlen. »Was soll ich denn sonst tun?«

»Weitermachen wie bisher.« Alle Gedanken an eine Liebeserklärung verblassten nun im Vergleich zu der dringenden Notwendigkeit, einfach nur das zu behalten, was sie schon hatten.

Er schüttelte den Kopf. »Es wird nicht funktionieren.«

Sophie rutschte zu ihm hinüber, wagte aber nicht, ihn zu berühren. »Tu das nicht.«

Er wandte ihr den Kopf zu, und der Blick reiner Verzweiflung in seinen sturmblauen Augen versetzte ihrem Herz einen Stich.

»Ich meine es ernst, Sophie. Komm morgen nicht zur Arbeit. Und auch nicht übermorgen oder überübermorgen. Ich schreibe dir ein Spitzenzeugnis. Ich bezahle dich, bis du woanders anfängst. Egal, ob es Wochen oder Monate dauert. Aber bitte, komm nicht mehr dorthin.«

Jedes Wort, das er sagte, fuhr ihr wie ein Messer in den

Leib, und Zorn und Trauer machten sich gegenseitig den Platz streitig. Er meinte es in Wirklichkeit gar nicht so. Seine Augen, sein Körper und sein Kuss sagten ihr, dass er nicht wollte, dass sie aus seinem Leben verschwand, doch sein sturer Kopf ließ seinen Gefühlen überhaupt keine Chance.

Es gab nur einen Weg, den Sophie kannte, der seine Abwehr durchbrechen konnte.

Sie stand auf und knöpfte sich die Bluse auf.

»Tu das nicht«, stöhnte er, als sie diese auszog und auf den Boden fallen ließ. Er hatte sie viele Lektionen gelehrt, einschließlich der, ihre eigene Schönheit anzunehmen, und in diesem Moment drehte sie den Spieß um. Wurde von seiner Schülerin zu seiner Lehrerin. So wie er sie gelehrt hatte, Selbstvertrauen beim Sex zu haben, war es nun an ihr, ihm beizubringen, Vertrauen in die Liebe zu haben.

Er barg das Gesicht in seinen Händen, als sie ihren Rock neben ihre Bluse auf den Boden fallen ließ.

Nur ein Flüstern von taubengrauer Spitze war zu hören, als sie näher zu ihm herantrat und seinen Kopf streichelte.

»Sieh mich an, Lucien.«

Sie spürte, wie ein tiefer Seufzer seinen Körper verließ, bevor er den Kopf hob und seine Augen langsam ihren Körper hinaufwanderten. Ihre Finger strichen über seine harten, stolzen Wangenknochen, während sie darauf wartete, dass sein Blick den ihren erreichte.

Aber das geschah nicht.

Seine gequälten Augen verweilten auf ihren Brüsten, und er zog die Oberlippe zwischen die Zähne, und dann ging er vor ihr auf die Knie und vergrub sein Gesicht an ihrem Bauch. Seine Arme legten sich um ihre Hüften, hielten sie gefangen, als sie seinen Kopf umfing und sanft an ihren

Körper drückte, während ihre Hände ihn besänftigten und trösteten.

Er atmete sie tief ein, und Sophie bog sich ihm entgegen. Was war es bloß, das ihn zurückhielt? Warum quälte er sich so? Sie wollte ihm seine Qualen nehmen, die richtigen Worte finden, um sein Herz aufzuschließen. Aber in diesem Moment schien es das Wichtigste zu sein, ihn einfach nur festzuhalten.

Und so hielt sie ihn fest.

Lucien atmete den Duft von Sophies Haut ein, verlor sich in dem wunderbaren Gefühl von ihr in seinen Händen und ihm in ihren. Hatte sie überhaupt eine Ahnung, wie mächtig sie war? Er wusste, dass er gehen musste, aber es war unmöglich, sie so zurückzulassen. Die sanften Rundungen ihres Pos füllten seine Hände, und die seidige Wölbung ihres Bauchs wärmte sein Gesicht. Er wollte in sie eintauchen und nie wieder hochkommen.

Schließlich löste sie ihren Körper gerade so viel von seinem, um auf die Knie gehen zu können. *So wunderwunderschön.* Ihr tapferer, unbeirrter Blick begegnete seinem, als sie hinter ihren Rücken griff und den BH öffnete.

Er hatte sie oft genug nackt gesehen, um zu wissen, wie sie aussehen würde, aber zuzusehen, wie sie ihm ihren süßen, heilsamen und wunderbar zu nehmenden Körper anbot, war etwas, woran er sich für immer erinnern wollte.

»Du hast gesagt, du hättest dir letzte Nacht gewünscht, ich wäre es«, murmelte sie und griff nach seinen Händen. »Jetzt bin ich hier.« Sie legte seine Hände auf ihre Brüste und schloss die Augen, als seine Finger ihre Haut berührten.

Himmel, er steckte in echten Schwierigkeiten. Alles, was er letzte Nacht bei Tammy zu fühlen gehofft hatte, drängte herein, und noch so vieles andere. Sein Schwanz füllte prall seine Kleidung aus, aber auch seine Brust schmerzte, war ihm schwer vor Verlangen nach dieser Frau, ein Verlangen, das irgendwie mehr als körperlich war.

Und das war fremd für ihn, erschreckend und doch unwiderstehlich.

Ihre rosa Knospen versteiften sich unter seinen Daumen, und ihre Brüste füllten seine Hände. Sie schlug die Augen auf, und die schiere Verletzlichkeit, die er in ihnen sah, versengte ihn.

Tammys Blick gestern war keck gewesen, als sie in Erwartung des Sex für ihn gestrippt hatte. Sophie hatte nichts von Tammys Keckheit, aber sie hatte das mutige Herz einer Löwin. *Er hatte gerade Schluss mit ihr gemacht, um Himmels willen.* Sie hatte eine Ablehnung riskiert, als sie ihre Kleider ausgezogen hatte, und Lucien kannte sie gut genug, um zu wissen, dass sie das nur schwer ertragen hätte. *Meine tapfere, schöne Prinzessin.* All diese Gedanken füllten seinen Kopf auf eine abstrakte Weise, aber das alles überdeckende Gefühl, das seinen Körper und seine Hände in diesem Moment leitete, war weißglühende Lust.

Er konnte genauso wenig gehen, wie er aufhören konnte zu atmen.

Sophies Körper reagierte auf seine Liebkosung, ihre Augenlider senkten sich, mit einem winzigen Seufzer teilten sich ihre Lippen ein wenig. Es war eine Einladung, der Lucien nicht widerstehen konnte.

Er strich mit seinen Lippen über ihre, als sie seinen Namen flüsterte, und noch einmal, als er die Weichheit ihrer

Brüste drückte und seine Zunge zwischen ihren Lippen herumstreunen ließ.

»Bleib heute Nacht bei mir«, sagte sie, die Finger behutsam und absichtlich auf die Knöpfe seines Hemds legend.

Er wusste, dass er eigentlich Nein sagen sollte, aber die Worte wollten nicht heraus, als ihre Hände in sein Hemd hineinglitten und es ihm über die Schultern streiften. Er wollte nackt sein. Er wollte ihre Hände auf sich spüren. Herrje, er verlor noch den Verstand bei dieser Frau.

»Noch eine Nacht, Sophie, und dann keine mehr.« Er musste es sagen, und Sophie musste es hören und akzeptieren. »Heute Nacht, und ich werde wirklich gehen. Verstehst du?«

Ihre Lippen bebten unter seinen, und langsam fließende Tränen ließen ihren Kuss salzig schmecken, aber sie nickte. *Gott sei Dank.* Selbst für diese vorübergehende Gnadenfrist lohnte es sich zu kämpfen, denn irgendwie stellte sie einen verzweifelten Pakt dar, und das schien ihr in Ordnung zu sein.

»Aber wehe, du machst es nicht gut.« Halb lachte und halb weinte sie, und er drückte sie an sich und vermisste sie bereits.

»Du kannst auf mich zählen, Prinzessin.«

30

Es war, als hätte sie die Tür zum Paradies geöffnet.

Lucien war völlig ausgetrocknet, dürstete nach ihr, danach, sich bis zum Rand mit dem magischen Elixier zu füllen, das von ihren weichen Rundungen und verborgenen Vertiefungen direkt in seinen Blutkreislauf zu fließen schien.

Er senkte seinen Kopf und nahm eine Brustwarze zwischen seinen Lippen gefangen, von ihrem Luststöhnen ebenso erregt wie von dem Gefühl der kleinen Perle in seinem Mund. Er wirbelte mit der Zunge um sie herum, während er seine Hände ihren Rücken erkunden ließ, den Verlauf der zarten Knochen ihrer Wirbelsäule bis zu ihrem unteren Ende, dort, wo sie breiter wurde.

Er streifte das Hemd ganz ab, während er seine Aufmerksamkeit auf ihre andere Brustwarze verlagerte, genoss wieder das Gefühl seiner Haut auf ihrer. Das Streicheln ihrer Hände über seine Schultern ließ ihn ihr Spitzenhöschen hinunterschieben. Langsam konnten sie später noch werden. Im Moment wurde er von dem dringendem Bedürfnis getrieben, ihren nackten Körper vollständig zu umschließen, von dem unglaublichen Gefühl überwältigt zu werden, das nur der Sex mit dieser Frau ihm geben konnte.

Sophies flaches Stöhnen der Erwartung verriet ihm, dass sie dasselbe dachte, ebenso wie die Art, mit der sie ihren Körper gegen seinen drängte, als er nach seinem Gürtel griff.

»Ich liebe dich, wenn du so bist«, murmelte sie, als er sie

an sich zog, und er musste die Worte zurückhalten, die ihm um ein Haar über die eigenen Lippen gekommen wären, als er sie auf die Sofakante hob und sich zwischen ihren Beinen niederließ.

Er bemerkte, dass sie erwartungsvoll ihren Atem anhielt, als er mit seiner Penisspitze an ihrer Öffnung herumspielte, und wie es ihr durch den Körper fuhr, als er seine Hüften vorwärts bewegte.

Möglicherweise stöhnte sie, aber er hörte es nicht über den animalischen Laut hinweg, der seine eigene Kehle verließ. Oh, wie Sophie ihre Beine um seine Oberschenkel schlang, und gütiger Himmel, das Gefühl ihrer Hände, die ihn tiefer zu sich hinunterzogen. Sie hatte das Gewicht, das sie in ihren quälenden, verzweifelten Wochen verloren hatte, wieder zugelegt und fühlte sich für Lucien umso begehrenswerter an. Ihre üppigen Samtkurven waren sicherlich nur dazu erschaffen, einen Mann um den Verstand zu bringen. *Verdammt.* Er musste zustoßen, und er brauchte sie bei sich, wenn er kam.

Weit öffnete sich Sophies Mund unter seinem, als er mit einer Hand hinter ihren Kopf griff und sie in einen Kuss hineinzog, und sie formte mit den Lippen seinen Namen, als er mit der anderen Hand ihre Klitoris massierte, während seine Hüfte einen wilden Rhythmus fand. Herrje, sie würde gleich kommen, er konnte spüren, wie sich ihr Körper anspannte, und es erregte ihn fast unerträglich. Sie klammerte sich mit ihren Beinen an ihn, ihr Kopf fiel vor Lust zurück, als er in sie stieß. *Noch einmal. So heiß. So verflucht heiß. Noch einmal.* Sophie schrie auf, ihre Fingernägel gruben sich in seine Haut, als sie um seinen Schwanz herum und unter seinen Fingern zum Orgasmus kam.

Ihr ganzer Körper spannte sich köstlich an, presste mit einem Schrei absoluter, glückseliger, qualvoller und intensiver Erlösung seinen eigenen Höhepunkt aus ihm heraus.

»Mein.« Das abgehackte Wort verließ seinen Mund ungeplant und unzensiert von rationalen Gedanken, als er sein Gesicht an ihrem Hals vergrub. »Mein.«

Sophie hörte das besitzergreifende Wort, und es brannte sich in ihr Herz.

Ja, ich bin dein. Mit Haut und Haaren dein.
Wie sehr ich mir wünschte, du wärst auch mein.

31

Sophie lehnte sich an Luciens Brust, als sie zusammen auf das Sofa fielen. »Willst du etwas essen?«

»Nein.« Er streichelte ihr Haar.

»Kaffee?«

»Nein.«

»Kuchen?«

»Nur, wenn ich dich damit vollschmieren und hinterher ablecken darf.«

Sophie gab sich nicht der Täuschung hin, dass er Witze machte: Augenblicklich war sie wieder nach Norwegen versetzt, auf Luciens Esstisch liegend, mit nichts an als seinem Dessert.

»Ich will nichts essen oder trinken. Das ist kein Date.«

Sie seufzte schwer. Sie fragte nicht, was es sonst war, denn sie kannte die Antwort.

Es war ein Abschied. Der beste, längste und heißeste Abschiedskuss aller Zeiten.

»Kommst du mit hoch?«, flüsterte sie und spürte sein Lächeln an ihrem Hals.

»Na also, Sophie Black, das ist doch ein viel verlockenderes Angebot.«

Als sie eine halbe Stunde später eng an ihn geschmiegt hinter Lucien in der Badewanne saß, ihre Beine um seine Hüfte geschlungen, schöpfte Sophie schaumiges Wasser mit ihren zu einem Gefäß geformten Händen und ließ es über seine breiten Schultern laufen. Er massierte ihre Waden, als er sich träge an sie lehnte, die Augen geschlossen und ein leichtes, entspanntes Lächeln auf seinen Lippen, als das Wasser ihm in kleinen Rinnsalen die Brust hinunterlief.

»Fühlt sich das schön an?« Sie murmelte es an seiner Wange und folgte mit ihren Fingern dem Wasser, um seine Brustwarzen zu streicheln, bis sie steif wurden.

»Schön.« Mit einem mokanten Lächeln wiederholte er das höchst unzureichende Wort. Im Bad war es warm und dampfig, und Luciens Haut war mit einem feuchten Schimmer vergoldet. Es war unmöglich, ihn anzusehen, ohne ihn berühren zu wollen, und Sophie hielt sich nicht zurück. Sie wollte, dass er sich für immer ihren Händen und ihrer Erinnerung einprägte. Wenn das ihr letztes Mal mit ihm sein sollte, dann hatte sie ein Recht, gierig zu sein.

Er beugte sich kurz vor, um warmes Wasser nachzufüllen, und Sophies Augen ruhten auf dem einfarbigen Wolfstattoo, das sich über seine Schulterblätter erstreckte. Es war wunderbar detailliert gezeichnet, ein einsames, ruheloses Tier mit hungrigen, wachsamen Augen. *Ganz wie der Mann, auf dessen Schultern es prangte.*

Sie legte die Arme um ihn, als er sich wieder zurücklehnte.

»Warum der Wolf?«, fragte sie.

Lucien antwortete nicht sofort. Stattdessen nahm er sich Seife von dem Spender, verteilte den Schaum auf ihren gebeugten Knien und massierte in großen Kreisen ihre Haut.

»Er erinnert mich an zu Hause.«

»Aber du kannst ihn doch gar nicht sehen.«

Jede Spur von Wehmut war aus seiner Stimme verschwunden und wurde durch träumerische Melancholie ersetzt. »Ich brauche ihn nicht zu sehen, um zu wissen, dass er da ist.«

Sophie hatte das Gefühl, so viel über Lucien zu wissen und doch so wenig. Er trug eine große, tiefe Traurigkeit in sich, die sie spürte, aber nicht erreichen konnte. Seine Beziehung zu seinem Heimatland schien so komplex, eine Hassliebe, die sie einfach nicht begreifen konnte. Die wenigen Gelegenheiten, bei denen sie versucht hatte, ihm mehr zu entlocken, hatten böse geendet, und sie wollte nicht, dass es heute Nacht genauso verlief.

Nicht unsere letzte gemeinsame Nacht.

Außerdem hatte Lucien bereits vorgesorgt, um die Dinge voranzutreiben. Offenbar platzte er vor Ideen, das Beste aus dem Abend zu machen. Er hatte sie gebeten, den Glasdildo zu holen, den er ihr einmal geschenkt hatte, und im Moment lag er irgendwo untergetaucht im warmen Wasser.

Lucien setzte sich auf, drehte sie herum und auf sich, sodass ihre Positionen sich umkehrten, ein schlüpfriges Manöver, das er souverän meisterte. Sophie fand sich an seine Brust geschmiegt wieder. Sie machte es sich bequem, spürte voller Entzücken seinen Penis an ihrem unteren Rücken.

»Eine verdammt beeindruckende Art, das Thema zu wechseln, Mr Knight«, sagte sie, dankbar, ihn leise lachen zu hören. Er griff nach dem Shampoo und gab, statt einer Antwort, etwas davon in seine Handfläche und verteilte dann die nach Apfel duftende Creme in ihrem Haar.

»Ich liebe den Duft von diesem Zeug.« Lucien inhalierte tief, als er das Shampoo mit langsamen, rhythmischen Bewegungen in ihre Kopfhaut massierte, die Sophie zum Seuf-

zen brachten und sie reflexartig die Augen schließen ließen.
»Es riecht nach dir.«

Sie war froh, dass ihre Augen gerade geschlossen waren, und dankbar für den feuchten, dampfigen Raum, denn so konnte sie die Tränen verbergen, die bei seinen Worten zu fließen begannen. Er hatte kein Recht, so verflucht romantisch zu sein, wenn er abstritt, dass Romantik außerhalb von Märchen überhaupt existierte.

Seit ihrem sechsten Lebensjahr hatte niemand außer ihr und außer ihrem Friseur Sophie die Haare gewaschen. Es war eine unerwartete und entschieden sinnliche Erfahrung, die sie jetzt machte, irgendetwas zwischen einer intimen Massage und einer Liebesgeste.

Er ließ sich Zeit, fasste all ihr Haar zusammen, machte seine Arbeit sehr umsichtig und zog sie in die Länge, bis sie unter seiner Berührung völlig entspannt war. Dann nahm er ein Glas von einem Regal in der Nähe, um den Schaum, den er erzeugt hatte, abzuspülen, Glas für Glas, Kaskaden warmen Wassers und zärtliche Hände, als sie ihren Kopf nach hinten legte und sich von ihm umsorgen ließ.

Sophie spürte, dass in seinen Handlungen, in der zärtlichen Art, wie er mit ihr umging, eine schmerzliche Symbolik lag. Fast, als wollte er sie statt mit Worten durch seine behutsamen Aufmerksamkeiten wissen lassen, dass dieser Abend für ihn ebenso bedeutsam war wie für sie, dass es auch für ihn nicht einfach war.

Langsam öffnete sie ihre feuchten Augenlider, als sie hörte, wie Lucien das Glas auf den Vorsprung neben der Badewanne stellte. Sie drehte sich um und ertappte ihn dabei, wie er sie ansah, und die unkontrollierten Emotionen in seinen Augen verschlugen ihr den Atem. Und dann waren sie auch schon wieder verschwunden, als wären sie nie da gewesen, und an ihre Stelle trat ein Verlangen, das seine Airforce-blauen Augen zu Nachtblau verdunkelte.

»Danke«, flüsterte sie, als er sie an sich zog.

Eine Spirale der Erwartung begann sich in ihr zu drehen, als sein Mund den ihren berührte. Sie glitt in seinen Armen auf die Seite, und als seine Zunge sich in ihren Mund bewegte, rutschte sein Knie im warmen Wasser zwischen ihre Beine.

Etwas an der Hitze des Raums und der Nähe ihrer nassen, nackten Körper erhöhte das intime Gefühl, dass sie so sein sollten und nicht anders. Natürlich. Keine Kleidung, die im Weg war, keine Schreibtische, über die man sich beugen musste, nicht einmal Betten, um sich daraufzulegen. Sie lagen dicht an dicht im Kokon von Sophies Badewanne, und Luciens Hände bewegten sich mit Leichtigkeit über ihren Körper, während er sich ihre Unterlippe entlangknabberte, von Mundwinkel zu Mundwinkel, kleine Bisse, nur so schmerzhaft, wie es noch erregend war, und sich ihr nasses Haar um die Hände wand. Sein Oberschenkel presste angenehm ihre Beine auseinander, obwohl er es nicht eilig zu haben schien, sie dort zu berühren. Stattdessen berührte er sie überall anders.

Eine kurze, entspannende Schultermassage, ein Reif aus Fingern um ihren Hals, dann wanderte er tiefer, zu ihren Brüsten. Mit seinem Zeigefinger zog er seifige Kreise um ihre Vorhöfe, blies sanft darauf, kühle Luft, die ihre Knospen steif werden ließen, bevor er sie in die plötzliche, feuchte Hitze seines Mundes sog. Für ein paar Sekunden verflochten sich seine Finger mit ihren, er hob ihre Hand an seinen Mund und küsste ihre Innenfläche.

Als sie ihm dabei zusah, zerbröckelte Sophies Herz wie Cinder Toffee.

Das Wasser ließ seine geschlossenen Wimpern zu zarten kleinen Spinnen auf seinen Wangenknochen werden, und als sich sein offener Mund lautlos in ihrer Hand bewegte, sah er aus wie ein Mann, der ein Gebet sprach. Sophie wünschte, sie könnte es hören und dass es dasselbe war wie ihres.

Als er unter die Schaumbläschen ins Wasser griff, wusste sie, was als Nächstes kam. Das Glas des Dildos hatte die Wärme des Wassers angenommen, sie spürte sie, als er damit sanft ihren Mund berührte, ihn dann über ihren Körper hinunterwandern ließ, langsam darüberstreifte, während er seine Wade über ihre legte, um ihre Beine gespreizt zu halten. Nicht, dass es nötig gewesen wäre. Sophie begehrte Lucien jenseits aller Vorstellung, war voll irrsinnigen Verlangens und Vorfreude, als er endlich mit dem warmen, prallen Glas über ihre Klitoris fuhr. Die wissende Andeutung eines Lächelns umspielte wieder seine Lippen.

»Fühlt sich das schön an?«

Er legte die Glassäule flach an ihre Öffnung, und ihre spiralförmigen Erhebungen massierten die ganze Länge ihres Geschlechts, als er sie in seinen Fingern drehte.

Schön? Jetzt konnte sie seine spöttische Betonung von vorhin verstehen. Schön war nicht einmal annähernd der richtige Ausdruck für dieses Gefühl, dort endlich berührt zu werden, wo sie es am meisten nötig hatte, und das wusste Lucien ganz genau.

Genauso wie er wusste, dass sie noch mehr brauchte, und er gab es gerne.

Er küsste ihren Hals, als er langsam den Dildo in ihren Körper schob, seine ach so harte, ach so warme, feste

Gegenwart füllte sie aus, bis sie vor tiefster Befriedigung stöhnte.

Das letzte Mal, als Lucien den Dildo benutzt hatte, waren die Umstände völlig anders gewesen. Er hatte den Glasphallus in Eis getaucht und sie, mit Handschellen an sein Bett gefesselt, mit einem Schock der Überraschung zu einem Orgasmus gebracht. Heute Abend wählte er das andere Extrem. Er hielt sie fest, statt sie zu fesseln, und benutzte das unnachgiebige, warme Glas, um stetige, grandiose Empfindungen hervorzurufen, die ihr den Atem raubten.

Seine Hand vagabundierte über ihren Po, wohlüberlegt folgten seine Finger der sensiblen Senke zwischen den Rundungen. Sophie hielt ihn nicht auf. Heute Nacht gehörte sie ihm, und er gehörte ihr, und es gab keine Tabus. Als sein Finger sanft gegen die Festigkeit ihres Hinterteils drückten, drehte sie ihren Kopf und küsste ihn, eine wortlose Einladung, die er annahm. Und dann rückte er etwas beiseite, um sich mehr Platz zu verschaffen und sie zu berühren. So füllte er sie gleich doppelt aus. Das langsame Gleiten von Glas zwischen ihren Beinen und das sanfte Erkunden seines Fingers an ihrer Hinterseite. *Unglaublich. Weit mehr als das.* Sophie kämpfte gegen ihren Orgasmus an, als er begann, denn sie wollte für immer in diesem Moment verharren. Eine so köstliche Lust, dass ihr gesamter Körper davon surrte, und Emotionen, die so ausgedehnt und intensiv waren, dass sie nicht wusste, wo Lucien aufhörte und sie selbst begann. Ihre ekstatische Kapitulation war unvermeidlich, als sein Daumen sich über ihre Klitoris hin und her bewegte. Für eine Niederlage war es eine verteufelt gute Art, zu Boden zu gehen.

32

Sophie saß auf dem Sofa und hielt ein Glas Whisky in beiden Händen, das Lucien ihr gerade gereicht hatte, obwohl es schon nach zwei Uhr morgens war. Sie hatte ihn nicht darum gebeten, und er hatte sich selbst keines eingeschenkt. Sie wusste nicht einmal, wo er die Flasche aufgetrieben hatte. Vermutlich war sie von irgendeinem Weihnachtsfest übrig geblieben, nicht gerade ihr Lieblingsdrink, aber sie schlürfte ihn dennoch, ließ sich die Wärme der Flüssigkeit die Kehle hinunterlaufen und war froh, dass es etwas anderes gab, um sich darauf zu konzentrieren, als auf Luciens bevorstehendes Gehen. Er war wieder angezogen und sie in ihren Bademantel gehüllt, ihr Haar nach der denkwürdigsten Haarwäsche ihres Lebens fast schon wieder trocken.

Sie spürte, dass Lucien nicht wusste, wie er sie verlassen sollte, und sie hatte nicht vor, es ihm leicht zu machen. Sie liebte diesen Mann ohne jeden Sinn und Verstand. Sollten die Nachbarn doch reden, sie als schändliche Sünderin links liegen lassen. Die Liebe hielt sich nicht an die Zeit, und sie würde bestimmt nicht geduldig warten, bis sie ein oder zwei respektable Jahre als verschmähte Ehefrau hinter sich gebracht hatte. Sie lebte im Hier und Jetzt, und es gab rein gar nichts, was sie beide dagegen tun konnten.

»Mein«, sagte sie, hob das Kinn und blickte ihm in die Augen. »Das hast du vorhin zu mir gesagt. Mein.«

Sophie sah, wie er mühsam schluckte, den Blick abwandte

und sich unbehaglich mit der Hand über das Gesicht fuhr. »Ich kann mich nicht erinnern.«

»Tu das nicht, Lucien«, rügte sie ihn sanft. »Nicht lügen.«

Mit einem schweren Seufzer setzte er sich auf die Armlehne.

»Sophie, bitte ... such nicht nach etwas, das nicht da ist.«

»Aber es ist da, nicht wahr? Für mich auf jeden Fall, und ich glaube, für dich auch.«

»Du irrst dich«, sagte er. »Ich will so etwas nicht – Trennungen und gebrochene Herzen. Du weißt das. Ich habe es dir gesagt. Oder etwa nicht?«

Sophie nickte vage. Ja, er hatte ihr sehr deutlich gesagt, dass er keine Beziehung wollte, aber das war am Anfang gewesen. Jetzt waren sie andere Menschen. Sie hatten sich gegenseitig verändert.

»Ich will mich nicht so fühlen, Sophie. Als hätte ich dich an der Nase herumgeführt, oder als könnte ich nicht mit einer anderen zusammen sein.«

»Lucien, du hast selbst gesagt, dass du nicht mit einer anderen zusammen sein willst.«

»Ja, und du hast keine Ahnung, wie mich das verrückt macht. Kapierst du es nicht, Sophie? Ich will diese Gefühle und dieses Verlangen nicht.« Er spreizte die Hand abwehrend auf seiner Brust. »Das bin nicht ich.«

Sophie starrte auf seinen gesenkten Kopf. Er meinte, was er sagte, und das verdross sie. So emotional verkorkst zu sein, musste anstrengend sein.

»Nur, damit ich das richtig verstehe, Lucien. Du verlässt mich, du stößt mich von dir, weil du mich zu sehr willst? Weil du Gefühle hast, mit denen du nicht zurechtkommst?«

Sie schüttelte den Kopf und kippte den Whisky hinunter, ließ den Alkohol ihren Körper wärmen und ihre Zunge lockern.

»Weißt du was? Ich habe auch nicht mit ihnen gerechnet. Ich habe das nicht geplant, aber Lucien, ich werde es sagen ...«

Er hob den Kopf, eine Warnung in den Augen. »Sophie, nicht.«

»Ich liebe dich.« So hatte sie nicht vorgehabt, es zu sagen, aber sie hatte sich jetzt schon viel zu weit vorgewagt, um umzukehren. Sie stellte das Glas auf den Tisch und stand auf. »Ich liebe dich, Lucien Knight.«

»Nein, das tust du nicht.« Seine Stimme war so düster wie der verschlossene Ausdruck in seinen Augen. »Ich liebe dich nicht, und du liebst mich auch nicht. Das denkst du vielleicht, aber du hast es in Paris selbst gesagt – ich bin ein Lückenbüßer.«

Sie musste fast lachen in dem unerwarteten Taumel der Erleichterung, all ihre aufgestauten Emotionen loszulassen. »Das habe ich gesagt. Ja, und ich habe das wirklich gedacht, aber ich habe mich geirrt. Glaub mir, das Letzte, was ich vorhatte, war, dich zu lieben. Aber ich tu's.« Sie war nun nah genug, um ihn zu berühren, aber sie tat es nicht. Sie wollte nicht, dass ihre körperliche Verbindung das Ruder übernahm, da es noch so vieles zu sagen gab. »Du kannst weglaufen und dich dagegen sperren, aber ich glaube, dass du mich auch liebst.«

Lucien legte den Kopf in den Nacken und hob den Blick zur Decke. Das langsame Kopfschütteln und die Anspannung seines Kiefers verrieten Sophie, wie sehr er kämpfte. Es schmerzte, seine herkulische Mühe mit anzusehen, die es ihn kostete, an seinen Glaubenssätzen festzuhalten.

»Es ist Lust, Sophie«, sagte er schließlich. »Vielleicht auch Vernarrtheit, aber keine Liebe.«

Heftiger Zorn ergriff sie darüber, dass er etwas so wahrhaft, offensichtlich, unübersehbar Gutes ablehnte.

»Weißt du was, Lucien Knight, du bist ein Feigling«, platzte sie heraus und spürte, wie all die Kraft, mit der er sie über die letzten Monate erfüllt hatte, an die Oberfläche stieg, jetzt, da sie sie am meisten brauchte. Ein letztes Mal hatte sie seine volle Aufmerksamkeit, und sie würde alles hineinlegen, was sie hatte.

»Du versteckst dich hinter deinen kostspieligen Autos und Designerhäusern ... du streitest ab, dass die Liebe existiert, und wozu das alles? Damit du an deinem ach so glamourösen Lifestyle festhalten und mit jeder ins Bett gehen kannst, die du willst? Hör dir doch mal selbst zu – du willst keine andere haben. Du willst mich. Und ich bin jetzt hier und sage dir, dass ich dich auch will, dass ich dich liebe, und ich weiß auch nicht, wo das Ganze hinführen wird, aber ich bin mutig genug zu sagen, dass du im Moment mein Ein und Alles bist.

Du hast mir die Augen geöffnet und meinen Körper und mein Herz, für so viel mehr, als ich je für möglich gehalten hätte, und du hast es geschafft, dass ich mich schön fühle und geborgen und bewundert, und ich glaube nicht, dass du all das erreicht hättest, wenn du mich nicht auch lieben würdest. Alles an dir macht mir Angst ... deine Art zu leben, deine Geheimnisse und deine verdammt sture Art, an deinem Text festzuhalten, als hättest du ihn so oft heruntergebetet, dass er schon in Stein gemeißelt ist. Aber du kannst ihn ändern. Es ist in Ordnung, jemanden zu lieben, Lucien. Es ist in Ordnung, jemanden in sein Herz zu lassen. Lass mich in dein Herz.«

Sie sahen sich wortlos an, beide erschrocken über ihre Worte.

»Genau das ist der Punkt, Sophie. Es ist eben nicht in Ordnung ... Es ist nicht in Ordnung.«

Er sprach abgehackt, wie unter Schmerzen. »Ich werde dir wehtun, und ich werde dich verlassen, und ich werde dich betrügen.«

Oh Gott. Tränen brannten in ihrer Kehle. Tränen der Enttäuschung und des Mitleids mit sich selbst und mit diesem schönen, verrückten Mann. »Du tust mir bereits weh, und wie es aussieht, bist du fest entschlossen, mich zu verlassen. Woher willst du wissen, dass du mich betrügen wirst?«

»Es liegt in meinen Genen. Ich bin eben so, und ich hatte dich gewarnt ... Ich hatte dich vor mir gewarnt.«

In seiner Stimme lag Verzweiflung.

»Das ist totaler Quatsch. Untreue liegt in niemandes Genen, sie ist eine Wahl. Herrgott, Lucien! Nicht einmal Dan hat versucht, genetisches Versagen für seine Affäre verantwortlich zu machen.« Sie wusste, dass sie damit einen wunden Punkt getroffen hatte, als er die Augen schloss, um sie auszusperren. Sie wollte nicht von ihm ausgesperrt werden, aber sie wusste nicht, wie sie die Tür am Zuschlagen hindern konnte, und wenn sie noch so sehr herumtastete, um sie zu packen, sie offen zu halten, nur ein winziges Stück.

»Wenn du mich berührst ... wenn du mich berührst, Lucien, ist es nicht einfach nur Sex. Als du zu mir gekommen bist, hier in mein Bett, wusste ich es.« Sie weinte jetzt. »Da hast du mit mir geschlafen, und heute Nacht hast du wieder mit mir geschlafen. Du kannst vor mir davonlaufen, aber es wird nichts an der Wahrheit ändern. Ich weiß, dass du mich liebst.«

»Sophie, du liebst einen Fremden, irgendeinen Helden, den du dir erträumt hast, um über deinen Ehemann hinwegzukommen. Dieser Mann bin nicht ich. Wie kannst du nur so vertrauensvoll, so offen sein, wenn du ganz genau weißt, dass du verletzt werden wirst?«

»Ich habe keine Wahl, Lucien. So bin ich nun einmal, und es ist verdammt noch mal ziemlich normal. So sind die Menschen. Sie lieben, und sie werden verletzt. Aber manchmal, nur manchmal, werden sie nicht verletzt. Sie betrügen oder verlassen dich nicht ... sie bleiben und lieben dich für immer.« Ihre Stimme versagte. »Ich will dich für immer lieben.«

»Sei jemand anderes, Sophie, du zu sein ist zu riskant.«

»Lieber bin ich ich als du. Lieber riskiere ich, verletzt zu werden, als mich dagegen zu sperren, jemanden zu lieben.«

»Ich sperre mich nicht dagegen«, stellte er tonlos fest.

»Dann lass mich rein, verdammt noch mal.« Sophie umfing sein Gesicht. »Lass mich rein.«

Lucien legte seine Hände über ihre und schloss die Augen, während er einen tiefen, zittrigen Atemzug tat. Als er sie wieder aufschlug, ergriff er sanft ihre Hände und ließ sie dann langsam los. »Es gibt kein ›rein‹, Sophie. Das ist alles. So bin ich eben, der, der ich immer war und immer sein werde.«

Dann ließ er sie zurück, zu Tode betrübt und einsamer, als sie es jemals für möglich gehalten hätte.

33

Der Dezember meldete sich mit seinen kalten Winden und der gewohnten Düsterkeit, und der Gedanke, sich mit Weihnachten und seinen Festlichkeiten zu beschäftigen, war für Sophie ein Ding der Unmöglichkeit. Sie hatte verschwommene Erinnerungen an vergangene Weihnachtsfeste, an denen Dan immer einen sperrigen großen Baum ins Haus geschleppt hatte und sie ihn zusammen geschmückt und dabei den Großteil einer Flasche Baileys geleert hatten. Aber diese Erinnerungen waren nun verdorben, denn inmitten all der Bilderbuchromantik hatte Dan heimlich mit seiner Geliebten geschlafen. *Hatte er über all die Jahre auch ihr geholfen, den Baum zu schmücken?* Der Versuch, ihre Erinnerungen an die neue Realität anzupassen, in der sie nun existierten, war geistig ermüdend, eine neue Realität, die Maria im Hintergrund mit einschloss.

Ein paar Tage zuvor hatte die Neuigkeit sie erreicht, dass Maria schwanger war. Sie hatte die Mitteilung wie etwas sie nicht Betreffendes aufgenommen, und in Wahrheit tat sie ihr nicht so weh, wie es früher vielleicht der Fall gewesen wäre. Ihre Ehe mit Dan schien eine Ewigkeit her zu sein, gehörte längst der Vergangenheit an. Dan ging Sophie wesentlich seltener durch den Kopf, als er es sich vielleicht gewünscht hätte, aber Tatsache war, dass sie ihn schon seit langer Zeit nach und nach losgelassen hatte, weil er sich seit Jahren unterschwellig von ihr gelöst hatte. Jetzt konnte sie das deutlich sehen, aber es hatte erst jemand wie Lucien Knight in ihr Leben treten müssen, damit sie ihre rosarote Brille abnahm.

Luciens Eintritt in ihr Leben hatte Sophie vieles erkennen lassen.

Es hatte sie erkennen lassen, dass sie nur ein Leben am Rande geführt, eigentlich nur eben existiert hatte, anstatt seine reiche, farbenfrohe Fülle zu genießen. Lucien hatte sie kopfüber in einen Sturm der Empfindungen und Emotionen gestürzt, ein mentales Abstreifen einer alten, langweiligen Haut, eine verlockende Einladung: »Hallo, komm mit mir, lass mich dir etwas Größeres, Überwältigenderes, wahrhaftiger Lebendiges zeigen.«

Sophie blickte von dem schrillen Fernsehwerbespot auf und betrachtete ihr schmuckloses Wohnzimmer. Es konnte nicht weniger überwältigend oder lebendig sein. Zwei Wochen waren vergangen, seit Lucien ihr Haus verlassen hatte, und seitdem war sie auch nur höchst selten ausgegangen.

Sie hatten keine Verbindung mehr zueinander.

Die zwei Wochen ohne ihn kamen ihr wie eine Ewigkeit vor.

Sie hatte ihm ihr Herz offengelegt, und er war einfach weggegangen. Sie hätte nicht überrascht sein sollen, und doch war sie es. Überrascht, verletzt und völlig am Ende. Sie schwankte zwischen dem Wunsch, zu ihm zu gehen, und dem, sehr weit wegzulaufen, aber der einzige Ort, zu dem sie gerne geflüchtet wäre, war Norwegen mit Lucien. All ihre Gedankengänge schienen sich immer wieder auf ihn zu fokussieren, auf die glücklichen Erinnerungen, die er geschaffen hatte.

Ja. Sie hatte die Tür zu ihren Gefühlen für Dan wahrlich geschlossen. Sie konnte nicht ergründen, wie sie mit ihm je zutiefst glücklich hatte sein können, jetzt, da sie wusste, wie viel mehr ihr Herz empfinden konnte. Und wie achtlos er sie behandelt hatte. Wie wenig sie ihn gekannt haben musste. Was die Liebe anging, war sie all die Jahre am seichten Ende herumgedümpelt, ohne es überhaupt zu wissen. Lucien zu lieben hatte sie in tiefe, bodenlose Ozeane geworfen, in denen sie ununterbrochen gegen die Flut anschwamm.

Liebe mich ja nicht. Ich liebe dich. Liebe mich ja nicht. Ich liebe dich.

Es war extrem aufreibend, und ihr Körper und ihr Herz schmerzten von der Anstrengung.

Sie wusste nicht, was sie eigentlich von ihm erwartete. Er war kein Mann, von dem sie sich vorstellen konnte, dass er sich niederließ, und doch hatte sie ihr Herz an ihn gehängt. Lucien war kein alltäglicher Mann mit einem alltäglichen Leben. Selbst Sophie konnte sehen, dass das Leben, das er sich geschaffen hatte, keinen Platz für eine Ehefrau vorsah.

Was wünschte sie sich von ihm? Dass er in eine Pfeife und Pantoffeln investierte, abends zu ihr nach Hause kam, über seinen Tag grummelte und träge durchs Fernsehprogramm zappte? Die Vorstellung war grässlich und absolut unplausibel.

Aber was war die Alternative? Luciens Leben in halsbrecherischem Tempo zu führen, vierundzwanzig Stunden, sieben Tage die Woche? Sie hatte es gerade mal eine Woche probiert und war danach geistig und körperlich völlig angeschlagen heimgekehrt. Es war so vollständig anders als alles, was sie bis dahin gekannt hatte, und es war unmöglich, sich vorzustellen, dass sie dem standhalten konnte. Was hieß das also für sie beide? Er gehörte nicht in ihre Welt und sie nicht in seine. *Vielleicht hatte er ja doch recht.* Sie passten einfach nicht zusammen, was ihre Erfahrungen und ihre Perspektiven anging. Es hätte niemals funktionieren können.

Also war es an der Zeit, ein paar Entscheidungen zu treffen.

Sie war noch keine dreißig, getrennt und allein.

Sophie war am Boden, sicher, aber irgendwo tief in ihr war sie nicht bereit, sich auszählen zu lassen. So vieles war in den letzten Monaten passiert. Gewaltige, lebensverändernde Ereignisse, die unweigerlich auch die Personen veränderten, die darin verwickelt waren. Sophies Leben war immer durch ihre Umwelt definiert worden. Sie war eine Tochter, eine Ehefrau. Sie war übergangslos aus ihrem Elternhaus in ihr eheliches Heim umgezogen. Ihr Leben hatte sich um diejenigen geformt, die sie liebte.

Dieses Mal war es anders. Sie konnte ihr Leben nicht um denjenigen formen, den sie liebte, weil er ihr versichert hatte, dass er ihre Liebe nicht erwiderte.

Aber Lucien hatte sie noch andere Dinge gelehrt. Er hatte sie Selbstachtung gelehrt. Er hatte ihr Selbstvertrauen verliehen, das sie nicht bei sich vermutet hätte, und er hatte ihr beigebracht, dass sie niemandes Suppe auslöffeln musste. Und endlich, endlich wurde Sophie klar, dass sie, indem sie hier allein in ihrem düsteren Wohnzimmer herumsaß, genau das machte. Sie löffelte seine Suppe aus.

Stück für Stück konnte sie spüren, wie sie sich innerlich aufrichtete. Sie war am Grund angekommen, es war Zeit, entschlossen vorzugehen und sich wieder zur Oberfläche hochzustrampeln.

Lucien Knight war ein wandelnder Komplex, ein hübsches Chaos aus Widersprüchen. Er hatte seine Mission, sie von ihrer Ehe zu befreien, unbeirrbar verfolgt, und es war an der Zeit, sich für diesen Gefallen zu revanchieren. An seiner Denkweise war etwas fundamental Falsches, und irgendwie würde sie herausfinden, warum, und dann würde sie diesem Mann den Kopf zurechtrücken, ein für alle Mal.

Ein paar Stunden später lief Sophie zielstrebig durch die gläserne Vorhalle von Knight Inc., ihre Absätze klackerten auf dem Marmorfußboden, und ihr Pferdeschwanz schwang vor lauter Effizienz hin und her. Keiner hielt sie auf. Ihr Gesicht war bekannt genug, dass niemand sie aufhielt, und das Selbstbewusstsein ihres Gangs vermittelte den Eindruck, als gehörte sie hierher.

Ihr Bauch war voller Schmetterlinge, als sie im Fahrstuhl in den obersten Stock fuhr, gleich würde sie Lucien wiedersehen. Erst, als sie sich seiner verschlossenen Tür näherte, verlor sie für einen winzigen Augenblick die Nerven, aber sie fegte das Gefühl entschlossen beiseite und klopfte leicht an die Buchenholztür.

Die Stille, die darauf folgte, schien sich endlos in die Länge zu ziehen, also klopfte sie erneut, diesmal etwas lauter. Als sie immer noch keine Antwort erhielt, drehte sie den Knauf und stieß die Tür auf. *Leer.* Die Enttäuschung, diese überwältigende Ernüchterung bohrte sich schmerzhaft in Sophies Brust. Sie hatte sich mit aller Konzentration und Klarheit darauf vorbereitet, Lucien gegenüberzutreten, und stattdessen seinem leeren Schreibtisch gegenüberzustehen war einfach vernichtend.

»Sophie?«

Sophie drehte sich zu der weiblichen Stimme um und erblickte hinter sich Kate, eines der Mädchen vom Empfang.

»Kate, hallo«, sagte sie und versuchte, ihren matten Tonfall zu überspielen.

»Gut, dass Sie wieder da sind. Geht es Ihnen besser?«

»Ähm, ja … danke.« Sophie lächelte vorsichtig, während ihr Gehirn versuchte, die Zusammenhänge zu begreifen. Sie fragte sich, was Lucien seinen Mitarbeitern genau über ihren plötzlichen Weggang erzählt hatte. Sie fügte das Gehörte der Liste von Fragen hinzu, die sie ihm stellen wollte, wenn sie ihn je wieder traf.

»Ich habe Lucien gesucht.«

Kate riss die Augen auf. »Ach… natürlich, das können Sie ja gar nicht wissen.« Ihr Gesicht veränderte sich zu einem sorgenvollen Ausdruck, und schiere Angst drohte Sophie die Beine unter dem Leib wegzuziehen. *Oh Gott. War ihm etwas passiert?*

»Er ist im Moment nicht hier, er ist in Norwegen.« Kate warf einen Blick hinter sich und beugte sich dann vertraulich vor. »Familienprobleme. Ich habe Sie vertreten, während Sie krank waren. Ich habe eine E-Mail geöffnet … vom Anwalt seines Vaters, glaube ich.« Sie zuckte ein wenig geniert die Schultern, als Sophie die Stirn runzelte. »Es war ein Versehen. Jedenfalls scheint sein Dad im Krankenhaus zu liegen.« Sie senkte die Stimme zu einem theatralischen Flüstern. »Lungenentzündung. Alkoholiker, offensichtlich.«

Sophie starrte ihr Gegenüber mit leerem Blick an. *Sein Dad?* Lucien hatte ihr gesagt, sein Vater sei tot.

»Sind Sie sicher?«

Kate nickte. »Vor ein paar Tagen hat er einen Anruf bekommen und ist sofort aufgebrochen.«

»Wissen Sie, wann er zurückkommt?«

Kate schüttelte den Kopf. »Nein. Er erledigt alle Anrufe und E-Mails von Norwegen aus und hat mich gebeten, seine Termine abzusagen. Er ist in letzter Zeit ein bisschen seltsam, aber ich schätze, das wären Sie auch, wenn Ihr Vater gerade die Letzte Ölung bekommen hätte, oder?«

Am Empfangstresen trällerte ein Telefon. Kate zuckte entschuldigend mit den Achseln, kehrte mit Schwung zum Empfang zurück, um den Anruf entgegenzunehmen, und ließ Sophie allein und mit düsterer Miene vor Luciens Büro zurück.

Er hatte ihr ganz bestimmt erzählt, dass sein Vater nicht mehr lebte, aber Kate war sich ihrer Worte gerade ziemlich sicher gewesen. *Hatte er gelogen? Und wenn ja, warum?* Sophie verließ langsam das Gebäude, aber sie schlug nicht den Weg nach Hause ein. Stattdessen ging sie in die andere Richtung, auf die Ladenreihe ein Stück weiter die Straße hinauf zu, geradewegs in das kleine Reisebüro, an dem sie oft auf dem Weg in die Mittagspause vorbeigekommen war.

34

Lucien stampfte sich den Schnee von seinen schweren, schwarzen Stiefeln, als er vor dem Büro des Anwalts seines Vaters stand. Die Straßen von Tromso sahen unwahrscheinlich festlich aus, Schneehauben auf den Holzhäusern, die behaglich beleuchtete Ladeninnenräume beherbergten, glänzende Tannengirlanden, geschmückt mit leuchtenden, roten Herzen und von Gebäude zu Gebäude gespannt, so weit das Auge reichte. Es war weit entfernt von dem mondänen Londoner Hochglanzweihnachten. Nicht, dass er besonders wild auf Weihnachten war, egal, wo auf der Welt er sich gerade befand. Es war eine Zeit für Familien und Kinder und für Leute, die für eine Weile ihre Ungläubigkeit beiseiteschieben und den kindlichen Zauber eines Märchens genießen wollten. Er hatte Weihnachten in den letzten Jahren allein mit seiner Arbeit verbracht, und er wäre auch dieses Jahr lieber dort als hier. Er wäre an Weihnachten überall lieber als in Norwegen.

Er schob die alte, halb verglaste Tür auf, nicht sehr erpicht darauf, dem älteren Mann zu begegnen, der dahinter wartete. Er war als Kind hier gewesen, als Anhängsel seines Vaters, aber nie als Erwachsener.

Eine Empfangsdame mittleren Alters blickte hoch, als er sich dem kleinen, altmodischen Fensterchen näherte und leicht duckte, um ihr ins Gesicht sehen zu können.

»Ich habe einen Termin.« Die norwegischen Worte kamen wie von selbst, es war seine Muttersprache, auch wenn sein leicht eingerosteter Akzent ihn wahrscheinlich heutzutage in Tromso als Fremden entlarvte.

Sie machte große Augen und nickte. »Einen Moment.«

Lucien nahm das kleine, leere Wartezimmer in Augenschein, durchquerte es und stellte sich dann ans Fenster. Sie wusste eindeutig, wer er war und wen zu besuchen er hier war, aber das war nicht sonderlich überraschend. Sie tauchte kurze Zeit später wieder auf und fuhr sich mit der Hand durch ihr kurzes, lockiges Haar. »Hier entlang, bitte.«

Olaf Karlsen stand auf, als Lucien sein Büro betrat, wesentlich älter und wettergegerbter als der robuste Mann, der in Luciens Kindheitserinnerungen herumgeisterte. Sein Handschlag war zurückhaltend, aber fest, und er bedeutete Lucien, den Platz ihm gegenüber am Schreibtisch einzunehmen.

»Es ist ein paar Jahre her, Lucien.«

Luciens Mund verzog sich leicht nach oben. »Ja.«

»Darf ich fragen, ob Sie Ihren Vater seit Ihrer Ankunft zu Hause schon besucht haben?«

»Noch nicht.« Er blickte dem Anwalt über den Tisch hinweg direkt in die Augen. Er war auf Olaf Karlsens Bitte hin in diesem Büro, so wie er auf Olaf Karlsens Bitte hin in Norwegen war.

»Die Sache ist etwas heikel, Lucien.« Olaf senkte den Blick und holte einen Brief aus einer der Schubladen seines Schreibtisches. »Ihr Vater gab mir das vor einigen Jahren. Er wies mich an, es Ihnen im Fall seines Todes auszuhändigen.« Langsam schob er den blassen Umschlag über den Tisch.

Lucien machte keine Anstalten, danach zu greifen.

»Er ist noch nicht tot.«

»Nein.« Olaf strich sich über den kurzen, grauen Bart. »Nein, das ist er nicht. Aber es geht ihm sehr schlecht, und er wird es wahrscheinlich nicht schaffen.«

Lucien wollte von alldem nichts hören.

»Behalten Sie ihn.«

Der Rechtsanwalt fixierte Lucien mit seinem emotionslosen, beharrlichen Blick.

»Ganz im Vertrauen ... ich bin über all die Jahre mit Ihrem Vater befreundet geblieben, und in Anbetracht seiner nachlassenden Gesundheit bin ich sicher, dass er sich wünschen würde, dass Sie dies lieber früher als später erhalten und lesen.«

Irgendetwas in dem Verhalten des älteren Mannes ließ Lucien sich wieder wie ein Siebenjähriger fühlen. Er spürte, wenn er den Brief ein zweites Mal ablehnte, würde der Anwalt es akzeptieren. Doch ein kleiner, aber nicht zu leugnender Teil von ihm wollte wissen, was in diesem Umschlag steckte. Es gab nichts, was sein Vater hätte sagen können, was die Dinge ändern oder beeinflussen würde, und doch schob er ihn nicht zurück über den Schreibtisch.

Es war Olaf gewesen, der ihn ein paar Tage zuvor angerufen hatte, um ihn darüber zu informieren, dass sich der Zustand seines Vaters deutlich verschlechtert hatte, und Olaf, der angedeutet hatte, dass er etwas in seinem Büro hatte, das für ihn von Interesse sein könnte.

Der Anwalt hatte sich auf sein Alter und seine Verbindung zur Familie berufen, um an Lucien zu appellieren – mit dem zusätzlichen Köder des mysteriösen Etwas, das auf ihn wartete.

In Wahrheit wäre Lucien allein aufgrund des schlechten Zustands seines Vaters gekommen, auch ohne Köder.

Sein Vater lag tatsächlich im Sterben. Das schien zwar praktisch schon der Fall zu sein, seit Lucien denken konnte, aber es war bislang immer nur eher eine vage Möglichkeit gewesen als etwas, das tatsächlich passieren würde. Abgesehen davon war er in jeder Hinsicht für Lucien schon seit Jahren gestorben.

Er hatte seit seiner Ankunft in Norwegen noch keinen Fuß in das Krankenhaus gesetzt, aber er hatte dort angerufen. Er hatte zweimal am Tag angerufen, um sich zu erkundigen, wie es ihm ging, aber soweit er es beurteilen konnte, stand sein Vater nun schon so stark unter Beruhigungsmitteln, dass er sich seiner Anwesenheit ohnehin kaum bewusst sein würde. Nicht, dass das schlimm gewesen wäre. Was Lucien betraf, gab es nichts mehr zu sagen.

Er nickte Olaf kurz zu, nahm den Brief und steckte ihn in die Innentasche seiner Jacke.

Er hatte ihn genommen, aber das bedeutete nicht, dass er ihn lesen musste.

Sophie hatte noch nie zuvor eine solch extreme Kälte erlebt wie die, die sie empfing, als sie aus dem Flughafengebäude trat und ihren Rollenkoffer hinter sich herzog. Natürlich hatte sie mit Kälte gerechnet und sich so warm angezogen, wie ihr Kleiderschrank es hergegeben hatte: Jeans, Thermoschichten und ihr kirschroter Mantel. Aber ihre Londoner Wintergarderobe war ein unzureichender Schutz gegen die beißende Kälte von Tromso im Dezember. Sie warf neidische Blicke auf die Menschen um sie herum, alle wesentlich angemessener gekleidet, mit gefütterten, wasserabweisenden Jacken und Schneestiefeln. Ihre eigenen Fellstiefel würden wenig Schutz bieten, wenn sie erst durchnässt waren. Sie hatte am Tag zuvor die meisten anderen warmen Sachen in ihren Koffer geworfen, ohne zu wissen, wie lange sie eigentlich weg sein würde oder wie ihre Ankunft aufgenommen werden würde. *Egal.* Lucien war allein hier und musste mit der Krankheit seines Vaters, vielleicht sogar dessen Tod fertigwerden, und der einzige Gedanke in Sophies Kopf war, zu ihm zu gelangen.

Sie hatte sich so darauf konzentriert, wie sie ihn erreichen könnte, dass sie sich nicht gestattet hatte, innezuhalten und sich zu fragen, ob er sie überhaupt dahaben wollte. Erst, als sie sich dankbar in einem gut geheizten Taxi auf dem Rücksitz niederließ, erlaubte sie sich im Einzelnen darüber nachzudenken, wie er reagieren mochte. *Würde er froh sein, sie zu sehen?* Oder wütend? Niemand war so zum Aus-der-Haut-Fahren verschlossen wie er. Sie erwartete nicht, dass er sie mit offenen Armen empfing. Sie handelte aus reinem Instinkt. Wenn Lucien sie eines gelehrt hatte, dann war es, Risiken einzugehen und nicht auf eine Erlaubnis oder Anweisung zu warten. Und der Gedanke, nach Norwegen zu fliegen, um für ihn da zu sein, um zu sein, was immer er brauchte, für eine Stunde, einen Tag oder eine Woche, war ihr so mühelos in den Sinn gekommen, dass sie nicht an sich gezweifelt hatte.

Die Szenerie außerhalb ihres Taxis unterschied sich stark von der, die sie bei ihrem Herbstbesuch in Norwegen zu sehen bekommen hatte. Die hellen, frischen Tage, die sie damals erlebt hatte, waren langen Polarwinternächten gewichen. Es war kaum Mittag, und doch wirkte alles schon wie im Dämmerlicht. Der Himmel in Purpur und Rosa hing tief über den mit hell erleuchteten Fenstern übersäten Gebäuden. Büros und Industriegebäude wichen hübsch beleuchteten Geschäften und Cafés, als sie ins Herz der Stadt vordrangen.

Ohne es zu wollen, war Sophie von der Weihnachtskartenperfektion des Ortes hingerissen. Es sah aus wie eine Szene direkt aus einem romantischen Film, als wäre man in der hübschesten Schneekugel der Welt gefangen. Sie wäre nicht überrascht gewesen, wenn neben ihnen ein von Rentieren gezogener Schlitten aufgetaucht wäre, es war einfach zauberhaft. Hoffnung breitete sich in ihr aus. Dieser atemberaubende Ort war Luciens Heimat.

Er war hier. Allein die Gewissheit, dass er in der Nähe war, ließ ihr das Herz in der Brust schneller schlagen, und die Vorstellung, dass er allein hier war und trauerte, brach es fast entzwei.

Halte durch, mein Schöner. Ich komme.

Lucien verließ das Büro von Olaf Karlsen, den Kopf zum Schutz gegen den fallenden Schnee eingezogen, als er hinter einem entgegenkommenden Taxi die Straße überquerte. Das Mädchen auf dem Rücksitz hielt den Kopf vom Fenster abgewandt, aber aus dem Augenwinkel erblickte er einen kirschroten Mantel und einen Streifen blondes Haar, so dass es ihm für einen winzigen Moment den Atem raubte, weil sie ihn so intensiv an Sophie erinnerte.

Und dann war sie weg, und er musste sich zum millionsten Mal, seit er Sophie Black verlassen hatte, wieder in die Wirklichkeit zurückrufen.

Es war zu seinem täglichen Kampf geworden, den heftigen Drang zu unterdrücken, sie anzurufen, sich einzubilden, dass er sie an jeder Straßenecke sah, sich nicht in der Erinnerung zu verlieren, wie sie sich in seinen Armen anfühlte. Sie kam jede Nacht im Schlaf zu ihm, umfing ihn mit ihren üppigen Kurven und ihrem federleichten Lachen, badete ihn in ihrer Wärme und ihrem Licht. Die vernichtenden, bittersüßen Momente zwischen Schlafen und Wachen waren die allerschlimmsten: klamme, graue Augenblicke, wenn sie dahinschmolz und er sich bewusst wurde, dass er allein war.

Lucien Knight war ein Mann am Wendepunkt. Auf dem Weg, eine Waise zu werden und – sich zu verlieben.

Sophie ließ sich auf das ordentlich gemachte Bett ihres kleinen, funktionalen Hotelzimmers mit Blick auf den Hafen fallen. Als der Mann im Reisebüro ihr ein paar Tage zuvor die Vorzüge des Hotels geschildert hatte, hatte sie nur genickt. Sie hätte sich auch in einer Baracke eingebucht, wenn es bedeutet hätte, dass sie nach Tromso fliegen konnte, aber sie schätzte auch die Tatsache, dass er eine Unterkunft für sie gefunden hatte, die zentral und komfortabel war. Sosehr sie auch hoffte, dass Lucien ihre Ankunft hier in Norwegen begrüßte, hatte sie es für nötig erachtet, dafür zu sorgen, dass sie ein konkretes Reiseziel hatte.

Bis dahin hatte sie der Tatsache, dass sie zum ersten Mal in ihrem Leben allein ins Ausland reiste, wenig Beachtung geschenkt, und sie gestattete sich selbst eine leichte innere Zufriedenheit darüber, dass sie sicher und ohne Hindernisse angekommen war. Es war unbestreitbar seltsam gewesen, allein im Flugzeug zu sitzen, umgeben von Familien, die nach Norwegen flogen, um Weihnachten im Schnee zu verbringen. Sie hatte die Augen geschlossen und nur an Lucien gedacht, und jede verstreichende Minute hatte sie ihm näher gebracht. Sie hatte sich immer noch nicht bei ihm gemeldet. Es hatte sie in den Fingern gejuckt, ihn anzurufen, gleich nachdem sie mit Kate in der Firma gesprochen hatte, aber sie hatte sich zurückgehalten. Wenn er sie abwies, würde er das schon von Angesicht zu Angesicht hier in Norwegen tun müssen.

Und dann würde sie es auch akzeptieren.

Sie war nicht hier, um um seine Liebe zu betteln. Sie war hier, um bei ihm zu sein, weil er etwas durchmachte, das niemand allein durchmachen sollte.

Alles andere hatte Zeit bis später.

Sie streckte sich jetzt auf dem Bett aus und sah auf ihre Armbanduhr. Sie konnte sich etwa eine Stunde lang ausruhen, dann musste sie einen bestimmten Bus erwischen.

Als Lucien später das Blockhaus betrat, legte er seine Winterkleidung ab und tastete beim Aufhängen seiner Jacke nach dem ungeöffneten Brief seines Vaters. Er lag schwer und heiß in seiner Hand, als er durch die stillen Räume in die Hauptwohnung ging. Er war von Herzen froh, zu Hause zu sein, für eine Weile die Tür vor dem Wahnsinn der Welt zu verschließen. Er warf den Brief auf seinen Nachttisch. Dafür war später noch Zeit. *Oder vielleicht nie.*

Ein Blick ins Saunarium bestätigte ihm, dass alles nach seinen Wünschen vorbereitet worden war. »Danke«, murmelte er in die Stille hinein, entledigte sich seiner restlichen Kleidung und öffnete die Tür. Die ersehnte Hitze traf ihn wie ein Schlag. Er ließ sich auf der Bank mit den Holzplanken nieder, lehnte den Kopf zurück und ließ mit einem tiefen Seufzer die Luft aus seiner Brust entweichen.

Selbst er empfand die Last heute schwer. Er hatte Glück, dass seine Firma mit guten Leuten besetzt war, die die meisten Dinge für eine Weile ohne ihn regeln konnten, aber er war es gewöhnt, sich selbst stets um alles zu kümmern.

Solange er sich erinnern konnte, hatte er seiner Karriere wegen gelebt und geatmet, aber er wusste, dass er in den letzten Monaten den Ball aus den Augen verloren hatte. Er hatte keine Wahl gehabt, denn es hatte nur noch Sophie Black für ihn gegeben.

Ein Lächeln umspielte seine Lippen, als er sich hinlegte und sich der Erinnerung hingab, wie sie das Saunarium das letzte Mal zusammen benutzt hatten. Niemals würde er vergessen, wie Sophie ausgesehen hatte, als er die Tür geöffnet hatte. Entspannt. Nackt. Und sie hatte sich selbst berührt, die Beine geöffnet und die Augen geschlossen. Seine Hand bewegte sich instinktiv zu seinem Penis hin, der schon bei dem Gedanken an Sophie hart geworden war, trotz seiner Erschöpfung. Er warf sich den anderen Arm über die Augen, während er sich selbst streichelte, seine Zähne in seine Unterlippe vergraben und sein Kopf voller Bilder von der einzigen Frau, die ihn den ungeöffneten Brief auf seinem Nachttisch und den sterbenden Mann im Stadtkrankenhaus vergessen ließ.

Wenig später in der Dusche griff er hinter seinen teuren Toilettenartikeln nach der Flasche Apfelshampoo, das Sophie bei ihrem letzten Besuch zurückgelassen hatte. Er klappte den Deckel auf, sog den frischen Duft ein, und seine Augen schlossen sich langsam, als der allzu vertraute Geruch die Duschkabine ausfüllte. *Sophie*. Himmel, er vermisste sie, und er hasste sich dafür, dass er nicht fähig war, den fast schon physischen Schmerz zum Verstummen zu bringen, der mit jedem Gedanken an sie einherging. Er frottierte sich das Haar unnötig grob und kürzte seine Dusche ab, um dann direkt ins Bett zu kriechen, obwohl es noch nicht einmal sechs Uhr abends war.

35

Sophie zog sich ihre Fäustlinge an, als sie auf dem Rücksitz eines weiteren Taxis saß und furchtbar nervös war, jetzt, auf der letzten Etappe ihrer Reise. Sie konnte nicht ganz fassen, dass sie Tromsos öffentliches Verkehrssystem erfolgreich überwunden und es dann geschafft hatte, ein Taxi zu finden, das sie hinaus zum Blockhaus brachte, aber so war es, und der Fahrer hatte sie gerade wissen lassen, dass ihr Ziel direkt vor ihnen lag. *Was, wenn er nicht da war?* Sie schluckte schwer und verbannte den Gedanken schnell aus ihrem Kopf. Er würde da sein. Er musste einfach.

Schon tauchte der vertraute, lange, flache Umriss von Luciens Haus auf, einladende Lichter brannten in den Fenstern und bestätigten, dass es in der Tat bewohnt war. Sophie wusste nicht, ob sie erleichtert oder noch nervöser sein sollte, aber sie war endlich hier.

Draußen war es unglaublich kalt und unglaublich schön, ein stilles, kristallenes Winterwunderland. Der Himmel über ihr wies jetzt am Abend keine Spur des Polarlichts mehr auf, sondern nur tintenschwarzen Samt, besprenkelt mit Diamanten. Sie hob die Hand, um an die Tür zu klopfen, aber sie begann schon, sich zu öffnen, ehe ihre Hand überhaupt das Holz berührt hatte.

Sophies Herz setzte kurz aus, dann trommelte es kräftig in ihrer Brust, als sie Luciens tüchtige, lächelnde Haushälterin erblickte. Ihr Taxi verschwand in der Dunkelheit, sobald der Fahrer sah, dass sie ihn nicht mehr brauchte. Und das ließ ihr keine andere Wahl, als geradewegs in die Wärme von Luciens Haus zu treten, durch die Tür, die ihr ungefragt aufgehalten wurde. *Das war ja schon einmal ein guter Anfang.*

»Sophie, kommen Sie herein. Lucien hat mir gar nicht gesagt, dass er sie erwartet.«

Ihr Englisch war perfekt, wie immer, mit einem leichten, warm klingenden Akzent. Sophie lächelte die Dame an, froh, dass sie sich an sie erinnerte, und zerbrach sich den Kopf über ihren Namen.

»Er weiß nicht, dass ich komme. Es ist eine Art Überraschung«, sagte sie und zog die Fäustlinge aus. Überraschung schien in Anbetracht der Umstände nicht ganz das richtige Wort zu sein, es klang, als hätte sie vor, aus einer riesigen Torte zu hüpfen.

»Ist er hier?« Die Eine-Million-Dollar-Frage kam ihr über die Lippen, als sie sich aus ihrem Schal wickelte und den Mantel von den Schultern gleiten ließ. Sophie hoffte, dass ihre Stimme nicht verriet, wie viel von ihrer Antwort abhing.

Luciens Haushälterin nickte und bedeutete Sophie, auch ihre Stiefel auszuziehen.

»Er schläft.«

Die unerwartete Antwort ließ Sophie ängstlich die Stirn in Falten legen.

»Ist sein Vater …« Sie verstummte, unfähig, die Frage auszusprechen.

Die Haushälterin schüttelte den Kopf und legte Sophie die Hand auf den Arm.

»Noch nicht, aber ich glaube, es wird nicht mehr lang

dauern.« Ihre sanften Augen waren voller Sorge. »Ich bin sehr froh, dass Sie hier sind, Sophie. Lucien braucht Sie.«

»Glauben Sie wirklich?«, fragte Sophie leise, überrascht über ihre Worte.

Die Haushälterin lächelte und schüttelte den Kopf, als wenn es so vieles gäbe, was sie sagen könnte, jetzt aber nicht der richtige Zeitpunkt sei. »Gehen Sie nur. Sie kennen ja den Weg.«

An der Schlafzimmertür hielt Sophie inne. Es war erst ein paar Tage her, dass sie ähnlich angespannt vor Luciens Bürotür gezaudert hatte, und seitdem stand sie ununterbrochen unter Strom. Von den Hochs der Vorfreude zu dem niederschmetternden Tief, dass er nicht da war, von der angespannten Reise quer durch Europa, um ihn zu finden, hierher, wo sie jetzt atemlos und ängstlich vor einer anderen Tür stand. Sophie hob die Hand, um zu klopfen, und zögerte dann. Hatte Luciens Haushälterin recht? Brauchte er sie wirklich? Oder würde ihre Anwesenheit eine schwierige Situation nur noch komplizierter machen?

Hör auf. Du bist jetzt hier. Klopf einfach an die verdammte Tür.

Nach diesen aufmunternden Worten zu sich selbst klopfte Sophie sacht an die helle Holztür. Sie lauschte angestrengt, und als sie kein Geräusch aus dem Raum hörte, drückte sie die Klinke nieder und öffnete vorsichtig.

Da war er. Sophie sank vor Erleichterung gegen den Türrahmen, unsagbar froh, ihn endlich vor sich zu sehen. Sie fuhr sich mit der Hand zum Hals, als sie seine Gestalt in sich aufnahm, ihre hungrigen Augen sich an jedem Detail seines

Gesichtes labten, an den Konturen seiner Brust, die die im warmen Zimmer hinuntergeschobene Bettdecke entblößte. Er lag auf dem Rücken, einen Arm aus dem Bett gestreckt, und das sanfte Glimmen der Nachttischlampe tauchte seine Haut in Bernstein.

Sophie hätte eine Ewigkeit dastehen und ihn betrachten können.

Dann rührte er sich, auf seiner Stirn bildeten sich Falten. *Wovon träumte er?* Sie betrat den Raum und schloss die Tür, dann ging sie um das Bett herum, leise, um ihn nicht zu wecken. Die Matratze war weich und einladend, als sie sich behutsam neben ihn legte, erst einmal damit zufrieden, ihm beim Schlafen zuzusehen, obwohl sie ihn am liebsten berührt hätte.

Er bewegte sich wieder, das konzentrierte Stirnrunzeln kehrte zurück, und seine Atmung wurde flacher. Was immer in seinem Kopf vorging, es sah nicht erholsam aus.

»Sophie.«

Er raunte ihren Namen, obwohl er keine Ahnung hatte, dass sie da war, doch dieses Raunen reichte ihr völlig, um ihre Hand auszustrecken und sie ihm auf die Wange zu legen. Er schien sich zu beruhigen, seine Stirn glättete sich, und das Auf und Ab seiner Brust wurde sanfter. Sie hätte ihn nun loslassen können. Sie hätte, aber sie tat es nicht. Sie ließ ihre Hand da, ließ ihren Daumen seinen hohen, stolzen Wangenknochen streicheln. Dann schien Lucien ihre Gegenwart zu spüren. Sophie merkte, wie er langsam vom Schlaf ins Wache hinüberglitt, bis er schließlich den Kopf ein winziges Stückchen drehte und ihr einen Kuss auf das Handgelenk hauchte.

»Ich will nicht aufwachen und feststellen, dass du in Wirklichkeit gar nicht da bist«, flüsterte er, ohne die Augen zu öffnen.

»Ich bin aber wirklich da.«

Seine Brust dehnte sich und zog sich zusammen, als er sie tief einatmete, er legte ganz kurz seine Hand auf ihre, bevor er sich auf die Seite zu ihr drehte. Er strich ihr sanft eine Haarsträhne hinters Ohr, Ungläubigkeit in seinen Augen.

»Wie kommst du denn her?«

Sophie lächelte. »So wie normale Leute das eben machen. Flugzeuge. Busse. Taxis.«

Er sah sie bestürzt an. »Und warum?«

Das Lächeln verschwand aus ihrem Gesicht. »Ich habe das mit deinem … deinem Dad gehört. Und dachte, du könntest vielleicht eine Freundin gebrauchen.«

Endlose Sekunden lang betrachtete Lucien ihr Gesicht mit Augen, die viel verletzlicher wirkten, als Sophie sie in Erinnerung hatte. »Ich bin nicht sicher, ob wir Freunde sind, Sophie Black.«

»Nein?« Sophie musste das leise gesprochene Wort durch die Angst hindurchpressen, die ihr den Hals zuschnürte.

Er schüttelte den Kopf und seufzte schwer, streckte die Arme nach ihr aus. Sie schmiegte sich in seine Arme, die sich um sie schlossen, und klammerte sich an ihn. Oder klammerte er sich an sie? Er presste sie an seine Brust, und Sophie drückte ihn ebenfalls. Es war nicht bloß eine »Hallo«-Umarmung. Es war eine »Gott-sei-Dank-dass-du-da-bist«-Umarmung. Luciens zog ihren Kopf an seine Brust, und eine ganze Weile hörte alles um sie herum auf zu existieren. Es gab nur diesen Mann und diese Frau, beide miteinander verschmolzen durch ihre Gefühle und Erleichterung.

Seine Haut unter ihren Händen und ihrem Mund war bettwarm, und sie löste sich erst von ihm, als er ihr den Pullover über den Kopf zog. Und dann das Jersey-Oberteil. Schließlich blickte er auf ihr weißes, langärmeliges Thermounterhemd hinab, und Spuren der Belustigung waren neben dem Verlangen in seinen blauen Augen zu sehen.

»Verflucht, das ist ja wie ›Päckchen weitergeben‹. Sag mir, dass das jetzt die letzte Schicht ist.«

»Fast«, brachte Sophie atemlos hervor, denn sie wusste, dass die letzte Schicht ihm weitaus besser gefallen würde als die vorherigen. Dann zog er ihr das Unterhemd aus, und ein kleines, kehliges Stöhnen der Überraschung brummte in seiner Brust, als er auf ihre Brüste blickte, eingehüllt in elfenbeinfarbene Chantilly-Spitze.

»Das gefällt mir«, sagte er und zeichnete mit dem Zeigefinger langsam den Rand erst des einen Körbchens und dann des anderen nach.

Sophie schloss die Augen, und Lucien senkte den Kopf und küsste ihre Augenlider, die Hand auf dem Verschluss ihres BHs an ihrem Rücken.

Ihr Herz machte einen Satz, als er ihn öffnete, und wieder, als er ihr die Träger über die Schultern streifte und ihre Brüste vor seinen wartenden Augen entblößte. Sie konnte seine Erektion durch das Laken hindurch spüren, als er sie wieder an sich zog, Haut auf Haut, ganz nah. Es war nicht nur eine »Gott-sei-Dank-dass-du-da-bist«-Umarmung. Es war eine »Ich nehme dich bis zur Besinnungslosigkeit«-Umarmung.

»Ich habe dich so vermisst, Prinzessin«, flüsterte er und vergrub seine Hände in ihrem Haar, als er auf der Suche nach ihrem Mund ihren Kopf zurückbog.

Sein Kuss versengte sie. Erst zärtlich, zurückhaltend und dann verschlingend, als sei er am Verhungern und wollte sie mit Haut und Haar auffressen. Sophie stellte sich seinem Begehren, zog ihn näher zu sich hin, kostete das Innere seines Mundes mit ihrer Zunge. *Köstlich.*

Er öffnete ihre Jeans und schob sie ihr über die Hüften, und Sophie wand sich aus ihnen heraus, zusammen mit ihrem Spitzenhöschen, als Lucien die Bettdecke anhob, damit sie zu ihm darunterschlüpfen konnte. *Gott, ja. Ja, bitte.*

Sie stöhnten beide vor Lust, als ihre nackten Körper sich vereinten. Er war steinhart, als er ihren Körper mit seinem bedeckte, und Sophie öffnete die Schenkel, um ihn hereinzulassen. Lucien stützte sich auf seine Unterarme zu beiden Seiten ihres Kopfes, ihre Hände in seinen.

»Mach nicht die Augen zu«, sagte er, als er sein Knie beugte und seine Hüfte vorkippte. Sophie beobachtete sein Gesicht, als ihr Körper ihn in ihr willkommen hieß. Sie hatte ihm noch viel zu geben. Noch so viel mehr.

»Tiefer«, sagte sie und fuhr mit ihrer Zunge schlängelnd über seine geöffneten Lippen.

Luciens Finger schlossen sich um ihre, und sie machte die Augen zu, als er seine Hüfte zurückzog, um ihr zu geben, wonach sie verlangt hatte.

»Mach die Augen auf«, sagte er, und sie öffnete sie weit, als er so in ihren Körper stieß, dass sie nach Luft schnappen musste. »So?« Er stieß wieder zu, und träger Triumph mischte sich mit der Lust in seinen Augen. »So, Prinzessin?« Er bewegte sich ein bisschen nach oben, so dass sein Penis mit jedem festen Stoß über ihre Klitoris rieb.

»Ja ...« Sophies Hüften hoben sich jedes Mal, um ihm entgegenzukommen, ihn in sich aufzunehmen. »Ja ...«

Sie zitterte wollüstig unter seinem Körper, wollte nie wieder hochkommen. Er wusste, dass sie kurz vor dem Höhepunkt stand, senkte den Kopf und küsste sie langsam, ohne auch nur eine Sekunde den Blick von ihr zu nehmen.

»Ich will dir dabei zusehen«, flüsterte er. »Lass mich zusehen.«

Er ließ ihre Hände los, um ihre Wangen zu umfassen, als ihr Körper sich aufbäumte und ihre Atmung flacher wurde, und Sophie konnte die gespannte Konzentration in seinen Augen sehen, als er seinen eigenen Orgasmus zurückhielt, um ihren zu beobachten.

Es war zu viel. Sie liebte ihn so sehr. Tränen schossen ihr in die Augen, als ihr Körper sich ihm ergab, eine wunderbare, lustvolle Welle nach der anderen. Er küsste ihre feuchten Wangen und schaukelte sie in seinen Armen, ihr Name sein Mantra, als sein Höhepunkt von seinem Körper in ihren strömte.

Sophie war weit, weit von London entfernt, und doch war sie hier in den Armen dieses Mannes zu Hause.

36

»Was ist das noch mal?«, fragte Sophie, als sie die schwere, rote Auflaufform aus dem Ofen in der riesigen Küche der Hütte holte. Es war weit nach zehn Uhr abends, und beide hatten Hunger auf etwas zu essen, jetzt, da ihr Appetit aufeinander vorerst gestillt war.

»Labskaus«, sagte Lucien, öffnete einen Hochschrank und reichte zwei Schalen hinunter. »Es ist ein norwegischer Eintopf. Er wird dir schmecken.«

Die schlichte Handlung der gemeinsamen Zubereitung des Abendessens war beruhigend für alle beide. Lucien verteilte Besteck und Gläser auf dem Tisch, während Sophie den Eintopf in die Schalen füllte und sie neben einen Korb mit Fladenbrot und die Flasche Rotwein stellte, die Lucien gerade geöffnet hatte.

Göttliche, herzhafte Düfte stiegen aus ihrer Schüssel auf, als Sophie an dem kleinen Tisch Platz nahm.

Als sie ihren Löffel in das reichhaltige Gericht tauchte, kam ihr ein Gedanke. »Das ist doch kein Rentier, oder?«

Lucien hob amüsiert die Augenbrauen. »Keine Sorge, Prinzessin. Du bist nicht dabei, Rudolph aufzuessen.« Er streute etwas Salz über seine Portion. »Das machen wir morgen, er ist köstlich.«

Der sanfte Spott machte Sophie nichts aus. Sie war froh, dass er wieder nach seinem normalen Selbst klang. Stattdessen schloss sie die Augen, um das himmlische Mahl zu genießen. Luciens Haushälterin war auf bestem Wege, zu einem ihrer liebsten Menschen zu werden – nicht nur, dass sie richtig nett war, sie war auch noch ein kulinarisches Genie.

Eine lockere Atmosphäre gegenseitiger Bewunderung legte sich beim Essen über sie. Sie sprachen über nichts außerordentlich Belangvolles, obwohl es so viel zu sagen gab. Im Moment waren sie zufrieden, einfach nur den ruhigen Ort und die Nahrung für Leib und Seele zu teilen, hinaus in die dunkle Winterlandschaft zu blicken und durchzuatmen.

Lucien goss großzügig Cognac in die Kristallgläser auf dem Küchentresen, mit den Gedanken bei der Frau, die nebenan am Feuer auf ihn wartete. *Sophie war hier.* Sie war zu ihm gekommen, obwohl er ihr in London ihre Liebe vor die Füße geworfen hatte. Er wusste, dass er ihr sehr wehgetan hatte, und doch hatte sie zu ihm gefunden, um ihm beizustehen, ohne auch nur eine Sekunde zu zögern. Bis zu ihrer Ankunft hatte er sich nicht gestattet, über das Ausmaß der Situation mit seinem Vater nachzudenken. Er hatte sich so an die Rolle eines entfremdeten Sohns gewöhnt, dass er nichts anderes kannte. Die Vorstellung, ihn im Krankenhaus zu besuchen, erfüllte ihn mit unsagbarem Grauen. Würden sie sich beide überhaupt erkennen? In Luciens Erinnerung war sein Vater überlebensgroß und ein großer Mann mit einer ebenso großen Persönlichkeit, ein starker und erdrückender Einfluss im Hintergrund seines Lebens, der nicht so einfach wegzudenken war.

Mit einem Seufzen nahm er die Gläser in die Hand und trug sie ins Wohnzimmer, unbeschreiblich erleichtert, Sophie hier zu haben. Sie reagierte nicht auf ihn, als er durch die Tür trat, und so blieb er kurz stehen und sah sie an. Bekleidet mit einem seiner Hemden, weil ihr Gepäck noch in ihrem Hotel in der Stadt war, hatte sie sich am Ende des Sofas zusammengerollt, um ins Feuer zu blicken, und war eingenickt.

Er war nicht überrascht. Sie war fast den ganzen Tag unterwegs gewesen, um hierherzukommen, und konnte in den letzten Tagen nicht viel Ruhe gehabt haben. *Flugzeuge, Busse und Taxis, hatte sie gesagt.* Die Vorstellung, dass Sophie all das ganz allein geregelt hatte, um zu ihm zu gelangen, imponierte ihm. In London hatte sie einmal gewitzelt, dass sie schon Probleme damit habe, die U-Bahn-Pläne zu lesen. Er hatte keinen blassen Schimmer, wie sie es geschafft hatte, mit norwegischen Busfahrplänen klarzukommen. Andererseits war sie Sophie Black, das Mädchen, das ihn überrascht hatte. Jemandem wie ihr war er noch nie begegnet. Auf den ersten Blick war sie ruhig und bescheiden, aber kratzte man an der Oberfläche, war sie atemberaubend.

Er stellte die Gläser ab und ließ sich neben dem Sofa auf dem Boden nieder. Das letzte Mal, als sie zusammen in diesem Haus gewesen waren, war alles ganz anders gewesen. Er hatte Sophie hierhergebracht, um sie zu verführen, ihr etwas beizubringen und sie letztendlich zu befreien. Das war jedenfalls seine Sichtweise gewesen. Jetzt sah er, dass er es zumindest teilweise falsch aufgefasst hatte. Sophie zu verführen war ein gegenseitiges Vergnügen gewesen, und sie hatte sich als hervorragende und sehr lernwillige Schülerin erwiesen, aber was ihre Befreiung anging, hatte er kläglich versagt. Er hatte sie nur von einem untreuen Mann befreit, damit sie sich in einen anderen verliebte, der ihr nicht geben konnte oder wollte, was sie verdiente.

Und darin lag der Kern des Problems. Er wollte sie nicht gehen lassen, damit sie eines Tages den Mann fand, der ihr all das geben konnte und wollte. Die Vorstellung, dass ein anderer Mann sie berührte, brachte sein Herz zum Stillstand und ließ es ihn in den Fäusten jucken. Er wollte sie für sich behalten. Er hatte versucht, sie loszulassen, das hatte er wirklich, aber diesmal brachte er es einfach nicht fertig, sie wegzuschicken. Er wollte sie hier bei sich haben. Ja, er brauchte sie sogar. Das war ziemlich selbstsüchtig, aber wenn er sie in seiner Nähe hatte, schien alles stimmig zu sein, auch wenn alles andere auf der Welt verkehrt zu sein schien.

Er betrachtete ihr Gesicht. Alles an dem Mädchen war reizend, von der rosa Färbung ihrer zarten Wangen bis zum vollen, zum Küssen verführenden Schwung ihrer Lippen. Sie wirkte unschuldig und sündig zugleich, denn er wusste, wie sehr sie fähig war, diesen Mund zu benutzen, um ihn vor lauter Lust um den Verstand zu bringen. Sein Verlangen nach ihr verschwand nicht mehr. Je mehr sie ihm gab, desto mehr wollte er. Er war absolut süchtig geworden.

Als Erstes verspürte Sophie Wärme, gefolgt von der Berührung durch Luciens Finger, ein langsames Aufwärtsstreben von ihrem Knie bis hoch zu ihrem Oberschenkel. Er beugte sich über sie, als sie die Augen aufschlug, kostete ein paar Augenblicke lang ihre Lippen, ein kurzes Reiben seiner Zunge an ihrer, das ihren Körper sofort hellwach machte. Sie strich ihm mit der Hand über den Nacken, dann löste sie sich von seinem Mund und rutschte ein bisschen höher. Das Cognacglas, das er ihr gereicht hatte, in der einen Hand, legte sie ihm die andere auf die Schulter.

»Alles in Ordnung?«

Ihre Worte waren mit Absicht allgemein gehalten, um ihm Gelegenheit zu geben, sich wegen seines Vaters zu öffnen, wenn er wollte, oder nicht. Er zuckte mit den Achseln, seufzte schwer, während er seinen Weinbrand im Glas schwenkte. Es dauerte eine Weile, bis er sprechen konnte.

»Ich hätte dir nicht sagen sollen, er sei tot«, sagte er endlich.

Sophie antwortete nicht, sondern setzte die gleichmäßige Massage seiner Schulter fort, in der Hoffnung, dass es ihm irgendwie half.

»Ich habe seit meinem dreizehnten Lebensjahr nicht mehr mit ihm gesprochen.«

»Unglaublich«, sagte sie leise. Ihre eigenen Eltern waren eine feste Konstante in ihrem Leben, gegen die zu rebellieren sie nie Grund gehabt hatte.

»Ich habe meine Mutter in der Küche gefunden, als ich von der Schule heimkam.« Lucien nahm die Augen nicht von seinem Getränk, und das unerträgliche Gewicht des Kummers in seiner Stimme brach Sophie fast das Herz. »Als ich dreizehn war.«

Jede Faser ihres Körpers verlangte schmerzlich danach, ihn in die Arme zu nehmen, aber sie spürte, dass er erst zum Ende dieser Geschichte gelangen musste. Also schwieg sie, den Kopf voller Bilder des blonden Kindes von dem Foto auf Luciens Schreibtisch und nach dem Schock, den er all die Jahre mit sich herumgetragen hatte.

»Sie war kalt, Sophie. So unsagbar kalt.« Lucien schloss für ein paar Sekunden die Augen und schüttelte langsam den Kopf.

»Überall waren Tabletten, ich konnte sie unter meinen Stiefeln knirschen hören ... Ich war zu spät gekommen.«

Dieses Mal konnte sie sich nicht zurückhalten. Sie legte ihm liebevoll die Hand auf den gebeugten Nacken.

»Du warst noch ein Kind, Lucien«, sagte sie sanft. Millionen Fragen rasten durch ihren Kopf. Was war geschehen, das seine Mutter zu einer solchen Verzweiflungstat getrieben hatte? Sophie konnte sich nicht vorstellen, jemals ein Kind allein und mutterlos zurückzulassen.

Seine Stimme klang verbittert. »Danach nicht mehr. An jenem Tag bin ich erwachsen geworden. Ich habe noch das zerknüllte Foto von meinem Vater, das sie aus ihrer zur Faust geballten Hand herauslösen mussten.«

Er seufzte, ein schweres, abgehacktes Ausstoßen von Luft, als er sich heftig die Stirn rieb.

»Sie war zerbrechlich. Zart.« Endlich hob Lucien seine gequälten, düsteren Augen, um Sophies Blick zu begegnen. Ihr Herz zog sich schmerzvoll zusammen, als er die Hand ausstreckte und ihr mit grimmig verzerrter Miene über das Haar streichelte. »Sie ist an seiner Affäre zerbrochen, Sophie.« Er hielt inne, schmerzgepeinigt. »Sie ist an der Liebe zerbrochen.« Das langsame, zärtliche Streicheln seines Daumens über ihre Unterlippe sprach Bände. »Ich will nicht, dass du an mir zerbrichst«, flüsterte er.

Ihm versagte fast die Stimme bei diesen Worten, und Sophie legte ihre zitternden Hände um sein Gesicht.

»Ich werde nicht an dir zerbrechen.« Tränen verbrühten ihr die Wangen, als sie den Abstand zwischen ihnen verringerte. »Ich werde nicht an dir zerbrechen«, sagte sie noch einmal, und ihre Lippen zitterten, als sie ihn küsste. Er erwiderte ihren Kuss. Der bittersüßeste, ergreifendste aller Küsse. Der Kuss eines trauernden Mannes. Seine Arme legten sich um sie, erst zärtlich und dann ungestüm, sein Atem war ein ersticktes Kratzen von Emotionen in seiner Kehle. Sophie drückte ihn, wünschte, sie könnte den Schmerz von ihm nehmen. Es war kein Wunder, dass die Vorstellung von Liebe ihm eine Heidenangst einjagte, er hatte diese Last so lang allein getragen. Für ihn war die Liebe zerstörerisch und hässlich. Sie hatte ihm den Menschen genommen, den er mehr brauchte als alles auf der Welt, in einem Alter, als er viel zu jung war, um das Geschehene zu verarbeiten.

Lange Zeit hielten sie einander fest, das Knistern des Feuers war das einzige Geräusch im Raum. Sophie schlug die Augen auf, betrachtete die Flammen und streichelte Luciens Rücken, während sie im Geist die Puzzleteile zusammensetzte, jetzt, da sie seine Dämonen verstand. Sie war vielleicht nicht in der Lage, seine Vergangenheit wieder in Ordnung zu bringen, aber sie war bereit, den Rest ihres Lebens damit zu verbringen, ihm zu zeigen, was Liebe sein konnte: schön, nicht hässlich, erhebend und nicht zerstörerisch und wertvoller als alle Diamanten der Welt.

37

Auf dem Weg durch die ruhigen Korridore zum Zimmer seines Vaters schlug Lucien der überall gleiche Geruch von Krankenhäusern entgegen, ein Anflug von Desinfektionsmittel, um die weniger angenehmen Gerüche zu überlagern.

Dass er noch bis spät in die Nacht mit Sophie über die Sache geredet hatte, hatte ihm den letzten Stoß gegeben, den er gebraucht hatte, um herzukommen. Sie hatte ihm zugehört, ohne zu richten, ihm sogar angeboten, ihm den Brief vorzulesen. Immerhin war er sofort nach Norwegen geflogen, als er von dem verschlechterten Gesundheitszustand seines Vaters gehört hatte. Diese Pilgerfahrt hatte wenig Sinn, wenn er nicht gewillt war, sie bis zum bitteren Ende durchzustehen. Wenn sonst zu nichts anderem würde es zumindest zu einem Abschluss ihrer Beziehung führen. Vollständigkeit hatte Sophie es genannt. Ihr Angebot, ihn zu begleiten, hatte er abgelehnt, aber das hieß nicht, dass ihm die Vorstellung keinen Mut machte, dass sie im Blockhaus auf ihn wartete.

Er griff in seine Innentasche, um sich noch einmal davon zu überzeugen, dass der ungeöffnete Brief noch da war. *Was würde darin stehen?* Die Aussicht, ihn zu lesen, hing wie ein Mühlstein um seinen Hals, aber die Aussicht, ihn nicht rechtzeitig gelesen zu haben, wog noch schwerer. Er hatte am Morgen mit der Schwester gesprochen, die sich um seinen Vater kümmerte, und der Ernst ihrer Stimme, als sie ihm nahelegte, lieber früher als später zu kommen, hatte ihm klargemacht, wie schlecht es um ihn stand.

Er verhielt seine Schritte, die Hände in den Taschen seiner Jeans, als die an den Türen stehenden Zimmernummern darauf hinwiesen, dass er sich derjenigen näherte, hinter der sein Vater lag.

Das war es also. Achtzehn Jahre waren vergangen, seit Lucien seinem Vater den Rücken gekehrt hatte, und seitdem hatte er keinen der Ölzweige annehmen wollen, die ihm im Lauf der Jahre hingehalten worden waren.

Was seinen Vater anging, waren seine Gefühle nie über die jenes verängstigten, trauernden Jungen hinausgegangen, kaum ein Teenager, und doch gezwungen, lebensverändernde Entscheidungen zu fällen. Seine damalige Reaktion war gewesen, seinem Vater alle Schuld zuzuweisen, und sein zunehmendes Alter hatte wenig dazu beigetragen, seine Einstellung zu ändern.

Er hielt kurz inne, räusperte sich und öffnete dann entschlossen die Tür zum Zimmer seines Vaters.

Die Schwester, die gerade mit dem Tropf seines Vaters beschäftigt war, blickte auf, als er den Raum betrat, überrascht vom plötzlichen Auftauchen dieses ausgefallen schönen Besuchers.

Lucien nickte ihr kurz zu, ein zerstreuter Gruß, bevor er seinen Blick langsam auf den Mann richtete, der im Krankenhausbett lag. Seine Augen waren geschlossen. Auf den ersten Blick war es unmöglich festzustellen, ob er bewusstlos war oder schlief. Lucien betrachtete ihn, versuchte den Mann im Bett mit dem Mann in seiner Erinnerung in Einklang zu bringen. Wo früher Masse und Muskeln gewesen waren, waren jetzt nur noch Haut und Knochen. Wo Vitalität und Gelächter gewesen waren, waren jetzt nur noch Verfall und Haut so dünn wie Papier, die graue Totenmaske eines Mannes, der sich fast schon vom Leben losgesagt hatte.

»Sind Sie sein Sohn?«

Lucien sah die Schwester an und nickte trostlos.

»Er hat auf Sie gewartet«, sagte sie mit sanfter, norwegischer Stimme behutsam und ohne Vorwurf. Lucien nahm die unterschwellige Kritik trotzdem wahr und schluckte alle Worte der Verteidigung, die in seinem Innersten loderten, hinunter. Stattdessen streifte er sich die Jacke von den Schultern, hängte sie über die Lehne des Plastikstuhls neben dem Bett seines Vaters, setzte sich und ließ dann seine Augen auf dem kaum wiederzuerkennenden Mann ruhen, der vor ihm ausgestreckt dalag.

Er wirkte so klein. Hatte er durch die Krankheit an Größe verloren, oder spielte ihm die Erinnerung einen Streich? Lag es einfach daran, dass er seinen Vater jetzt mit den Augen eines Erwachsenen statt eines Jungen sah? Was es auch war, es traf ihn zutiefst.

»Dann lasse ich Sie mal alleine. Gleich hier oben ist ein Rufknopf.« Die Schwester deutete auf einen Schalter über dem Bett. »Er driftet jetzt immer wieder in die Bewusstlosigkeit hinüber. Drücken Sie den Knopf, wenn Sie mich brauchen.«

Die Tür schloss sich leise hinter ihr, und Lucien rieb sich mit beiden Händen das Gesicht. *Was sollte er jetzt tun? Würde sein Vater ihn hören, wenn er sprach? Würde er aufwachen?*

Höflichkeitsfloskeln schienen nicht viel Sinn zu haben.

»Olaf hat mir deinen Brief gegeben.«

Wenn sein Vater ihn hörte, ließ er es sich nicht durch äußere Zeichen anmerken. Seine Brust hob und senkte sich heftig mithilfe der Maschine neben dem Bett, und seine Arme lagen stocksteif auf dem gestärkten, weißen Bettbezug. Lucien überlegte sich, ob er seine Hand berühren sollte, musste aber feststellen, dass seine Finger seinem Gehirn nicht gehorchen wollten, also griff er stattdessen nach dem Brief in seiner Jacke.

»Ich habe ihn noch nicht gelesen«, sagte er und drehte den Umschlag zwischen den Fingern. Sein eigener Name war das einzige Wort auf der Vorderseite. Die Handschrift seines Vaters war ihm von den vielen Briefen vertraut, die er über die Jahre erhalten und unbeantwortet gelassen hatte.

Lucien hatte den Brief mit sich herumgetragen, seit Olaf ihn ihm ausgehändigt hatte. Er hatte nicht unbedingt geplant, ihn am Krankenbett seines Vaters zu lesen, und doch ertappte er sich jetzt dabei, dass er ihn öffnete. *Wo sonst sollte er es machen?* Er hätte ihn schon mehrmals fast geöffnet, aber plötzlich schien ihm dieser Ort hier und die Gegenwart des Mannes, der ihn geschrieben hatte, der einzig angemessene zu sein. Er hob die Augen von dem Umschlag, als er das gefaltete Stück Papier herauszog, und für einen Moment glaubte er eine winzige Bewegung hinter den Augenlidern seines Vaters wahrzunehmen. Er sah ihn ein paar Sekunden lang prüfend an, aber seine Bewegungslosigkeit war so absolut, dass Lucien sicher war, dass er sich geirrt hatte.

Das Blatt Papier versuchte, wieder in die Falten zurückzufallen, in denen es so viele Jahre lang gelegen hatte. Lucien strich es auf seinem Knie glatt, und mit einem letzten unsicheren Blick auf seinen Vater begann er, laut vorzulesen.

Mein liebster Lucien,

so viele Male habe ich versucht, dich um Verzeihung zu bitten. Ich möchte, dass du weißt, dass ich verstehe, warum du nie bereit warst, meine Entschuldigung anzunehmen, und auch, dass ich dir diese Entscheidung nicht übel nehme. Ich bewundere dich. Ich weiß, dass du deine Mutter sehr geliebt hast, du warst immer so viel mehr ihr Sohn als meiner. Du hast ihren wundervollen Mut, ihre Überzeugung und ihre Fähigkeit geerbt, die Realität zu erkennen.

Ich habe kein Recht zu erwarten, dass du mir glaubst, wenn ich dir sage, dass ich deine Mutter sehr geliebt habe, aber es ist die Wahrheit. Was ihr zugestoßen ist, ist ganz allein meine Schuld. Ich bin ein schwacher Mensch, mein Sohn, und das Leben, das ich danach geführt habe, war ein Leben voller Selbstvorwürfe. Sie hat ihr Leben verloren, du hast deine Mutter verloren, und ich habe durch meine bedauernswerte Unbesonnenheit euch beide verloren.

Ich habe dich zu einem Mann heranwachsen sehen, auf den sie unglaublich stolz gewesen wäre. Wusstest du, dass wir dich Lucien genannt haben, weil es Licht bedeutet? Als Norweger wirst du verstehen, wie kostbar Licht ist. Du warst ihr Licht, und meines auch.

Du bist kein schwacher Mensch, Lucien. Verbringe dein Leben nicht im Hass. Sei deiner Mutter Sohn und lass das Licht herein.

Habe Mut, mein Kind.

Pappa

Als Lucien wieder hochsah, waren die Augen seines Vaters offen und schwammen in Tränen, und diesmal griff Lucien ohne zu zögern nach der schmächtigen Hand auf der Bettdecke.

»Pappa.«

Ein kleines, fast heiteres Lächeln erwärmte die Gesichtszüge des kranken Mannes. Als Lucien auf die Knie sank und das Gesicht auf die Hand seines Vaters presste, zeigten die Maschinen um sie herum plötzlich eine Nulllinie an und riefen die Schwester herbei, die sofort kam, als hätte sie draußen schon darauf gewartet.

38

Sophie lief im Blockhaus auf und ab und kam nicht zur Ruhe. Lucien war schon fast den ganzen Tag unterwegs, und nach den Neuigkeiten aus dem Krankenhaus vom heutigen Morgen, bevor er gegangen war, würde er wahrscheinlich mit der denkbar schlechtesten Nachricht zurückkehren. Sie hatten bis spät in die Nacht miteinander geredet, und morgens war Sophie mit einem neuen Verständnis und Respekt für den Mann, der noch neben ihr geschlafen hatte, aufgewacht.

Er hatte zwei Leben geführt. Ein gewöhnliches Leben, vor dem Selbstmord seiner Mutter, und das andere in einem ständigen Kampf, um mit seinen Dämonen Frieden zu schließen. Zorn auf seinen Vater. Schuldgefühle, weil er nicht rechtzeitig aus der Schule gekommen war, um seine Mutter zu retten. Und Trauer, weil er auf die eine oder andere Art beide auf einen Schlag verloren hatte. Der grausame Wechsel im Leben des fröhlichen Kindes zu einer traurigen Waise war für Sophie ein unerträglicher Gedanke und weckte in ihr den Wunsch, in der Zeit zurückzureisen und ihn dort zu trösten. Ihr blieb nichts, als zu warten und zu hoffen, dass der Besuch bei seinem Vater ihm nach all den Jahren irgendeinen Trost spenden würde.

Das Einzige, worüber sie vergangene Nacht überhaupt nicht gesprochen hatten, war ihre Beziehung zueinander. Seit ihrer Ankunft hier in Norwegen hatte sich zwischen ihnen etwas verändert. Lucien hatte ganz anders reagiert, als sie erwartet hatte. Er hatte nicht gegen sie angekämpft oder eine Mauer aufgebaut, sondern nur Erleichterung gezeigt, Dankbarkeit und Freude. Als er am Morgen zum Krankenhaus aufgebrochen war, hatte er sie geküsst, langsam und quälend zärtlich, bevor er sie an seine Brust gedrückt hatte.

Ihr Herz klopfte heftig, als sie draußen ein Auto hörte, und in den Pelzpantoffeln, die Lucien ihr am Morgen gegeben hatte, mit unhörbaren Schritten zum Fenster ging.

Er war zu Hause. Sophie sah ihn die wenigen Meter über den vom Schnee befreiten Zugangsweg auf sie zukommen, den Kopf eingezogen gegen die kalte Abendluft. Sie war noch vor ihm an der Haustür, machte ihm auf und ließ ihn herein.

Seine sonst so goldene Hautfarbe war mit einer grauen Blässe überzogen, und ein Blick in sein Gesicht sagte Sophie alles, was sie wissen musste. Sie streckte die Hände nach der Jacke aus, die er schweigend auszog, und ging dann mit ihm zu dem Wärme spendenden Kamin.

Suppe wärmte ihren Magen und Weinbrand ihre Kehle, als sie schließlich eng nebeneinander auf dem Sofa saßen. Danach streckten sie sich aus, Lucien auf dem Rücken, Sophie dicht neben ihm. Es war eine Zeit, in der Worte weniger wirkungsvoll schienen als Taten. Der schützende Kreis einer Umarmung. Das zarte Streicheln einer Wange. Der lange Druck von einem Mund auf dem anderen, als sie in den Schlaf hinüberglitten, ohne zu merken, dass die Haushälterin leise das Geschirr abräumte und einen Fellüberwurf über ihre erschöpften Gestalten legte.

Gegen drei Uhr morgens wachte Lucien auf und betrachtete eine Weile die Frau, die an seiner Schulter schlief. Es gab viel, was er ihr sagen musste, und wie durch einen sechsten Sinn rührte sie sich, und zuckend hoben sich ihre Wimpern. Er betrachtete ihre Augen und sah, wie Besorgnis an die Stelle der wohligen Seligkeit ihrer Träume trat.

»Na du«, flüsterte sie und streckte ihre warme Hand aus, um sie ihm an die Wange zu legen.

»Na du«, sagte er und schlang beide Arme um sie. Er musste sie küssen, und dann gab es da etwas, das er ihr dringend sagen musste.

Sophie schmeckte ihn, mit dem warmen Nachgeschmack des Cognacs in seinem Mund, als er sich über ihrem öffnete. Er drückte sie an sich und küsste sie innig. Als er den Kopf hob, strich er ihr das Haar hinters Ohr und drehte sich auf die Seite, sodass sie sich in die Augen sehen konnten.

»Es tut mir leid, Sophie.«

Sie hatte ihre Finger mit seinen verflochten und drückte sie unwillkürlich. War das der Augenblick, in dem er sie wegschickte? Sie war sich nicht sicher, ob sie das noch einmal überleben würde, und die Angst hielt ihre Stimme gefangen.

»Es tut mir leid, dass ich so verkorkst bin.« Er senkte den Kopf und küsste sie wieder, fast, als bezöge er Stärke aus ihrer physischen Verbindung.

»Ich habe gestern viel über dich nachgedacht. Als ich an seinem Bett saß und diesen Brief gelesen habe ... ihn habe sterben sehen, einsam und voller Reue ...« Lucien seufzte tief und schüttelte den Kopf. »Ich will nicht in dreißig Jahren dieser Mann sein, Sophie.«

Langsam bekam sie eine Ahnung, wohin dieses Gespräch

führen würde, und konnte nur zuhören, während er die Worte fand, die ihm nicht leichtfielen. Er blickte auf ihr Handgelenk und berührte mit einem Finger das zarte Armband aus Gold und Diamanten, das es umschloss.

»Du hast mich in Paris gefragt, wie viele Frauen ich geliebt hätte. Ich sagte, eine. Ich hätte sagen sollen, zwei.« Er legte die Hand um ihre Wange, und sein Daumen fuhr über ihre Unterlippe. »Als Kind habe ich meine Mutter geliebt, und als Mann liebe ich dich.«

Dann neigte er sich vor zu ihr, mit dem gefühlvollen, unglaublich heißen Kuss, den nur ein verliebter Mann geben kann. Sophie lieferte ihm ihren Mund aus, und Tränen rannen ihr übers Gesicht. »Du hast schon wieder das Wort mit L gesagt.« Halb lachte und halb weinte sie.

»Das habe ich.« Sein herzbrecherisch schönes Lächeln umspielte seine Lippen, und seine Hand glitt unter ihr T-Shirt, um ihre Brust zu umfangen. »Ich liebe jeden sexy Zentimeter von dir, Sophie Black.«

»Ich liebe dich auch, Lucien. Ich liebe dich so sehr.«

Wenig später drückte Lucien Sophies warmen, nackten Körper an seinen, schloss sie von hinten in die Arme und beobachtete über ihre Schulter hinweg das Feuer. Sich zu lieben ohne die Beschränkung, es nicht sagen zu können, hatte ihn friedvoll und müde gemacht, und Sophie immer und immer wieder »Ich liebe dich« sagen zu hören, während er kam, war die erotischste Erfahrung seines Lebens gewesen.

»Lass uns das für immer tun, Prinzessin«, murmelte er und küsste ihr Ohr.

Sie lächelte schläfrig. »Schlaf, Lucien.«

Und zum ersten Mal seit sehr langer Zeit tat Lucien Knight, was ihm gesagt wurde. Er schloss die Augen und glitt in den Schlaf hinüber, sein Geist war erfüllt mit Frieden und sein Herz mit Sophie Black, dem Mädchen, das ihn überrascht hatte.

Epilog

»Wenn du sie nicht hinlegst, schläft sie nie ein, Lucien.« Sophie streichelte Luciens nackte, sonnengebräunte Schulter und ließ ihre Finger dort noch ein Weilchen ruhen, um ihre schlanke, feste Kraft zu bewundern, als er ihre gemeinsame kleine Tochter im Arm wiegte.

»Gleich ist es so weit«, flüsterte er und schaukelte Tilly an seiner nackten Brust. »Geh doch schon runter, ich komme gleich.«

Mit kaum wahrnehmbarem Zwinkern sah er Sophie an, und sie begegnete seinem Blick mit belustigten Augen. Wenn Lucien das Baby nicht hinlegte, würde es noch eine Weile dauern, bis es im Reich der Träume angekommen war.

Vor ein paar Jahren hatte er ihr erzählt, dass er in seinem Leben zwei Frauen geliebt habe. Matildas Ankunft hatte diese Zahl auf drei erhöht.

Sophie blickte von Mann zu Kind, beide zutiefst zufrieden miteinander. Sie sahen lächerlich perfekt aus, besser als die Millionen von Schwarz-Weiß-Postern, die Frauen auf der ganzen Welt zum Schmachten brachten.

Unten in der Küche ließ Sophie Wasser ins Spülbecken, um das Geschirr vom Abendessen abzuwaschen. Sie hätte die Maschine benutzen können, aber sie verrichtete die schlichte Hausarbeit gern von Hand, während sie den friedlichen Blick aus dem Fenster genoss.

Sie befanden sich in der Jahreszeit der Mitternachtssonne, und Streifen aus Gold und Pfirsich zogen sich über den Himmel hinter den Bergen, so schön, dass es fast wehtat.

Das wenige Personal des Blockhauses war im Urlaub, und so war die kleine Familie während ihrer kostbaren Sommerpause völliger Privatheit überlassen.

Das Leben zu Hause in London war immer verrückt, und Matildas Ankunft hatte es nur noch verrückter gemacht.

Bei ihrer Arbeit an Luciens Seite in den letzten paar Jahren hatte Sophie die Aufgabe übernommen, Luciens Clubs ein kleines feminines Extra nach Pariser Art hinzuzufügen.

Seit ihrem Besuch in der französischen Hauptstadt war sie von der Idee einer Boutique vor Ort hingerissen und sofort Feuer und Flamme gewesen, als sie die Gelegenheit bekam, einen kleinen Laden innerhalb eines jeden Gateway-Clubs zu eröffnen. Da sie bei der Eröffnung des ersten Geschäftes in ihrem Vorzeigeclub in London im siebten Monat schwanger war, war Kara dem Team beigetreten, erfreut, den Champagner trinken zu können, den Sophie nicht trinken durfte, während Lucien wie ein beschützerischer Löwe um sie herumgeschlichen war.

Sie drehte sich um, als sie ihn die Treppe herunterkommen hörte, barfuß und schön, nur mit ausgewaschenen, tief sitzenden Jeans bekleidet. Er stellte das Babyfon auf den Küchentresen und schlang ihr am Spülbecken die Arme um die Taille, eine Sekunde lang bedeckten seine Finger im Wasser ihre, dann glitten sie ihre Arme hinauf.

»Mir gefällt, dass dir das gefällt«, murmelte er und küsste sie auf die Schulter. »Ich werde dich öfter ans Spülbecken ketten.«

Sophie lachte und stieß ihn leicht mit dem Ellenbogen an. Sie verbrachte den Großteil des Tages in Killer-High-Heels und Kleidern, die entworfen waren, um Lucien von seiner Arbeit abzulenken, und er erfreute sich daran, sie dafür auf die schönste Weise bezahlen zu lassen.

»Geh weg, du bist eklig«, lachte sie, und ihr Puls beschleunigte sich, als er den Nackenträger ihres Sommertops mit seinen Zähnen löste. Er blickte über die Schulter auf den Teller in ihren Händen. »Du würdest eine miserable Haushälterin abgeben. Du hast da etwas übersehen«, murmelte er und zog ihr mit einer einzigen, fließenden Bewegung das Oberteil bis zur Taille runter.

»Ich bin nicht sicher, ob ich das gutheißen würde, wenn ich deine Haushälterin wäre«, sagte sie atemlos, als seine Hände sich auf ihre nackten Brüste legten.

»Ich liebe deine Brüste immer noch.« Er hatte es über die Jahre schon so oft gesagt, aber seine Worte brachten sie immer noch ein bisschen zum Lachen und ließ sie nach Luft schnappen, als er seine Hände in die seifige Lauge tauchte und dann Schaum um ihre Brustwarzen herum verteilte. Sie konnte sein Glied hart unten an ihrem Rücken spüren und bog sich ihm instinktiv entgegen.

»Konzentriere dich auf deine Arbeit, Prinzessin, oder ich lasse dich noch einmal von vorn anfangen.«

Sophie seufzte theatralisch, als sie den Teller wieder im Wasser versenkte.

»Schon besser«, sagte er und hielt mit den Händen ihre Hüften fest, während er Küsse entlang ihrer Wirbelsäule verteilte. Ihre Finger krümmten sich um die Kante des Spülbeckens, als er hinter ihr auf die Knie ging und ihren ausgefransten Jeansrock über ihr Hinterteil hochschob.

»Na, na, na ...«, murmelte er, eindeutig erfreut über die Tatsache, dass sie kein Höschen trug. Was eigentlich nicht weiter überraschend für ihn hätte sein dürfen, da er es ihr selbst beim nachmittäglichen Sonnenbad auf der Dachterrasse ausgezogen hatte.

Norwegen war über die Jahre zu ihrem zweiten Zuhause geworden, und im Sommer liebte Sophie es am meisten. Üppiges Gras und die schönsten Wildblumen sprossen in den Bergen, und die Sonne küsste ihre Schultern, während sie sich vom Stress ihres schonungslosen Londoner Lebens erholten. Zu Hause hatten sie sich daran gewöhnt, ihre Terminkalender aufeinander abzustimmen und die Bürotür abzuschließen, wann immer das Verlangen, das neuste Sexspielzeug einem Praxistest zu unterziehen, zu stark wurde. Hier draußen war es wunderschön, einfach nur die Sonne aufzusaugen und einander in einem gemächlicheren Tempo zu genießen.

Nicht, dass es irgendwie gemächlich gewesen wäre, wie Lucien sie am Nachmittag ausgezogen hatte, während Tilly ihr Nickerchen gemacht hatte. Sein sexueller Appetit schien mit dem Fortschreiten ihrer Beziehung nur noch zu wachsen, ebenso wie sein Sinn für Abenteuer.

Keine Grenzen, keine Lügen und niemand anderes, das waren die drei goldenen Regeln, auf denen sie ihre Beziehung gebaut hatten, und ihre Grenzen testete Lucien verdammt oft aus. Das Leben an seiner Seite war niemals langweilig, und sie war noch nie glücklicher gewesen.

»Schön weiterschrubben«, flüsterte er, und sein Mund vagabundierte über die Rundungen ihres Pos. Sie versuchte wirklich ihr Bestes, aber sie war nicht ganz bei der Sache, als er seine warme Schulter zwischen ihre Oberschenkel schob, um sie gerade so weit zu spreizen, dass er dazwischen kam. Sie gab jedes Vortäuschen von Arbeit auf, als er die Innenseite ihrer Oberschenkel leckte und dann seinen Kopf in den Nacken legte, um flüchtig ihr Geschlecht mit dem Mund zu umschließen. Sie machte die Augen zu, als seine Finger in sie glitten, und stöhnte anfeuernd, als er mit dem Mund zu ihrer Klitoris zurückkehrte, um langsam daran zu saugen, was sie fast zum Schmelzen brachte. Sie keuchte seinen Namen, machte die Augen auf, als Lucien aufstand und hinter ihr seine Jeans aufknöpfte.

Zu wissen, wie gut er sich anfühlen würde, ließ sie ihn nur noch mehr begehren. Sie stieß einen Schrei aus, als seine Härte ihre Weichheit ausfüllte, lustvolle Atemstöße, als er seinen leichten Rhythmus fand. Er hielt sie dort gefangen und aufgespießt, küsste ihren Nacken, während er mit seinem Zeigefinger ihren Kitzler umkreiste.

»Du bist die anregendste kleine Haushälterin, die ich kenne.« Sophie konnte ihn an ihrem Ohr lächeln spüren. »Du bekommst den Job.«

Sie hätte gelacht, aber ihre ganze Konzentration war ganz darauf gerichtet, dass ihr Körper kurz davor war zu kommen. Lucien passte sich ihrem veränderten Tempo an und wechselte von einem leichten Gleiten zu einem heftigen Stoßen.

Es war Sex, es war Besessenheit, und es war Liebe. Es war das Leben in Farbe, voller Verheißung und Freude. Die beste aller Welten mit dem besten aller Männer.

Leseprobe

JENNIFER LYON
Plus One – Nur bei Dir

Kat Thayne blendete die Musik und den Lärm der Hochzeitsfeier aus und studierte mit kritischem Blick ihre Kreation. Die extra für diesen Anlass gestaltete Torte erhob sich in fünf imposanten Etagen aus schneeweißer Buttercreme und wurde gekrönt von Lavendelblüten mit Kaskaden von *Swarovski*-Kristallen. Tauben aus weißer Schokolade trugen fliederfarbene Bänder aus gefärbter Zuckerwatte, die sich um die Schichten schlangen. Der Effekt war so dezent wie hinreißend romantisch.

Sie hatte sich vorgenommen, dass die Fotos vom Anschneiden der Torte der abolute Knaller werden sollten, und tauschte einige leicht verwelkte Blüten gegen frische aus.

»Endlich fertig?«

Die ungeduldige Stimme des Fotografen störte sie in ihrer Konzentration. Sie funkelte ihn wütend an. »Sage ich Ihnen, wie Sie Ihre Bilder machen sollen?«

Er antwortete ihr mit einem verärgerten Grunzen, hielt aber den Mund, bis sie ihren Behälter mit den Utensilien geschlossen hatte, den Henkel ergriff und zurücktrat. Dann wurde er plötzlich aktiv und suchte mit der gleichen Akribie nach dem besten Aufnahmewinkel für die Torte, als ob er ein Covermodel für Bademoden vor sich gehabt hätte.

Kat verzieh ihm sofort seine Ungeduld von eben. Wer ihre Zuckerbabys richtig behandelte, dem sah sie fast alles nach.

Sie machte ihm Platz und zog sich in eine der vielen Ecken zurück, die das *La Jolla*, ein schickes kalifornisches Hotel, zu bieten hatte. Von dort aus hatte sie einen guten Blick auf den Ballsaal. Das Motto der Braut, Nacht der Diamanten, war hier mit weißen Rosen und Orchideen, drapiert mit Satinbändern in wunderschönen Kristallvasen, umgesetzt worden. Die Nacht wurde mittels dramatischem lavendelfarbenem Licht aus der Kuppel des Raums dargestellt, an der sternenförmige Kristalle glitzerten.

Eine perfekte Bühne für die Braut in ihrem weißen eng anliegenden Kleid mit von Hand aufgenähten Kristallen. Sie schien sich in der Bewunderung ihrer Gäste zu sonnen.

Kat schauderte. Der Gedanke, dass sie im Mittelpunkt solcher Aufmerksamkeit stehen könnte, verursachte ihr Unbehagen. Sie war in eine Welt des Wohlstands und der Privilegien hineingeboren worden, aber sie passte dort nicht hin und hatte niemals wirklich hingepasst. Das ständige Bestreben, etwas zu sein, was sie nicht war, hatte sie beinah zerstört. Nach einem brutalen Raubüberfall vor sechs Jahren ...

Denk nicht daran.

Sie war hier, um ihre Arbeit zu machen, die sie liebte, nicht um alte Erinnerungen noch einmal aufleben zu lassen.

Stattdessen beobachtete sie die Gäste: Sie trugen atemberaubende Abendkleider und Smokings, die mit dem Preis von Kats Auto mithalten konnten. Sie schlenderten umher, redeten und lachten, während sie aus Champagnergläsern

Louis Roederer Cristal tranken. Die Kleider waren wahre Kunstwerke, und Kat hatte Gefallen daran, die Schnitte zu studieren und sich die Ornamente und Muster einzuprägen, die sie für ihre Torten verwenden konnte.

Kat richtete ihre Aufmerksamkeit auf die Braut, die mit ihren Brautjungfern – den geduldigen Bräutigam im Schlepptau – die Hochzeitstorte in Augenschein nahm. Die übrigen Gäste scharten sich um sie.

Sie hörte das Getuschel. Lob für ihre Arbeit schwebte durch den Raum. Das klang in Kats Ohren so süß und befriedigend wie sonst nichts auf der Welt.

Dann ging mit einem Knistern wie von Elektrizität eine Bewegung durch die Menge.

Köpfe wurden gereckt, und alle schauten an Kat hinter ihrer mit Blumen umhüllten Säule vorbei zum Eingang des Saals.

Selbst die Braut hielt inne, um den Neuankömmling zu mustern.

Kat richtete ihre Aufmerksamkeit auf den Unruhestifter.

In der Tür des Ballsaals stand ein Mann, der mit seinen mindestens eins fünfundneunzig alle anderen im Raum überragte. Er trug einen eleganten tiefschwarzen Smoking und kein Fünkchen Farbe, um das Bild abzumildern. Selbst sein Hemd und seine Krawatte waren schwarz. Er sah aus wie der Tod. Ein sehr sexy, sehr faszinierender Tod.

Es war deutlich zu spüren, dass die übrigen Gäste wie elektrisiert waren. *Und das nur wegen eines Mannes.* Kat war immun gegen diese Art von aufgesetztem Charme, der schnell an Wirkung verlor, weil nichts dahintersteckte. Aber sie war schließlich auch nur ein Mensch und neugierig auf den Mann, der die Reichen und Mächtigen hier im Saal mühelos in seinen Bann schlug. Sie lugte ein wenig hinter der Säule hervor, um nur ja nichts zu verpassen.

Der Neuankömmling ging von seinem dramatischen Verharren in der Tür nahtlos zu einem schwungvollen Schritt über. Für einen so großen Mann bewegte er sich mit überraschender Geschmeidigkeit an den Tischen vorbei. Alle Augen im Raum folgten ihm.

Instinktiv wich sie zurück, um sich in ihrer Nische zu verbergen. Der Behälter mit ihren Utensilien, den sie in der Hand hielt, knallte gegen die Wand. *Mist.*

Der Mann hielt erneut inne und richtete seinen Blick auf sie.

Wie Schokolade mit Wasser vermischt verformte sie sich innerlich zu einem starren Klumpen. Der Blick aus seinen tiefdunklen Augen nahm ihr das vertraute Gefühl, mit dem Hintergrund zu verschmelzen. Stellte sie bloß. Fing sie ein. Sie ließ die unglaubliche Ausstrahlung dieses Mannes auf sich wirken: nachtschwarzes Haar mit einem neckischen Wirbel, braune Augen, wie glühende Kohle, mit leuchtenden bernsteinfarbenen Sprenkeln versehen. Die Kanten seines Gesichtes waren bemerkenswert eckig, selbst sein Kinn war harsch; wie zerklüftete Klippen, von erfahrener Hand gemeißelt. Es juckte sie in den Fingerspitzen, die wilde Schönheit seines Gesichts nachzuzeichnen, sich diese gnadenlosen Linien einzuprägen und sie später in einem ihrer Kuchen nachzubilden.

Das Herz schlug ihr bis zum Hals. Ihre Haut kribbelte, und die Härchen auf ihren Armen stellten sich wie elektrisiert auf.

Verdammt, sie war nicht so immun, wie sie dachte.

Kat riss gewaltsam den Blick von ihm los, entschlossen,

sich wieder unter Kontrolle zu bekommen. So hatte sie nicht mehr auf einen Mann reagiert seit ... nun ...

Seitdem.

Reflexartig krampfte sie die Finger ihrer linken Hand um den Plastikgriff ihres Utensilienkoffers und riss sich zusammen, um dieser seltsamen Anwandlung, die in ihr aufstieg, Herr zu werden. Sie machte keine Dates. War nicht dazu in der Lage. *Schau nicht hin. Er wird weitergehen. Ich bin nur eine Servicekraft. Schau nicht hin.* Sie konzentrierte sich auf ihre Torte. Ihre Schöpfung. Das schien zu helfen.

Allerdings sah sie ihn nur zu gut aus dem Augenwinkel. Der Mann wandte sich nach links.

Er kam direkt auf sie zu.

Die Blicke sämtlicher Anwesenden folgten ihm und ruhten schließlich auf ihr. *Mist.* Solange die Aufmerksamkeit ihren Torten galt oder ihrer Arbeit im Allgemeinen, fühlte sie sich gut.

Auf sicherem Boden.

Da hatte sie alles unter Kontrolle.

Die Art, wie er sie musterte, versengte ihr die Haut und machte sie hypersensibel; ihre Selbstkontrolle schmolz dahin und verwandelte sie in ein nervliches Wrack. Sie unterdrückte den Drang, wegzulaufen, beschwor ihre gesamte Willenskraft herauf und stellte sich ihm.

Er war nur noch wenige Schritte von ihr entfernt. Sie steckte in der Nische fest, die eben noch ihre Zuflucht gewesen war. Während er aufmerksam ihre Züge musterte, fühlte sich ihre Ecke an wie ein Gefängnis. Sie atmete ein, sehnte sich verzweifelt nach beruhigendem Sauerstoff.

Stattdessen stieg ihr der Duft von Seife und etwas Dunklem und durch und durch Männlichem in die Nase.

Sie versuchte zu begreifen, was er von ihr wollte. Überall um sie herum füllten zauberhafte Frauen mit kunstvollen Frisuren und prächtigen Roben und Juwelen den Raum. Sie hingegen hatte ihr braunes, mit violetten Strähnchen durchzogenes Haar zu einem schlichten Pferdeschwanz zurückgebunden. Und über T-Shirt und schwarzer Hose trug sie zu allem Überfluss auch noch ihre Arbeitsschürze. Warum also war er so auf sie fixiert?

Er blieb unmittelbar vor ihr stehen, und Kat bemühte sich verzweifelt um innere Ruhe, die sich einfach nicht einstellen wollte.

Sie räusperte sich und fragte: »Kann ich Ihnen irgendwie behilflich sein?« Sie hoffte hochmütig zu klingen, aber in ihren eigenen Ohren klang ihre Stimme nur dünn und brüchig.

Er ließ den Blick gemächlich über ihr Gesicht, ihren Hals bis hinunter zu ihren Sneakers wandern.

Es fühlte sich an, als zöge er sie mit den Augen aus. Kat riss ihren Utensilienkoffer an sich und schlang die Arme darum, um etwas Massives zwischen sich und ihn zu bringen.

Er zog die Augenbrauen hoch und fragte: »Kennen wir uns?«

Seine Stimme hatte einen seidigen Unterton, und seine Worte überraschten sie total. Sie konnte sich nicht vorstellen, diesem Mann begegnet zu sein und ihn vergessen zu haben. Manche Dinge mochten aus ihrem Gedächtnis gelöscht sein, aber er? Niemand würde einen Mann von solcher Präsenz vergessen. Aus nächster Nähe sah sie eine Narbe quer über seiner linken Augenbraue, und eine weitere zog sich rechts um seinen energischen Mund. Er war nicht im klassischen Sinne gut aussehend, eher auf wilde Art schön.

Antworte ihm!

»Nein.«

Er senkte ganz leicht das Kinn und musterte sie unter seinen hochgezogenen Augenbrauen. »Und wenn ich Sie gern kennenlernen würde?«

Verräterische Wärme breitete sich in ihrem Bauch aus. Sie kämpfte dagegen an, indem sie sich die Ecke des Kastens in die Hüfte rammte. Der stechende Schmerz setzte ihr Gehirn in Gang. Er musste sich auf Kosten einer Servicekraft amüsieren. Das war die einzige Erklärung, die ihr einfiel. »Brauchen Sie ein paar Kekse? Einen Kuchen? Vielleicht einen Notfallbrownie?«

In seinen Augenwinkeln bildeten sich Fältchen. »Welche Art von Notfall erfordert einen Brownie?«

Sie machte eine wegwerfende Handbewegung. »Oh, das Übliche. Trennungen, Schwiegereltern, die unerwartet auftauchen. Gern auch, wenn sich der Chef mal wieder als Mistkerl erwiesen hat. Wenn einem der Wein ausgeht. Und der klassische Fall von ...« Ihre Stimme verlor sich, sie sagte sich, dass sie es nicht tun sollte. Dass sie den Mund halten sollte.

Er blitzte sie herausfordernd an. »Kommen Sie, seien Sie nicht schüchtern. Ich würde zu gern den klassischen Notfall kennen, der einen Brownie erfordert.«

Sag es nicht. Aber ihr Mund bewegte sich bereits. »MAS. Oder für den Laien: Männliches Aufdringlichkeits-Syndrom.«

Die Sekunden dehnten sich in die Länge.

Kat war ganz schlecht. Sie war zu weit gegangen. Und das bei einem Mann, der offensichtlich über Macht verfügte.

Dem alles zustand. Und der total auf sie konzentriert war. Ihr Magen krampfte sich zusammen, und der Griff des Werkzeugkastens glitt ihr beinahe aus den plötzlich verschwitzten Händen. Sie hielt ihn fester und klammerte sich daran.

Sein linker Mundwinkel zuckte. »Haben Sie zufällig ein spezielles Konfekt für den Mann, dem eine herbe Abfuhr durch eine hübsche Konditorin erteilt wird?«

Für den Bruchteil einer Sekunde löste sich alles in Luft auf, bis auf den Mann vor ihr. Als seien sie die beiden einzigen Personen in diesem Raum.

Irgendjemand räusperte sich.

Die Realität brach durch den seltsamen Nebel in ihrem Gehirn, der in ihr den törichten Wunsch weckte, unaufrichtigen Komplimenten Glauben zu schenken. Aber Kat wusste es besser: Er spielte nur mit ihr. Für ihn war das lediglich eine Form von Unterhaltung. Zeit, das Ganze zu beenden. Und zwar sofort. Sie ließ ihren Werkzeugkoffer sinken und trat auf ihn zu. Ohne der Enge in ihrer Brust Beachtung zu schenken, blickte sie auf.

Ihm ins Gesicht. Er betrachtete sie, als sei sie seine Beute.

Kat rief sich ins Gedächtnis, dass sie in einem Raum voller Menschen vollkommen sicher war, und sie heuchelte Selbstbewusstsein, als sie antwortete. »Es ist alles ausverkauft. Vielleicht versuchen Sie es an der Bar?« Sie wartete seine Antwort nicht ab, sondern ging zur Tür, die in die Hotelküche führte.

Mit jeder Faser ihres Körpers spürte sie, wie die Blicke aller Anwesenden im Ballsaal ihr folgten. Vor allem aber sein Blick. Sie konnte ihn auf ihrem Rücken hinunter bis zu ihrem Hintern verfolgen – er hinterließ eine Spur des Erschauerns, eine Mischung aus Verlangen und Furcht.

Jennifer Lyon
Plus One

Roman

Die dunkle Seite der Leidenschaft

Sechs Jahre ist es her, dass Kat Thayne von einem Unbekannten angegriffen und schwer verletzt wurde – ein Vorfall, an den sie keine Erinnerungen hat. Als sie nun erneut Opfer eines Überfalls wird, rettet ihr der attraktive Milliardär Sloane Michaels das Leben. Sloane weckt Sehnsüchte in Kat, die sie längst verloren glaubte, und als er ihr ein verlockendes Angebot macht, fällt es ihr schwer, seinem gefährlichen Charme zu widerstehen.

Band 1: Nur bei dir
320 Seiten, kartoniert mit Klappe
€ 9,99 [D]
ISBN 978-3-8025-9524-0

Band 2: Seite an Seite
352 Seiten, kartoniert mit Klappe
€ 9,99 [D]
ISBN 978-3-8025-9525-7

www.egmont-lyx.de

Mehr zu Ihren Lieblingsautoren und -büchern
sowie Interviews, Newsletter, Leseproben,
Gewinnspiele und Trailer finden Sie unter:
www.egmont-lyx.de

Lisa Renee Jones
Deep Secrets

Roman

Als Sara McMillan die erotischen Tagebücher einer Frau namens Rebecca findet, ist sie von deren Inhalt gleichermaßen erschüttert wie fasziniert. Sie will herausfinden, was mit Rebecca geschehen ist, und begibt sich auf die Suche nach ihr. Doch dabei gerät sie wie diese selbst in den Bann zweier geheimnisvoller Männer, die eine gefährliche Sehnsucht in ihr wecken – eine Sehnsucht, die Sara schon bald zu überwältigen droht …

Band 1: Berührung
352 Seiten, kartoniert mit Klappe
€ 9,99 [D]
ISBN 978-3-8025-9259-1

Band 2: Enthüllung
384 Seiten, kartoniert mit Klappe
€ 9,99 [D]
ISBN 978-3-8025-9263-8

Band 3: Hingabe
384 Seiten, kartoniert mit Klappe
€ 9,99 [D]
ISBN 978-3-8025-9265-2

www.egmont-lyx.de

Mehr zu Ihren Lieblingsautoren und –büchern
sowie Interviews, Newsletter, Leseproben,
Gewinnspiele und Trailer finden Sie unter:
www.egmont-lyx.de

Maya Banks
Dark Surrender

Roman

Drei Frauen, drei Schicksale, drei Neuanfänge. Sie erforschen ihre erotischsten Fantasien, ihre intimsten Sehnsüchte werden wahr – und ihnen öffnet sich eine Welt der Verführung, Lust und Leidenschaft, die schockierend, hemmungslos, überwältigend … und unwiderstehlich ist.

Band 1: Leidenschaft
416 Seiten, kartoniert mit Klappe
€ 9,99 [D]
ISBN: 978-3-8025-9420-5

Band 2: Lust
352 Seiten, kartoniert mit Klappe
€ 9,99 [D]
ISBN: 978-3-8025-9421-2

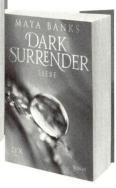

Band 3: Liebe
320 Seiten, kartoniert mit Klappe
€ 9,99 [D]
ISBN: 978-3-8025-9422-9

www.egmont-lyx.de

LYX
EGMONT

Werde Teil unserer LYX-Community bei Facebook

Unser schnellster Newskanal:
Hier erhältst du die neusten Programm-
hinweise und Veranstaltungstipps

Exklusive Fan-Aktionen:
Regelmäßige Gewinnspiele,
Rätsel und Votings

Finde Gleichgesinnte:
Tausche dich mit anderen Fans über
deine Lieblingsromane aus

JETZT FAN WERDEN BEI:
www.egmont-lyx.de/facebook